COUP DE FOUDRE
ET
COUPS DE MARTEAU

TITRES DE HELEN COX
AUX PRESSES DE LA CITÉ

Briseurs de cœur, 2022

PETITS MEURTRES À L'HEURE DU THÉ

HELEN COX

COUP DE FOUDRE ET COUPS DE MARTEAU

Traduit de l'anglais
par Mickey Gaboriaud

Les Presses de la Cité

Publié au Royaume-Uni sous le titre original A BODY IN THE BOOKSHOP
par Quercus Editions, une marque de Hachette UK, en 2019.

Les Presses de la Cité, un département Place des Éditeurs
92, avenue de France 75013 Paris

ISBN 978-2-258-20174-3
Dépôt légal : octobre 2022

À tous ceux qui ont su conserver
leur âme d'enfant

CHAPITRE 1

Evie Bowes avançait à petits pas prudents sur les trottoirs givrés que la mairie de York n'avait pas jugé utile de sabler. Bien qu'il ne soit que 17 h 30, il faisait déjà nuit depuis plus d'une heure. Grâce au ciel couvert de ce début décembre et à la grande capuche du manteau bleu roi qu'elle s'était acheté un mois plus tôt, impossible pour les passants de distinguer ses cicatrices. Aux yeux des cyclistes équipés de pneus neige et des promeneurs de chiens qui sautillaient pour se réchauffer, Evie n'était qu'une personne bien emmitouflée parmi d'autres.

Aussi surréaliste que cela puisse paraître, ses cicatrices résultaient de son enlèvement par une meurtrière six semaines plus tôt. Son médecin lui avait prescrit des pansements spéciaux pour les atténuer mais, pour l'instant, elle ne voyait pas trop la différence. Et même si le maquillage fonctionnait plutôt bien, elle distinguait toujours les boursouflures disgracieuses de ses plaies le long de sa tempe et de sa mâchoire. Aussi s'était-elle mise à considérer la pénombre comme une alliée.

Alors qu'elle tournait le dos à la rivière pour prendre à droite sur Ouse View Avenue, elle regarda la buée de son souffle s'élever vers le ciel. En dépit de tout ce qui s'était passé, malgré ce visage qui ne ressemblait plus au sien, elle respirait encore et ce n'était pas rien.

Après avoir remonté la rue jusqu'au numéro 13 et souri en y découvrant une majestueuse couronne de Noël, Evie sonna chez Kitt. Puis vint l'habituel bruit de frottement de la porte que sa meilleure amie peinait toujours à ouvrir à cause de son chambranle trop étroit.

— Evie ? demanda Kitt depuis l'intérieur.

— Coupable, votre Honneur.

— Donne plutôt un coup de pied là-dedans, tu veux bien ?

— Un, deux... trois !

La porte s'ouvrit alors brusquement sur Kitt, ses longs cheveux roux coiffés en une tresse serpentant sur ses épaules. Il fut un temps où elle aurait encore été en tenue de travail mais, depuis un mois environ, elle avait fait des progrès. Elle était vêtue ce jour-là d'un legging et d'un sweat-shirt trop grand portant l'inscription : *Ce qui se passe à la bibliothèque reste à la bibliothèque.*

— Au moins, chez toi, on est en sécurité, dit Evie. Les indésirables ne risquent pas d'entrer.

Kitt posa une main sur sa hanche.

— Si tu es venue pour te payer ma tête, tu peux rester dehors.

Capitulant aussitôt, Evie entra dans le salon les mains en l'air puis baissa sa capuche. Ses cicatrices étaient-elles plus visibles à l'intérieur ? Uniquement éclairée par des guirlandes posées sur la cheminée, le feu dans l'âtre et deux petites lampes, la pièce était assez obscure. Evie scruta son amie, se demandant si elle était consciente des difficultés que lui causait sa nouvelle apparence. En tout cas, elle n'allumait plus le plafonnier quand elles étaient ensemble.

— Tu ne pourrais pas demander à l'inspecteur principal Halloran de jeter un coup d'œil à ta porte ? s'enquit Evie.

Elle déboutonna son manteau, dévoilant une tenue vintage composée d'une jupe trapèze à motif végétal et d'un cardigan moutarde. Elle s'était changée après avoir fini sa journée à l'institut de beauté.

— Nous... prenons... notre temps, répondit Kitt, essoufflée, en bataillant pour refermer le battant.

— Et donc ?

— Et donc nous n'en sommes pas au stade « Pourrais-tu jeter un coup d'œil à ma porte qui coince ? » de notre relation.

— Ce n'est pas ce qu'on m'a dit, gloussa Evie.

— Ne commence pas avec ça, répondit Kitt en pinçant les lèvres pour réprimer un sourire. Et pourrais-tu arrêter de lui donner du « inspecteur principal Halloran », je te prie ? Je ne vois pas ce qui t'amuse...

— Ben, c'est son nom, quoi...

— Pas pour ses amis.

— Je ne peux quand même pas l'appeler Mal.

— Pourquoi pas ?

— Parce que j'ai entendu la façon dont, toi, tu le fais.

— Comment ça ? demanda Kitt en plissant le nez.

Evie croisa les bras et la regarda droit dans les yeux.

— Quand tu prononces son nom, ta voix devient rauque et on dirait que... que tu enroules les sons autour de ta langue, répondit-elle en baissant le ton comme si elle craignait que des oreilles sensibles ne l'entendent. Tu le dis comme si c'était un mot cochon.

— Oh, n'importe quoi ! s'insurgea Kitt, les joues en feu, en donnant une tape sur le bras de son amie. Je n'ai jamais rien entendu d'aussi bête.

Evie gloussait encore quand elle alla s'asseoir dans

son fauteuil habituel. Elle se rappela aussitôt combien il était difficile d'en sortir une fois qu'on y était calé. Elle n'aurait su dire si c'était dû au siège lui-même ou à sa position stratégique près du feu, mais elle penchait pour la seconde option. À côté d'elle, étendu aussi près des flammes qu'il était possible de l'être sans se brûler, Iago, le chat noir de la maison, jouait les poulets rôtis.

Sentant l'odeur du fromage qui gratinait au four, Evie fut soudain prise d'une faim dévorante.

— Ces lasagnes sentent incroyablement bon. J'ai l'impression que mon déjeuner remonte à des siècles.

— Qu'est-ce que tu as mangé ?

— Juste une salade de supermarché, avoua Evie en haussant les épaules.

— Je ne sais pas comment tu fais, s'étonna Kitt. Surtout en hiver, quand il fait froid comme aujourd'hui. Ce n'est vraiment pas un temps à salade.

— Avec toi, ce n'est jamais un temps à salade.

— Par chance, rien ne m'oblige à en manger. Ce n'est pas moi qui m'échine à vouloir entrer dans des robes confectionnées à une époque où les gens n'avaient rien à se mettre sous la dent.

— Je sais, je sais, répondit Evie, déplorant secrètement la place marginale que tenaient les féculents dans sa vie. Je connais ton monologue par cœur.

Kitt partit vers la cuisine en marmonnant quelque chose à propos des diktats de la beauté et du féminisme puis revint un instant plus tard avec deux assiettes remplies de lasagnes et de pain à l'ail.

— Et voilà !

— Je t'ai déjà dit combien je t'aime ? lança Evie, l'eau à la bouche, en contemplant les volutes de fumée.

— Entre deux moqueries, ça a dû t'arriver, oui, répondit Kitt en déposant une assiette sur la table pliante dressée devant le fauteuil d'Evie. Allez, dis-moi que tu prendras aussi du vin.

— On est seulement jeudi. Le week-end serait-il déjà là ?

— Non, mais je sors d'une réunion budgétaire de trois heures... avec Michelle.

— Je croyais que tu avais décidé de ne plus la laisser te prendre la tête ?

— Trois heures, répéta Kitt en grimaçant. Trois très longues heures.

— D'accord, sers-moi un verre, s'esclaffa Evie. J'adore quand tu es pompette.

— Je n'ai aucune intention de finir « pompette », comme on disait au début du XXe siècle, soupira Kitt.

Le regard rivé sur le feu, Evie sourit. Comme tout ce qui faisait rétro, les mots désuets lui procuraient un plaisir qu'elle aurait eu bien du mal à expliquer. Peut-être était-ce parce que le passé semblait toujours plus simple que le présent.

— Tu sais, lança-t-elle en direction de la cuisine, il existe peut-être une sorte de concours auquel on pourrait inscrire Michelle. Patronne la plus grincheuse du monde, par exemple.

— Pire caractère de la décennie ? proposa Kitt en arrivant avec deux verres de ce qui devait être du pinot gris. Celui-là, elle le remporterait haut la main. Tu sais, tu as une sacrée chance d'avoir une patronne comme Diane.

Elle parlait de la propriétaire du salon Daisy Chain Beauty où Evie travaillait comme masseuse.

— Oui. Elle a été sympa avec moi.

— Bon, elle ne s'est pas non plus précipitée pour t'aider quand on t'a accusée de meurtre, mais elle ne t'a ni suspendue ni virée.

Kitt se rembrunit.

— Qu'est-ce qu'il y a ? lui demanda aussitôt son amie.

— Je n'aurais pas dû parler des meurtres. Je suis désolée.

Evie sentit son visage s'embraser. Difficile d'attribuer cela au seul feu de cheminée. Puis ses yeux verts s'emplirent de larmes qu'elle retint tant bien que mal en clignant des paupières.

— Tu ne peux pas passer ta vie à prendre des pincettes avec moi. Tout ça est bel et bien arrivé.

— Ce n'est pas une raison pour que j'en parle sans arrêt non plus, argua Kitt en reposant sa fourchette. Tu es encore convalescente.

Evie lui répondit d'un hochement de tête tremblotant. Elle ne s'attendait pas à ce qu'elles évoquent le sujet. Jusque-là, elle s'était toujours efforcée de chasser toute cette histoire de ses pensées mais, de temps en temps, la douleur qu'elle s'évertuait à enfouir refaisait surface.

— Ça va aller, j'en suis sûre. C'est juste que… je me sens…

Elle fut interrompue par des coups à la porte.

Kitt regarda tristement ses appétissantes lasagnes encore intactes. Cela la contrariait toujours d'avoir à reporter son repas.

— Tu ferais mieux d'aller ouvrir, lui dit Evie, dissimulant mal son soulagement.

Cette visite lui accordait un répit bienvenu pour ravaler les larmes qu'elle s'interdisait depuis que les médecins lui avaient annoncé qu'elle ne retrouverait sans doute jamais son visage d'avant.

— Je ne vais pas ouvrir. Ça doit encore être les témoins de Jéhovah. Ils ont le chic pour sonner quand on est à table.

— Ça m'étonnerait, ils ne passent plus chez toi depuis que tu t'es mise à leur offrir des exemplaires de *Pour en finir avec Dieu*.

— Tu sais bien qu'il s'agissait d'un échange de textes résultant d'un accord mutuel ! protesta Kitt. Ils m'ont donné de la lecture pour élargir mes horizons, et j'ai fait pareil avec eux. Leur avis sur les points forts et les limites des arguments de Dawkins m'intéressait sincèrement.

Evie sourit malicieusement.

— Donc ce que tu dis, c'est que tu as réussi à transformer une visite non sollicitée en club de lecture ?

La bibliothécaire s'apprêtait à développer son point de vue lorsqu'une voix la coupa.

— Kitt, tu es là ? appela l'inspecteur principal Halloran tout en sonnant.

Evie ne put que sourire en voyant se former une grimace prévisible sur le visage de son amie. Elle détestait le bruit de sa sonnette et avait donc pour habitude de demander aux gens de frapper. Mais elle n'avait visiblement pas encore eu cette discussion avec Halloran. Il était donc vrai qu'ils prenaient leur temps.

Les sourcils froncés, Kitt souleva les rideaux pour s'assurer qu'il s'agissait bien de lui avant d'entrebâiller la fenêtre.

— Désolée, la porte est coincée.

À peine ces mots avaient-ils franchi ses lèvres que ladite porte s'ouvrit en grinçant sous la poussée de Halloran.

— Tu devrais donner un tour de clé, conseilla-t-il. N'importe qui pourrait entrer.

— À condition d'être aussi musclé que toi.

Son ton était sarcastique mais, à en juger par la manière dont ses yeux parcouraient le long manteau d'hiver gris foncé de l'inspecteur, elle approuvait tout à fait ce qui se trouvait dessous.

Elle se dressa sur la pointe des pieds pour embrasser Halloran, qui se pencha pour lui faciliter la tâche. Evie détourna les yeux jusqu'à ce qu'elle entende le policier la saluer. Il hocha la tête et elle l'imita en se disant que c'était une façon bien formelle de saluer l'homme qui lui avait sauvé la vie et sortait avec sa meilleure amie. Mais elle ne l'avait rencontré qu'en quelques rares occasions et ils n'avaient pas encore trouvé le niveau de convivialité adéquat. Peut-être parce que la première fois que leurs chemins s'étaient croisés, cet homme l'avait accusée d'avoir assassiné son ex. Ou peut-être que se revoir leur rappelait à tous les deux des souvenirs qu'ils auraient préféré oublier. Comme la façon dont l'eau glacée vide vos poumons de tout leur air, par exemple.

Kitt s'éclaircit la gorge puis s'adressa à son chat, toujours étalé devant l'âtre, et qui venait juste de tourner la tête pour évaluer le nouveau-venu.

— Regarde qui est là, Iago.

L'animal posa un moment son regard jaune sur la bibliothécaire puis le reporta sur le feu, pas impressionné pour un sou.

— Ne le prends pas personnellement, s'excusa Kitt. La seule créature pour qui ce chat ait une quelconque considération, c'est lui-même.

C'était la vérité. Malgré leur amitié vieille de huit ans,

Iago ne s'était que très rarement approché d'Evie. Et, chaque fois, elle avait du poisson dans son assiette.

— Tu interromps une soirée entre filles, tu sais, reprit-elle. Alors à moins de vouloir du vernis sur les orteils, tu ferais mieux de repartir.

— Je ne suis pas totalement opposé à l'idée de me faire vernir les ongles de pieds... Tout dépend de la couleur, déclara Halloran.

— Dans ce cas, je file chercher mon nécessaire à manucure à l'étage.

— Je crains malheureusement que me faire pomponner ne soit pas ma priorité dans l'immédiat. À vrai dire, il est arrivé quelque chose.

— Rien de sérieux, j'espère.

Le visage du policier se durcit et les pattes-d'oie autour de ses yeux, qui trahissaient son âge, se creusèrent un peu plus.

— Ça... euh, ça concerne Banks. Et je ne sais pas quoi faire.

Evie se redressa sur son siège. Après l'affaire de meurtre, l'équipière de Halloran, l'inspectrice adjointe Charlotte Banks, s'était montrée très aimable envers elle. Elle lui avait souvent répété que ses cicatrices n'avaient rien de repoussant. Et, allez savoir pourquoi, c'était la seule personne qu'Evie parvenait plus ou moins à croire à ce sujet.

— Banks ? répéta Kitt.

— Est-ce que... elle va bien ? s'enquit Evie, dont le cœur s'emballait à mesure que les traits de Halloran s'assombrissaient.

— Cela ne doit pas sortir d'ici. C'est une situation très difficile pour elle et j'aurais de gros ennuis si mes supérieurs apprenaient que j'en ai parlé.

— Qu'est-ce qui se passe ? se hâta de demander Evie.

— Banks a été suspendue le temps d'une enquête car on la soupçonne d'avoir molesté un suspect. Dans l'état actuel des choses, il semble très probable que sa carrière dans la police soit compromise.

CHAPITRE 2

Evie cligna des yeux, se demandant si elle avait rêvé ce qu'elle venait d'entendre.

— C'est impossible, Charley ne ferait jamais ça.

Halloran ne tiqua pas en entendant Evie appeler sa collègue par son diminutif, mais cela lui fit bizarre. Il était plus habitué à penser à son adjointe en termes professionnels. Cependant, lors de son séjour à l'hôpital au mois d'octobre, Evie avait pu découvrir une facette plus douce de Banks. Au moment où elle en avait le plus besoin.

— Suspendue pour coups et blessures, résuma Kitt, l'air pensif. Difficile à croire de la part d'une policière qui, de prime abord, m'a paru très à cheval sur le règlement. Et même limite excessive sur ce point.

— Je sais, confirma Halloran. C'est compliqué…

— Comment ça, compliqué ? s'offusqua Evie, fusillant l'inspecteur du regard. Vous ne croyez tout de même pas qu'elle ait pu faire ça ?

La mâchoire de Halloran se crispa.

— Je ne veux pas le croire, en tout cas. Et elle n'a jamais montré aucun signe en ce sens.

— Alors pourquoi douter d'elle ?

Après un bref coup d'œil à Kitt, Halloran se tourna vers Evie.

— Disons que j'ai déjà eu affaire à des gens que je croyais incapables de certaines choses, et qu'il s'est avéré que j'avais tort.

Tout en poussant un soupir plein de compassion, Kitt caressa le bras de l'inspecteur. Evie se souvint alors d'une confidence de son amie : la femme de Halloran avait été assassinée par son ancien coéquipier. Il était compréhensible que cet homme ait du mal à faire confiance.

— Mais vous allez quand même essayer de l'aider, non ? demanda Evie, pas très rassurée par l'expression de l'inspecteur principal.

— Je ferai tout mon possible pour contribuer à établir la vérité, répondit-il sobrement.

Evie sentit son estomac se nouer. Halloran se fichait-il que sa collègue soit accusée à tort ? Prouver son innocence ne l'intéressait pas ?

— Ce qui ne va pas arranger ses affaires, poursuivit-il, c'est l'arrivée de la remplaçante du commandant Percival.

— Ah oui, intervint Kitt. Tu m'en as parlé, c'est vrai. C'est quoi son nom, déjà ? Ricci ?

— Oui, c'est ça. Elle n'est avec nous que depuis quelques semaines mais j'ai senti dès le départ qu'elle n'appréciait pas trop Banks. D'ailleurs, elle ne s'est pas empressée de prendre sa défense. Elle a aussitôt appelé l'IOPC, l'organisme responsable du contrôle des pratiques policières.

— Je croyais que les flics étaient censés se serrer les coudes, former un front uni, s'étonna Evie.

— Les affaires de ce type doivent être examinées en profondeur, expliqua Halloran. Soit par l'IOPC, qui est indépendant. Soit par le PSD, notre service dédié en interne. Je pensais que les états de service irréprochables de Banks suffiraient à calmer Ricci. Apparemment, je me suis bien fourré le doigt dans l'œil.

— Mets-toi à sa place, intervint Kitt. Elle ne connaît pas Banks. Elle vient juste de débarquer et sa première affaire concerne une subalterne accusée de coups et blessures.

— Pauvre Charley, fit Evie, espérant susciter la pitié de Halloran pour qu'il se range du côté de sa coéquipière. Sa parole doit bien valoir quelque chose, non ? La parole d'une policière contre celle d'un suspect ?

— C'est une partie du problème, expliqua Halloran. S'il ne s'agissait que de la parole du suspect contre celle de Banks, la question aurait sûrement été vite réglée. Mais plusieurs preuves tangibles incriminent Banks.

— Tangibles ? C'est-à-dire scientifiques ?

Halloran fit un hochement de tête presque imperceptible.

— Quelles preuves ? demanda Evie, qui n'avait pas oublié toutes celles qui s'étaient accumulées contre elle quelques semaines plus tôt.

— On a retrouvé ses empreintes digitales sur l'arme ayant servi à l'agression, dévoila Halloran.

— C'était quoi, cette arme ?

À sa façon de prendre son temps, Evie voyait bien que l'inspecteur craignait de trop en dire. Cependant, tout ce qu'elle avait en tête, c'était la douceur dont Charley avait fait preuve avec elle quand on l'avait tirée de la rivière. Depuis, elle lui avait même envoyé quelques SMS pour lui souhaiter un bon rétablissement et l'inviter à prendre un verre quand elle se sentirait mieux. Cette gentillesse dépassait largement le cadre de ses fonctions.

— Un marteau. Banks a reconnu qu'il s'agissait du sien. Selon elle, il aurait dû se trouver dans sa boîte à outils dans son garage. Mais il n'y était plus quand elle a vérifié. Même si ses empreintes se trouvaient forcément dessus, l'agresseur les a partiellement effacées parce qu'il portait des gants. C'est plutôt une bonne chose pour Banks car cela ne permet pas de déterminer si elle a été la dernière personne à l'avoir eu en main. Mais cela ne la disculpe pas pour autant. Non seulement les empreintes qui restent sont les siennes, mais l'arme lui appartient et elle est couverte du sang de la victime.

— Et cette victime, justement ? fit Kitt. Comment va-t-elle ?

— L'homme est à l'hôpital, répondit Halloran. Le visage contusionné, mais encore plus ou moins conscient.

— Bon sang, ça a dû être violent ! s'exclama Evie. Mais il a bien dû voir son assaillant, non ?

L'inspecteur secoua la tête, trahissant un certain regret. Peut-être se souciait-il plus de Banks qu'il ne voulait bien l'admettre, en fin de compte.

— L'agresseur portait une cagoule. Mais la victime a quand même décrit une femme de la taille et de la corpulence de Banks, avec le même accent écossais. L'homme affirme aussi qu'elle lui criait des choses concernant l'affaire dans laquelle il est impliqué. Notamment qu'il ferait mieux d'avouer, sans quoi elle reviendrait pour l'achever.

— De quel genre d'affaire parles-tu ? demanda Kitt.

— Pas d'une affaire criminelle de premier plan, reconnut Halloran. Des ouvrages rares ont été volés à la librairie Bootham Books il y a deux semaines.

— Ah, oui ! s'exclama Kitt, ses grands yeux bleus s'illuminant comme ils ne le faisaient que lorsqu'elle parlait de livres. À la seconde où j'ai lu ça, je suis allée rendre visite à Donald et Shereen à la boutique.

— Pourquoi ne suis-je pas surpris que tu appelles ces libraires par leurs prénoms ? plaisanta Halloran. Et, bien entendu, tu n'es allée leur rendre visite que parce que tu t'inquiétais.

— J'ai peut-être acheté un ou deux bouquins pendant que j'y étais. Il m'a semblé tout naturel de mettre la main au porte-monnaie. Les livres qui ont été volés valaient pas mal d'argent, tu sais.

— Combien ? s'enquit Evie.

— 50 000 livres, répondit Halloran.

— Nom d'une pipe !

— Et Banks travaillait sur cette affaire ? demanda Kitt.

Halloran opina du chef.

— À cause des restrictions budgétaires, nous ne sommes plus en mesure d'enquêter sur tous les cambriolages. Mais étant donné la valeur du butin, il se pourrait que celui-ci cache quelque chose de plus gros.

— J'ignorais que des livres pouvaient valoir autant d'argent, avoua Evie.

— Il ne s'agissait pas d'ouvrages ordinaires, précisa Kitt. Il n'y avait que des premières éditions. *Le Grand Sommeil*, *Endymion*, *L'Auberge de la Jamaïque*. Sans parler d'un exemplaire de *Adieu à Berlin* de Christopher Isherwood. Je l'ai regardé plus d'une fois avec convoitise dans la vitrine, celui-là. Il était magnifique. Une fois, Donald m'a même laissée le toucher.

— Si sa femme savait ça ! lança Evie.

Gênée, elle se tourna aussitôt vers l'inspecteur principal. Elle n'était pas habituée à ce que Kitt ait un petit ami. Pour elle, cela faisait dix ans que son amie était mariée à Edward Rochester de *Jane Eyre*. Mais Halloran se contenta d'éclater d'un rire puissant et profond, un rire qui emplit toute la pièce. Evie ne l'avait encore jamais entendu.

— Tu ne rates donc jamais la moindre occasion de faire une blague grivoise ? fit Kitt en soupirant.

— Bah… Ce serait dommage, non ?

— En fait, ce ne sont pas les seuls objets à avoir été volés à la librairie, révéla Halloran. Mais les autres ayant peu de valeur, nous n'en avons pas parlé à la presse. Nous nous sommes dit que ça nous permettrait peut-être de piéger le cambrioleur lors d'un interrogatoire.

— Qu'a-t-on pris d'autre, alors ? demanda Kitt.

— Un livre d'Enid Blyton et une des peluches du comptoir.

— Quel Enid Blyton ? s'enquit aussitôt Kitt, curieuse du moindre détail dès qu'il s'agissait de livres.

— *Le Clan des sept à la rescousse.*

— Encore une première édition ?

— Non, ce livre n'avait aucune valeur.

— Il en avait visiblement une pour le voleur.

— Et la peluche ? intervint Evie, ignorant le regard en coin de son amie.

Elle avait un jour confié à Kitt combien il lui avait été difficile d'abandonner les peluches de son enfance quand son père avait décrété que les adultes n'en avaient pas besoin. Le réconfort qu'elles lui avaient souvent apporté lui manquait toujours. Parfois, elle parvenait à traîner Kitt au Teddy Bear Tea Room, même si celle-ci prétendait que ce n'était pas un endroit convenable pour prendre le thé entre trentenaires. En dépit de ses protestations, l'une comme l'autre y passaient toujours un excellent moment.

— C'était un gros Pierre Lapin exposé sur un présentoir à côté du comptoir, répondit Halloran.

— Oui, je me souviens de ces peluches… C'est quand même étrange de voler un truc pareil, dit Evie avant de s'accorder un bref moment de réflexion. Ce passage à tabac. Le marteau et tout ça. Banks ne se doutait pas que ces éléments la désigneraient ? Elle n'aurait jamais été aussi stupide, si ?

— En effet, de prime abord, ça ne colle pas, admit Halloran. Comprenez-moi bien, elle est forte et physiquement capable de faire quelque chose comme ça. Elle en a les facultés. Mais intellectuellement et professionnellement, Banks s'est toujours montrée très attachée à la loi. Elle est ambitieuse. Son objectif est de gravir les échelons de la police. Il serait surprenant qu'elle prenne le risque de tout gâcher. Et encore plus pour une petite affaire comme celle-ci.

— Donc tu penses que quelqu'un essaie de piéger Banks ? demanda Kitt.

— C'est ce que j'ai envie de croire, oui. Après tout…

L'inspecteur s'interrompit et regarda tour à tour Evie et Kitt avant de reprendre :

— J'ai récemment appris à douter des conclusions auxquelles me menaient certaines preuves.

Evie lui adressa un sourire forcé. À sa façon, il était en train de dire qu'il leur faisait confiance à toutes les deux. Ou du moins qu'il essayait.

Evie repensa à Charley. Elle savait ce que cela faisait d'être accusée à tort d'actes abominables. Elle savait combien on se sentait seul.

— Que va-t-il arriver à Charley ? Elle va perdre son boulot ?

— C'est triste à dire mais dans l'état actuel des choses, ce serait le meilleur scénario.

— Comment ça ?

— La police a pour mission de protéger la population. Tout comportement allant à l'encontre de ce principe est considéré comme très grave. Il est probable que le PSD mette une unité anti-corruption sur le coup. Et si celle-ci découvre que Banks a quelque chose à se reprocher, elle devra en répondre devant un juge.

Evie déglutit péniblement. Quand elle avait été accusée d'avoir assassiné son ex, c'était une des choses qu'elle avait le plus redoutées : se retrouver dans un tribunal, exposée aux regards soupçonneux de l'assistance pour des actes qu'elle n'avait pas commis. Traitée comme une criminelle.

— Banks pourrait carrément aller en prison pour ça ? s'étonna Kitt.

— S'ils réunissent assez de preuves pour la conduire devant le juge, aucun doute là-dessus.

— Une policière derrière les barreaux..., fit Kitt. Mieux vaut ne pas penser à ce qu'on lui ferait subir.

— Banks sait se défendre mais, oui, c'est un fait, confirma l'inspecteur.

— Où est-elle ? demanda Evie en jetant un coup d'œil à sa montre.

— Je ne sais pas. On lui a demandé de quitter le poste de police cet après-midi.

— Il faut que j'aille la voir, lança Evie.

En remarquant les yeux ronds de Kitt, Evie dut admettre qu'elle ne savait pas trop elle-même pourquoi il lui paraissait si important d'aller réconforter quelqu'un qu'elle n'avait rencontré qu'en de rares occasions – quoique toujours dans des moments cruciaux. Peut-être parce que Charley avait été très attentionnée envers elle à l'hôpital, quand elle avait frôlé la mort. Elle voulait lui rendre la pareille.

— Vous êtes restées en contact, Banks et vous ? s'enquit Halloran.

— Plus ou moins, répondit Evie. Elle s'est vraiment montrée très prévenante envers moi après… après ce qui s'est passé. Alors ça m'attriste qu'elle traverse ça toute seule.

— Je vois. Je me suis arrêté chez elle en venant ici, mais elle n'y était pas.

— Je la trouverai, dit Evie.

— Comment ? demanda Kitt.

— Je ne sais pas, York n'est pas une mégapole. Un texto, un coup de fil, je verrai bien.

— Elle n'a pas répondu à mes appels, l'avertit Halloran. Mais peut-être qu'elle vous répondra, à vous. Quelqu'un qui n'a rien à voir avec le boulot. C'est peut-être ce dont elle a besoin en ce moment.

Evie se leva de son fauteuil et enfila son manteau.

— Mais tu…

Kitt s'interrompit. Elle ne voulait pas évoquer devant Halloran le récent coup de cafard de son amie, mais cela la préoccupait.

— … tu ne manges pas tes lasagnes ?

— Ça ira, la rassura Evie, une petite pointe de regret dans la voix. Elles avaient l'air délicieuses… Mais il y a plus urgent.

Elle plongea ses yeux dans le regard bleu de Kitt et lui pressa le bras.

— L'inspecteur n'aura qu'à manger ma part.

— Bon, envoie un message si tu as besoin de moi, proposa Kitt.

— Ça marche.

— Demain, je suis du soir à la bibliothèque. Tu feras un petit crochet pour passer me voir ?

— Promis, confirma Evie en tirant sur la porte, qui ne bougea pas d'un centimètre.

— Vous permettez ? dit Halloran avant de l'ouvrir d'un seul geste.

— Frimeur, lui lança Kitt, avant d'ajouter : Sois prudente, Evie.

— T'inquiète.

Toutes deux savaient que les rues de York n'étaient pas des coupe-gorges, surtout aussi tôt dans la soirée. Mais après leurs récentes mésaventures, rien d'étonnant à ce qu'elles soient devenues un peu plus protectrices l'une envers l'autre.

Evie fila dans l'allée et remonta sa capuche, soulagée de retrouver la complicité de la pénombre.

CHAPITRE 3

Moins d'une heure plus tard, arrivée à Parliament Street, Evie scruta les petits groupes de personnes qui se relaxaient sur les bancs en bois de la St Nicholas Fair, un marché de Noël installé tout l'hiver en centre-ville. À ce moment de la journée, la fontaine de la place scintillait de toutes ses ampoules rouges et vertes tandis que flottaient des effluves de marrons grillés. La plupart des vendeurs étaient en train de remballer leurs bougies parfumées à la prune et leurs décorations de Noël couvertes de paillettes dorées et argentées. Les food-trucks, eux, étaient encore ouverts et proposaient du vin chaud ou du gin à la prunelle aux chalands désireux de s'asseoir et de se réchauffer un peu. Evie ne tarda pas à repérer Charley à l'endroit précis où elle avait dit qu'elle se trouverait : sur un des bancs à proximité de la zone de restauration. Elle baignait dans un halo de lumières de Noël multicolores, la tête penchée au-dessus d'un gobelet en polystyrène.

En s'avançant vers elle, Evie repensa à la première fois qu'elle l'avait vue. Ce jour-là, on aurait dit que son chignon strict n'avait jamais été défait. Aujourd'hui, ses cheveux foncés ondulaient librement sur ses épaules. Evie se souvenait aussi d'un uniforme qui semblait avoir été repassé de façon à accentuer les angles et les lignes droites. Banks portait à présent un blouson de cuir noir sur un sweat à capuche gris et un jean. Loin d'avoir l'air négligé, elle semblait tout de même plus vulnérable.

— Un peu de compagnie, jeune fille ? lança Evie, regrettant aussitôt sa phrase.

Où était-elle allée chercher cette entrée en matière complètement idiote ? La nervosité, sûrement. N'ayant encore jamais eu l'occasion de parler à quelqu'un qui venait de se faire suspendre de ses fonctions, elle ne savait pas trop quoi dire.

Charley esquissa un sourire. Peut-être pour montrer qu'elle appréciait cette tentative de réconfort. À moins que ce ne soit un sourire de compassion, juste assez marqué pour signifier qu'elle comprenait son malaise et ne lui en voulait pas.

Evie s'assit sur le banc d'en face et ramena ses cheveux devant ses cicatrices.

— Je ne savais pas si vous répondriez à mes SMS, dit-elle en se trémoussant pour tenter de trouver une position acceptable sur ce siège inadapté à la morphologie humaine. Halloran a dit qu'il n'avait pas réussi à vous joindre de la journée.

— C'est gentil de sa part de vouloir prendre de mes nouvelles, déclara Charley avec son fort accent de Glasgow. Mais ç'aurait été trop dur de lui parler. Même au téléphone. C'est vraiment trop gênant.

— Je peux comprendre. Et je vous suis d'autant plus reconnaissante de ne pas avoir ignoré mes messages.

Charley posa sur Evie ses yeux noirs comme le charbon.

— Vous êtes très difficile à ignorer.

Evie émit un bref gloussement nerveux.

— Quand c'est vous qui le dites, ça ressemble beaucoup plus à un compliment que lorsque c'est Kitt.

— Ça tombe bien, parce que c'en est un.

Un petit sourire se dessina sur les lèvres de la policière et Evie se demanda s'il était possible de sentir physiquement son cœur s'alléger.

— Je suis vraiment désolée de ce qui vous arrive, reprit-elle, se rappelant soudain la raison de sa venue.

Charley soupira et se couvrit le visage de la main.

— Je ne sais pas du tout quoi faire.

— Nous allons trouver.

— Je ne veux pas dire en général, expliqua Charley en posant une main sur la table qui la séparait d'Evie. Ça, je n'essaie même pas d'y réfléchir. Ce que je veux dire, c'est que je ne sais littéralement pas quoi faire là, tout de suite, maintenant. Cet après-midi, je suis allée voir le dernier *Transformers* au cinéma. Toute seule. Juste parce que je n'avais pas d'autre idée. Vous imaginez la déprime ?

— Oui… Là, c'est un peu extrême. Il y a de meilleurs films à l'affiche en ce moment.

— Probablement une forme de masochisme inconscient.

— Vous n'avez pas à vous punir, même de façon inconsciente. Vous n'avez rien fait de mal.

— Je sais.

— Mais c'est normal de vous sentir désorientée. C'est un énorme choc. Croyez-moi. Je sais de quoi je parle.

La policière la dévisagea.

— Oui, bien sûr. Vous avez vécu la même chose quand nous vous avons accusée d'avoir assassiné Owen.

— Oui, mais de l'eau a passé sous les ponts. Et c'est le cas de le dire !

Charley se mordit la lèvre inférieure et Evie eut l'impression que c'était pour retenir un sourire. Sa petite blague lui avait peut-être un peu remonté le moral, comme celles de Kitt quand Evie se sentait triste ou perdue.

— Je n'arrive pas à me faire à l'idée que cette situation est réelle, poursuivit Charley. Je n'arrête pas de me dire que je vais me réveiller. Sauf que non. Je me sens impuissante.

Evie croisa les bras et posa les coudes sur la table.

— Il doit bien y avoir quelque chose à faire. Vous ne voyez pas un moyen de prouver que l'arme a été volée chez vous ?

— A priori, on n'a pas touché à la serrure du garage. Par contre, une des fenêtres est assez facile à forcer si on connaît le truc. Et si c'est par là qu'ils sont entrés, il se peut qu'on y trouve des empreintes ou d'autres indices. Mais il faudra du temps pour le savoir.

— Alors ce n'est plus qu'une question de patience, dit Evie en serrant le bras de Charley.

C'était peut-être un peu trop familier, mais elle n'avait pas pu s'empêcher de lui signifier par un geste qu'elle était là si besoin.

La policière regarda la main d'Evie, puis la remercia d'un sourire forcé. Evie lui sourit en retour en se demandant si elle pouvait faire plus. Quand le meurtrier d'Owen était en liberté, elle aussi s'était sentie terriblement impuissante. Et puis Kitt l'avait aidée en menant sa propre petite enquête. Pouvait-elle en faire autant pour Charley ? En pratique, il suffisait de traîner en ville et de poser quelques questions. Ce n'était pas la mer à boire.

— Je ne sais pas si vous êtes en état d'y réfléchir, mais savez-vous qui aurait pu vouloir vous tendre un piège ?

— Avec le nombre de gens que j'ai mis à l'ombre, la liste est longue, répondit Charley en fronçant les sourcils. Mais il est plus probable que cela vienne d'une personne impliquée dans le cambriolage sur lequel j'enquêtais. Ce que je veux dire, c'est qu'il fallait en connaître tous les détails.

La policière réfléchissait. C'était déjà mieux que broyer du noir. La tactique d'Evie fonctionnait déjà...

— Et le suspect lui-même ? demanda-t-elle. Il cherche peut-être à faire croire que la police l'a maltraité pour que la justice soit moins sévère avec lui.

— C'est une possibilité, admit Charley. Je le crois capable de tout. Sauf, peut-être, de comprendre la valeur de ce qu'il a volé.

— Que voulez-vous dire ?

— Halloran vous a peut-être expliqué où le cambriolage avait eu lieu ?

— Chez Bootham Books, oui. Mais je le savais déjà. Dès qu'il est question de livres, Kitt est dans le secret des dieux.

— Ça, je n'en doute pas. Donc vous savez que les ouvrages volés étaient les plus chers du magasin ?

— On ne m'a pas expliqué les choses comme ça, avoua Evie. Mais qu'est-ce que ça signifie, dans ce cas ?

— Que le vol n'a pas été commis sur un coup de tête ou parce que l'occasion faisait le larron. Les malfaiteurs savaient précisément ce que la librairie avait en stock et où se trouvaient les livres les plus précieux.

— Et vous pensez que le suspect qu'on vous accuse d'avoir molesté n'aurait jamais pu savoir tout ça ?

— Jamais de la vie.

— Pourquoi le soupçonne-t-on, alors ?

Charley baissa les yeux sur son gobelet.

— L'unité scientifique a passé les lieux au peigne fin. Comme c'est un magasin, il est évident qu'il y avait un million d'empreintes digitales. Mais un seul échantillon correspondant à une personne ayant un casier est ressorti de tout ça. Donc nous l'avons convoqué pour un interrogatoire. Ce n'était pas son premier passage chez nous, mais il était plus sur la défensive que jamais.

— Il a un alibi ?

— Comment reconnaître une fille qui sait à quoi ressemble un interrogatoire... ? plaisanta Charley avec un sourire désabusé.

— Elle est toujours du mauvais côté du bureau...

— J'espère que vous avez été traitée convenablement.

— Pour quelqu'un qui me croyait coupable d'un meurtre, vous vous êtes montrée tout à fait cordiale.

— Je n'y ai jamais cru, nia Charley d'une voix tendue. Je cherchais juste à découvrir la vérité, comme aujourd'hui.

— Je sais.

— C'est plus difficile quand on est suspendue. Et rageant, car avant ça l'affaire semblait prendre la direction d'une condamnation directe.

— Vous avez réussi à lui faire avouer son amour pour Pierre Lapin et le clan des sept ? pouffa Evie.

— Je vois que Halloran vous a donné tous les détails. Il pourrait avoir de gros ennuis, vous savez.

— Vu les regards que Kitt et lui s'échangeaient, sourit Evie, je doute qu'ils soient en train de parler de l'enquête, ce soir.

— J'imagine bien, répondit gaiement Charley. Mais si Percival ou Ricci s'aperçoivent qu'il a partagé des informations avec des civils, il va passer ses samedis soir à faire des rondes à la gare jusqu'à la Saint-Glinglin. Et ce n'est pas joli-joli, c'est moi qui vous le dis.

— J'ai déjà pu le constater une fois ou deux, avoua Evie avec un sourire malicieux. Mais maintenant que je sais presque tout, quel mal y a-t-il à m'en dire un peu plus ?

— Personnellement, je suis déjà tellement dans la mouise que je ne crois pas que ça fasse grande différence. Donc tant que vous n'allez pas le crier sur les toits...

— Je n'aime pas spécialement m'exprimer en public, répondit Evie. Alors, ce suspect ? Il avait un alibi ?

— Oui... Sa mère, bon sang !

— Et il ne vous a pas paru du genre à passer ses soirées à tricoter auprès de sa chère vieille maman ?

— Pas avec son casier. Et si vous rencontriez sa mère, il y a fort à parier que vous n'auriez pas envie de passer trop de temps en sa compagnie non plus. Mais si vous voulez mon avis, ce type est juste un pion.

— Comment ça ?

— À l'exception de celui d'Enid Blyton, les livres volés étaient tous très rares. Quelqu'un a dû le mettre sur le coup. Quelqu'un qui s'y connaît dans ce domaine.

— Et vous espériez qu'il vous révèle qui ?

— Sans franchir les limites de la légalité, je lui ai mis un peu la pression pour le faire craquer et balancer son commanditaire. Mais quand j'ai de nouveau entendu parler de lui, il avait été passé à tabac et j'étais convoquée en haut lieu sur-le-champ accompagnée de ma représentante syndicale. Le commandant Ricci n'a pas levé le petit doigt pour moi et j'ai été suspendue séance tenante.

La tristesse qui avait un moment déserté le regard de Charley y réapparut.

— Après la raclée qu'il s'est prise, il y a peu de chances que le suspect soit dans de bonnes dispositions à l'égard de la personne qui l'a mis sur le coup, fit remarquer Evie.

— Peu de chances, en effet. Et donc ?

— Donc il est peut-être sur le point de comprendre que ce coup était trop gros pour lui. Il n'est pas impossible qu'on réussisse à le convaincre de nous donner un nom.

— Peut-être, mais je suis pieds et poings liés. Je ne dois surtout pas enquêter sur le terrain. Enfin... si je veux récupérer mon job.

— Non, c'est sûr. Mais je connais un certain inspecteur principal qui pourrait vous être d'un grand secours. Surtout si sa petite amie le lui demande gentiment.

— Je ne peux pas demander à Halloran de s'en mêler. Cela mettrait sa carrière en péril. Je suis sa coéquipière. S'ils me soupçonnent d'être corrompue, il se peut fort qu'ils le soupçonnent lui aussi.

— Dans ce cas...

— Evie, j'apprécie que vous vouliez m'aider. Mais il n'y a rien à faire pour le moment. On m'a mise sur la touche. Avec un peu de chance, la brigade scientifique va trouver une piste dans mon garage. Peut-être l'ADN d'Alim.

— Alim ?

Charley posa son index sur sa bouche et baissa le ton.

— Alim Buruk, le suspect.

— J'ai l'impression que ce nom me dit quelque chose.

— Vous avez dû le lire dans la presse locale. Il a été impliqué dans pas mal de vols. Adolescent, il est entré et sorti des établissements pénitentiaires pour mineurs plus souvent que les gardiens.

Charley se tut un instant et son regard se durcit.

— Je ne pense pas que vous fréquentiez les mêmes endroits que lui, mais n'allez tout de même pas crier son nom sur tous les toits. Si quelqu'un de son milieu vous entendait, il pourrait croire que vous avez quelque chose à voir avec lui. Et il a des ennemis.

— Je ne piperai mot à son sujet, dit Evie, prenant soin de formuler une réponse qui ne la fasse pas mentir alors qu'elle était déjà en train d'échafauder un plan.

— Bien, fit Charley. Parce que je sais que vos intentions sont bonnes, mais j'ai trop de soucis en ce moment pour m'inquiéter pour vous en plus du reste.

Alors que le vent glacial du nord soufflait dans les cheveux de la policière, Evie se leva pour aller s'asseoir à côté d'elle. Elle passa un bras réconfortant autour de ses épaules. Ce geste était en partie égoïste puisqu'elle avait très envie d'un contact physique, ce qu'elle fuyait depuis octobre. Mais elle n'avait pas envie de fuir Charley.

— Ne vous en faites pas pour cette bonne vieille Evie, dit-elle en resserrant son étreinte, humant avec un plaisir surpris le blouson de cuir de la policière.

— Vieille ? s'insurgea Banks. Pour pouvoir dire ça, il faudrait d'abord me rattraper.

— On parle de combien d'années ? demanda Evie, affectant un air suspicieux.

— J'ai trois bonnes années de plus que vous, et ça se voit. Avec ces foutus horaires…

— Je vous trouve très belle, dit Evie avant de se reprendre aussitôt, sentant le rouge lui monter aux joues : Je veux dire, ça ne se voit pas du tout.

Le visage de Charley s'illumina mais, alors qu'elle s'apprêtait à lui répondre, elle fut interrompue par le gazouillis strident de son portable. Elle le tira de sa poche de blouson.

— Sylvia ?

Sylvia ? Evie tendit l'oreille pour savoir de qui il s'agissait. S'en tenant à des réponses vagues, Charley lui lançait parfois des regards en coin. Puis elle raccrocha avec un soupir.

— C'était ma représentante syndicale.

— Oh.

Un sourire involontaire se forma sur les lèvres d'Evie.

— Elle veut me voir.

— Maintenant ?

— Chez nous, les horaires décalés sont la norme, expliqua Charley en se levant. Elle veut que nous examinions différents scénarios et que nous élaborions un plan de défense pour chacun d'entre eux.

— Vous me direz comment ça s'est passé ?

L'air pensif, Charley fixa Evie un moment avant d'opiner du chef.

— Je vous tiendrai au courant s'il y a du nouveau.

— Et si vous avez besoin de parler... Enfin, je suis sûre que vous ne manquez pas d'amis. Mais si vous avez envie de vous confier à moi, je serai là.

— C'est noté, dit Charley avec un petit sourire. Merci.

Sur ces mots, elle tourna les talons et traversa le marché d'un pas décidé. En la regardant se fondre dans la nuit, Evie éprouva soudain comme une sensation de vide. Elle décida d'attribuer cela au fait qu'elle n'avait pas dîné.

CHAPITRE 4

Avant de se retrouver dans l'entrée de l'hôpital de York, Evie n'avait jamais eu conscience que ses cicatrices pouvaient avoir leur utilité. Elle se présenta à l'accueil sans maquillage, les cheveux coiffés en arrière de manière à bien dégager son visage. C'était la première fois qu'elle osait se montrer comme ça depuis qu'elle avait été défigurée. En chemin, elle avait compté combien de passants avaient marqué un temps d'arrêt ou l'avaient dévisagée en la croisant.

Douze.

— Excusez-moi, dit-elle à l'homme affairé à tamponner une haute pile de documents de l'autre côté du comptoir. Je viens voir Alim Buruk. Pourriez-vous me dire dans quel service il se trouve ?

Lorsqu'il releva la tête, le réceptionniste fixa Evie pendant ce qui lui parut une éternité, en réalité quelques secondes tout au plus. Elle baissa les yeux et passa négligemment le doigt le long de sa cicatrice à la joue, faisant exprès de paraître mal à l'aise. Ce rôle de composition ne lui posait aucune difficulté. Elle se retenait d'agir ainsi chaque fois que quelqu'un l'observait avec insistance, y compris ses amis. Surtout ses amis, vu qu'ils savaient qu'elle n'avait pas toujours eu l'air de sortir d'un film d'horreur et ne pouvaient probablement pas s'empêcher de comparer son nouveau visage à l'ancien. Cette situation lui offrait l'excuse parfaite pour se comporter comme elle en avait réellement envie.

— Juste un instant, dit le réceptionniste d'une voix douce avant de tapoter sur son clavier d'ordinateur. Il a été transféré en soins critiques. Suivez la ligne jaune tracée au sol.

Après avoir répondu au sourire compatissant de l'homme d'un hochement de tête, Evie se laissa donc guider par la ligne jaune peinte sur le lino crème immaculé. Dans des effluves de gel antibactérien et de désinfectant si forts qu'elle avait l'impression d'en sentir le goût sur sa langue, elle dut tourner pas moins de cinq fois dans des couloirs avant d'arriver dans le service en question.

Elle jeta ensuite un œil dans chaque salle en quête du patient dont elle avait réussi à trouver la photo sur Facebook à l'heure du déjeuner. C'était là que ses blessures allaient vraiment lui être utiles. Même sans blouse d'hôpital, les gens penseraient qu'elle se rendait chez un spécialiste. Aucun risque qu'on lui pose des questions.

Elle passa devant sept portes avant d'apercevoir l'homme qu'elle cherchait. Ce n'était pas tout à fait la copie conforme de sa photo de profil mais, après tout, elle non plus.

Contrairement à la plupart des gens, Alim Buruk n'avait pas changé de tête parce qu'il avait pris du poids ou quelques rides mais parce que sa mâchoire était aussi rouge qu'enflée et qu'un de ses yeux était à moitié fermé. Et puis, il paraissait plus petit et bien moins fringant que sur les images où on le voyait en boîte de nuit, sa peau sombre illuminée par les stroboscopes, tel un figurant de clip des années 1990.

Prenant une profonde inspiration, Evie ouvrit la porte

d'un coup. Les visites étant autorisées depuis une demi-heure, quelques personnes se trouvaient déjà auprès de certains lits, occupées à manger les raisins qu'elles avaient apportés au malade ou à discuter de la qualité de la nourriture à l'hôpital.

Alim était dans le quatrième box sur la droite. Bien que Charley ait mentionné sa mère, personne n'était là pour le réconforter. Le rideau bleu suspendu à la tringle elliptique qui surplombait son lit était entièrement ouvert. À l'arrivée d'Evie, l'homme avait cessé de fixer le plafond et s'était mis à regarder dans sa direction. La jeune femme s'était aussitôt empressée de détourner le regard. Elle devait donner l'impression de ne pas le chercher. Leur conversation devait avoir l'air purement fortuite, une coïncidence comme il ne s'en produit que dans une petite ville telle que York.

— Excusez-moi, mais quelqu'un aurait-il vu le docteur Cornfoot ? demanda Evie à la cantonade tout en se déplaçant entre les deux rangées de lits, certaine que personne n'aurait aperçu ce médecin né de son imagination.

L'un après l'autre, tous les patients firent non de la tête.

— Désolé mais on a pas vu de docteurs ici, juste des infirmières, répondit un homme en anorak gris qui rendait visite à un patient avec un bras dans le plâtre.

— C'est lequel ? demanda le monsieur installé juste à côté d'Alim, qui n'avait pas de visite non plus.

Saisissant cette opportunité, Evie s'avança dans l'espace entre son lit et celui du suspect. Elle prit grand soin de ne regarder que l'homme qui l'avait interrogée, dont la peau épaisse et ridée lui rappelait celle d'un rhinocéros.

— Euh, il est grand. Chauve. Avec un nez pointu. Et il boite légèrement.

Elle observa un moment son interlocuteur pour voir si ce portrait plus caricatural qu'elle l'aurait voulu avait éveillé ses doutes. Mais il était plongé dans ses pensées, les yeux rivés au plafond.

— Ça ne me rappelle rien. Vous êtes sûre qu'il travaille dans ce service ? Cet hôpital est immense, vous savez.

— C'est l'accueil qui m'a envoyée ici, répondit Evie sans avoir à mentir.

— L'accueil ! cracha l'homme alité. Ils ne savent pas de quoi ils parlent.

— Mmm... vous avez sûrement raison, fit Evie, qui ne partageait pas cet avis mais voulait se mettre les patients dans la poche. J'en ai vraiment assez de me faire balader. Ces gens s'imaginent peut-être que ça m'amuse de courir par monts et par vaux avec ça ?

Sur ces mots, elle pointa du doigt ses cicatrices.

L'homme alité baissa les yeux sur ses mains, occupées à jouer avec l'ourlet satiné de sa couverture.

— Comment c'est arrivé ?

Evie mourait d'envie de sourire. Elle savait que quelqu'un dans la pièce succomberait tôt ou tard à une curiosité malsaine. Mais elle croisa les bras sur sa poitrine et fronça les sourcils en faisant tout son possible pour dissimuler sa satisfaction.

— Croyez-le ou non, mais c'est l'œuvre d'un policier.

Ce qui, cette fois encore, n'était pas un mensonge à proprement parler.

— Les flics ? grogna Alim.

CHAPITRE 5

Evie sursauta comme si elle venait juste de remarquer la présence d'Alim. Décidément, cet après-midi, elle mettait à profit les quelques cours de théâtre qu'elle avait pris au collège.

— Désolée, je n'ai pas bien saisi.

— On ne peut pas faire confiance aux flics, rugit à moitié Alim avant de grimacer de douleur.

Derrière lui, plusieurs poches étaient suspendues à un pied argenté, dont une perfusion intraveineuse. Cela signifiait probablement qu'il avait du mal à manger ou boire. Parler ne devait pas être beaucoup plus facile.

Après un rapide sourire au patient d'à côté, Evie s'approcha d'Alim.

— Ils vous en ont autant fait voir qu'à moi ? demanda-t-elle.

— À c… à cause de qui je suis là, à votre avis ? répondit-il péniblement avant d'être pris d'une quinte de toux.

— Vous avez le droit de boire un peu d'eau ? lui demanda Evie.

L'homme acquiesça tandis qu'elle inspectait sa table de chevet. Elle y trouva un gobelet et une paille, posés sur quelques magazines automobiles. Evie lui plaça la paille dans la bouche, tout en se demandant si Alim lisait ces revues pour le plaisir ou à des fins plus pernicieuses – pour repérer les véhicules les plus intéressants à voler, par exemple. Chaque gorgée s'accompagnait d'une grimace mais elle voyait néanmoins de la gratitude dans les yeux noisette du malfaiteur.

— Désolée d'avoir abordé ce sujet, reprit-elle quand il fit signe qu'il avait assez bu. Je ne m'attendais pas à rencontrer quelqu'un dans le même bateau que moi.

— Comment ils vous ont eue ? demanda Alim sans prêter attention à ses excuses.

Evie parcourut la salle des yeux pour s'assurer que les autres avaient repris le cours de leurs conversations. C'était le cas en effet, hormis le patient d'à côté, qui tendait l'oreille pour essayer d'entendre leur échange. La jeune femme baissa donc la voix.

— On m'a accusée d'avoir assassiné mon ex.

Suivant l'exemple d'Evie, et peut-être pour avoir moins mal, Alim lui répondit en murmurant :

— Et c'était vrai ?

— Bien sûr que non, fit Evie tout en affichant un rictus qu'elle espérait sinistre. Je suis innocente.

Alim sourit à son tour d'un air narquois, ou du moins essaya-t-il, étant donné qu'une grosse plaie l'empêchait de bouger le côté gauche de sa bouche.

— Et les flics vous ont tabassée, hein ? Pour vous faire parler ?

— Pas exactement. J'ai été kidnappée et la voiture de mes ravisseurs est tombée dans la rivière.

Evie essayait de ne pas trop penser aux mots qu'elle prononçait. Si elle n'y prenait pas garde, elle risquait de tout revivre à nouveau. La puissance du déferlement d'eau glacée dans l'habitacle. Son visage s'écrasant sur quelque chose de dur et coupant. Ses ravisseurs paniqués en train de cogner et gémir désespérément à l'avant. Sa respiration qu'elle retenait pendant que Halloran brisait la vitre et la ramenait sur la rive.

— Si mes ravisseurs ont foncé dans l'eau, c'est parce que la police les avait acculés. Si cet inspecteur n'avait pas fait n'importe quoi, rien de tout ça ne serait arrivé.

Evie avait ajouté cette précision pour faire croire qu'elle considérait Halloran responsable de ce qui s'était passé. D'ailleurs, pour une raison inexpliquée, elle n'avait pas trop de difficulté à l'en accuser. Elle grimaça en en prenant conscience. Lui en voulait-elle pour le spectacle que lui renvoyait chaque jour son miroir ?

— Donc ce flic était un mec ? s'enquit Alim, retrouvant aussitôt toute l'attention d'Evie.

— Oui. Mais il m'a quand même sortie de la voiture. J'imagine qu'on peut dire qu'il m'a sauvé la vie.

Alim secoua la tête dans la mesure de ses possibilités.

— On ne peut pas leur faire confiance. À aucun d'entre eux. S'il vous a repêchée, c'est sûrement pour pouvoir vous faire avouer.

— Cette idée m'a traversé l'esprit, mais je suis trop futée pour ça… Attendez ! Vous disiez que c'est aussi un flic qui vous a fait ça ?

C'était l'instant décisif. Evie écarquilla les yeux. Plus elle aurait l'air étonnée et abasourdie, mieux ce serait.

— Elle portait une cagoule, et je n'ai pas pu voir son visage. Mais j'ai reconnu son accent écossais. Elle m'a frappé…

La voix d'Alim commença à s'éteindre mais il déglutit fortement et la retrouva.

— Elle m'a frappé avec un marteau en hurlant des trucs à propos d'un cambriolage sur lequel elle enquêtait. Elle répétait qu'il valait mieux que j'avoue. Sinon…

— Nom d'une pipe ! Vous connaissez son nom ? On dirait que c'est quelqu'un dont il vaut mieux se tenir à distance.

— Banks. Je l'avais déjà croisée avant ça. Elle m'accuse toujours de tout. Si on l'écoutait, je serais responsable de tous les cambriolages à dix kilomètres à la ronde.

— Banks, répéta Evie, fronçant toujours plus les sourcils pour appuyer ses propos. Je crois que je vois de qui vous parlez. Elle était là le jour où ils m'ont sortie de la rivière.

— Elle m'a frappé et frappé…, fit Alim d'une voix qui laissait deviner que sa lèvre inférieure aurait tremblé si elle l'avait pu.

— Oui, je vois qu'elle ne vous a pas loupé, confirma Evie en regardant son visage, frémissant à l'idée du marteau s'abattant sur ses os et sa chair. Je suis désolée pour vous.

Alim n'était peut-être pas un ange mais il ne méritait tout de même pas cela. Et vu son jeune âge, il était fort probable que tout ça ne soit pas entièrement sa faute.

Le jeune homme baissa les yeux. Si Evie ne trouvait pas un moyen de la prolonger, la conversation allait s'arrêter là alors qu'il lui restait des informations à glaner.

— Cette Banks, vous l'avez signalée ? demanda-t-elle.

Alim opina légèrement du chef.

— Les flics disent qu'ils enquêtent. Apparemment, ils auraient trouvé ses empreintes sur le marteau.

— Ils vous ont dit ça ?

Les coins de la bouche d'Alim se relevèrent.

— On a une taupe au poste.

Le cœur d'Evie s'emballa. Un membre de la police informait donc la famille Buruk ? Allez savoir qui d'autre. Il fallait qu'elle en découvre davantage à ce sujet mais ce n'était pas le moment. Si elle insistait, il risquait de la démasquer. Mieux valait se le mettre dans la poche et tenter d'en apprendre plus par la suite.

— Quelle sale histoire, soupira la jeune femme. Mais le bon côté, c'est que cette Banks va sûrement se faire coincer tôt ou tard. Visiblement, ce n'est pas une flèche.

— Pourquoi vous dites ça ?

— Imaginons que vous soyez policier, d'accord ? Dans ce cas, vous savez comment fonctionne une enquête criminelle. Vous vous donnez la peine de vous déguiser et même de porter des gants. Vous vous rendez chez quelqu'un que vous soupçonnez de cambriolage, vous le menacez, vous le tabassez... puis vous laissez l'arme de l'agression avec vos empreintes à un endroit où tout le monde pourra la trouver.

— Oui, elle l'a abandonnée devant ma putain de porte d'entrée.

— Mais quelle idiote ! Elle a tout fait pour se faire prendre. Même pas capable de tabasser quelqu'un dans les règles de l'art.

Le visage d'Alim était tout plissé tant il réfléchissait. Mais, tout à coup, ses yeux se portèrent sur la porte et s'écarquillèrent de frayeur. En suivant son regard, Evie vit une femme s'approcher d'eux d'un pas lourd. Sa grande robe noire à manches longues laissait à peine entrevoir sa peau claire et, à en juger par ses rides, elle devait avoir une quarantaine d'années. En tout cas, quelque chose dans ses traits trop carrés mettait Evie très mal à l'aise.

Son regard allait et venait entre Alim et Evie.

— Qui c'est, celle-là ? demanda-t-elle.

Evie sentit ses épaules se crisper. Elle ne s'attendait pas à devoir donner son nom. Elle pensait entrer et sortir comme une fleur. Elle avait juste prévu de semer le doute dans l'esprit d'Alim quant à la culpabilité de Charley et disparaître pour toujours.

— C'est qu'une patiente de l'hôpital, maman, marmonna le jeune homme.

C'était donc la fameuse mère.

Evie savait qu'on ne devait pas juger les gens à leur apparence mais ce n'étaient pas seulement les traits de cette femme qui l'intimidaient. On voyait bien à ses manières qu'il ne fallait pas plaisanter avec elle.

Après la réponse d'Alim, les épaules d'Evie se détendirent un peu. Elle avait encore une chance de rester anonyme.

— Une patiente de l'hôpital ? répéta Mme Buruk. À qui tu viens de parler sans même connaître son nom ?

— On n'a fait que bavarder. On s'ennuie ici, tu sais ?

— Et vous avez bavardé de quoi ?

Les yeux de la femme étaient plongés dans ceux de son fils. Toute son énergie était concentrée dans ce regard noir qui fit frissonner Evie alors qu'il ne lui était même pas destiné.

— De tout et de rien, tu sais bien… Elle cherchait un médecin et on en est venus à parler des flics.

— Et vous en avez dit quoi, des flics ? demanda-t-elle à Evie d'un air menaçant.

— Je ne voulais pas vous déranger en ce moment difficile, commença par s'excuser la jeune femme.

Si Alim disait un mot de plus, il allait rapporter toute leur conversation à sa mère et cela risquait de très mal finir.

— Votre fils s'est juste montré serviable en essayant de m'aider à trouver un médecin que je cherchais. D'ailleurs, je vais devoir y aller.

— Serviable ? répéta-t-elle comme si c'était encore plus louche.

— Oui, vraiment serviable, merci beaucoup, répondit Evie si vite que ses mots se télescopaient.

Elle se dirigea vers la porte.

— Je vous raccompagne, lança la mère d'Alim.

Evie déglutit. Être suivie par la mère d'un délinquant notoire n'avait rien de très engageant.

L'idée de partir en courant lui traversa l'esprit, mais cela ne lui causerait probablement que plus d'ennuis. Mieux valait affronter la situation. Elle était dans un lieu public, après tout. Avec des témoins. Cette femme ne pouvait pas faire n'importe quoi, si ?

Sitôt qu'elles eurent passé la porte, la matrone se tourna vers elle et l'accula contre le mur le plus proche.

— Écoute-moi bien, lui dit-elle en appuyant son index sur sa clavicule. Mon fils se prend pour un dur et se croit malin alors qu'il ne connaît rien à rien. Mais moi, je sais. Je sais comment marche le monde.

— C'est vraiment touchant de voir une mère qui veille sur son fils, il n'y en a plus assez de nos jours, tenta Evie en espérant paraître décontractée alors qu'elle butait quasiment sur chaque syllabe.

— Qu'est-ce que tu faisais là-dedans avec lui ?

— Honnêtement, j'essayais juste de trouver un médecin. Pour mes cicatrices, vous voyez ?

Evie pencha la tête selon un angle qui, d'après elle, rendait ses balafres encore plus repoussantes.

— T'es qui ?

— Moi ? fit Evie avec un gloussement nerveux. Je suis… je ne suis personne… personne dont vous devriez vous soucier, en tout cas.

— Comment tu t'appelles ? grogna la femme entre ses dents serrées.

Sans parler des graves conséquences que sa venue à l'hôpital pourrait avoir pour Charley, Evie ne pouvait pas donner son vrai nom.

Hélas, elle perdait tous ses moyens dès qu'elle était sous pression. Il fallait qu'elle soit quelqu'un d'autre, quelqu'un qui saurait faire face à ce genre de situation.

— Je m'appelle Kitt, s'entendit-elle répondre tout en n'y croyant pas elle-même.

Oh, misère ! Mais pourquoi avait-elle donné ce nom-là ? Maintenant, Kitt risquait d'être en danger.

— Kitt comment ?

Evie n'aurait pas cru que cette femme puisse encore approcher son visage davantage du sien, mais il fallait croire qu'elle avait tort.

— Kitt... euh, Schmartley ! lança Evie tout en se disant qu'elle allait rôtir en enfer.

Alors qu'elle n'aurait su compter le nombre de fois où son amie l'avait tirée d'un mauvais pas, elle la remerciait en la jetant tout droit dans la gueule du loup.

— Schmartley ? répéta la mère d'Alim.

— Oui, répondit-elle en adoptant l'attitude collet monté que Kitt aurait adoptée à sa place, tout en reprenant la direction de la sortie la plus proche.

Juste avant de pousser la double porte, elle entendit une dernière fois Mme Buruk :

— Surveille tes arrières. Je te tiens à l'œil, Kitt Schmartley !

CHAPITRE 6

En dépit d'une fin d'après-midi plutôt calamiteuse, Evie réussit à se rappeler qu'elle avait promis à Kitt de passer la voir à la bibliothèque en rentrant chez elle. Elle prit le chemin le plus court, via Roundtree Park puis le sentier longeant la rivière.

Autrefois, l'Ouse était l'une des choses qu'Evie préférait dans le fait de vivre juste à l'extérieur des plus longs remparts médiévaux d'Angleterre. Cette période était révolue. Aujourd'hui, la simple vue du cours d'eau suffisait à lui faire revivre le moment où la voiture de ses ravisseurs était tombée dedans. À cette période de l'année, il sortait toujours de son lit et engloutissait des parcelles entières de la ville. Et l'image des escaliers de Skeldergate Bridge submergés, dans un coin de son champ de vision, la faisait frissonner.

Elle tourna le dos à la rivière et contempla l'entrée principale de la bibliothèque universitaire de la vallée de York. Orienté vers le haut, un éclairage d'un blanc parfait mettait en valeur cet édifice de cinq étages de style faux-Tudor au toit en bâtière et aux colombages noirs. Au-dessus de la porte, la devise de l'institution était gravée en grandes lettres sur une plaque dorée : *Tout esprit est un univers*. Evie avait toujours bien aimé cette formule, véritable truisme en ce qui concernait Kitt tant on avait parfois l'impression qu'il n'existait pas de limites à son savoir.

Après avoir monté les marches quatre à quatre et poussé les solides portes en chêne, Evie fut comme toujours submergée par l'odeur poussiéreuse des vieux livres. Empruntant son itinéraire habituel, elle traversa un océan de céramique bleue puis longea plusieurs rangées d'ordinateurs. Il ne lui restait plus qu'à gravir l'escalier en colimaçon qui la séparait du département d'études sur les femmes, dont Kitt était la responsable. En arrivant au deuxième étage, elle eut la surprise de ne pas trouver son amie derrière son bureau. Voilà qui était étrange. Evie chercha des yeux le « Je reviens dans cinq minutes » qu'elle ne manquait jamais de griffonner quand une tâche spécifique ou sa dépendance quelque peu inquiétante au thé l'obligeaient à s'absenter. Mais aucune trace du petit mot. Evie grimaça, sachant combien Kitt tenait à ce qu'il y ait toujours quelqu'un de disponible pour aider les étudiants. Elle continua donc d'avancer jusqu'au bout des rayonnages, s'attendant à trouver la bibliothécaire en train de remettre un livre en place ou d'en montrer l'emplacement à un usager. Mais à cette heure tardive, il ne restait plus que quelques rares visiteurs. Les autres étaient rentrés chez eux avec un McDo pour regarder des séries sur leurs box.

Evie se dirigea vers le bureau de Kitt, où son amie se préparait peut-être un Lady Grey, croisant les doigts pour que les espions de Michelle ne la surprennent pas. Elle n'était plus qu'à quelque pas quand elle fut prise de nausée. De faibles bruits lui parvenaient de l'intérieur. C'était la voix de Kitt et, à en croire ses intonations, quelque chose n'allait pas.

Evie ouvrit la porte à la volée et fut accueillie par trois visages exprimant des émotions différentes.

Deux d'entre eux lui étaient familiers. Kitt se tenait au milieu de la pièce, près de la table. Elle avait les bras croisés mais ses traits se détendirent un peu à la vue de son amie. Halloran était à sa droite, en costume gris sombre, sourcils froncés et lèvres pincées. Dans ses mains, un crayon qui avait dû cesser de prendre des notes au moment où elle était entrée. Enfin, sur la gauche, se trouvait une femme qu'Evie n'avait encore jamais rencontrée. Elle portait un tailleur-pantalon marron agrémenté d'un foulard en soie turquoise noué à la façon d'une cravate. Elle était aussi grande que Halloran, et ses cheveux ondulés noirs comme l'ébène lui descendaient jusqu'aux épaules.

Le bureau du deuxième étage n'étant pas franchement l'endroit le mieux rangé du monde, ils étaient cernés de piles de documents et de livres.

— Euh, désolée de vous interrompre, s'excusa Evie. Au bruit, j'ai cru que Kitt avait des ennuis, ou qu'elle était bouleversée. C'est pour ça que je suis entrée en trombe.

Kitt ouvrit la bouche pour répondre mais l'inconnue la devança.

— Qui êtes-vous ? demanda-t-elle en scrutant Evie.

— Je m'appelle Evie. Je suis une amie de Kitt. C'est pourquoi je suis entrée précipitamment. J'ai cru qu'il y avait un problème.

— Il y en a un, confirma Kitt. Et même plus d'un, en fait. Le commandant Ricci, ici présente, pense que j'ai interféré dans son enquête sur le cambriolage de la librairie. Elle m'accuse d'être allée voir à l'hôpital quelqu'un dont je n'ai même jamais entendu parler.

Après avoir dégluti de manière peu discrète, Evie demeura un moment sans respirer pendant que son cerveau tentait d'analyser la situation.

La mère d'Alim avait dû porter plainte. Par conséquent, le commandant Ricci avait illico traîné Halloran à la bibliothèque pour vérifier avec lui où Kitt était allée fourrer son nez. Sauf que cette dernière n'avait rien fait.

— Je vous en prie, mademoiselle Hartley, ne jouez pas les innocentes, insista Ricci. Vos ingérences dans l'enquête sur le meurtre du mois d'octobre m'ont été rapportées.

— Étrange, rétorqua Kitt. Je n'aurais jamais cru qu'un civil recherchant un meurtrier constituait une forme d'ingérence aux yeux de la police.

Halloran ne broncha pas mais Evie vit ses épaules se raidir.

— Quoi qu'il en soit, reprit Ricci en croisant les bras sur sa poitrine, vous avez largement empiété sur nos plates-bandes. Vous n'avez rien à faire dans une enquête criminelle. Visiblement, il faut vous rappeler une fois de plus que les activités de la police ne vous regardent pas. En termes de paperasse comme de réputation, votre petit numéro de cet après-midi va nous coûter très cher. Comme si cette affaire n'était pas déjà assez compliquée…

Evie décida d'avouer que c'était elle, et non Kitt, qui était allée à l'hôpital. Mais quelque chose l'en empêcha. Et ce n'était pas seulement la crainte des répercussions. Elle redoutait surtout de se retrouver elle aussi dans le collimateur de Ricci. Qui savait quelles enquêtes secrètes il allait encore falloir mener pour tenter d'innocenter Charley ? Et Kitt étant du genre curieux, si elle ne s'était pas rendue elle-même à l'hôpital, c'était peut-être parce qu'elle avait commencé à fouiner ailleurs. Mieux valait attendre de voir la tournure que prenaient les choses avant de révéler des informations incriminantes.

— Je vous l'ai déjà dit, rétorqua Kitt. Je ne suis pas allée à l'hôpital cet après-midi. Je travaillais.

— Et vous n'avez pris aucune pause ? demanda Ricci. En taxi, l'hôpital n'est pas loin d'ici.

— Mais enfin ! s'exclama Kitt. Non, je n'ai pris ni pause ni taxi. Sinon, je vous l'aurais dit quand vous me l'avez demandé.

Après avoir fusillé Halloran et Kitt du regard, Ricci s'intéressa de nouveau à Evie.

— Et vous ? Vous êtes donc une amie de Mlle Hartley, c'est bien ça ?

— Sa meilleure amie, précisa Evie.

— Cette même meilleure amie qui a été arrêtée pour meurtre il y a quelques semaines ?

— Arrêtée à tort, rappela la jeune femme sans pour autant pouvoir regarder la policière en face.

— Et le cambriolage de Bootham Books ? Ça vous dit quelque chose ?

— Oui, j'en ai entendu parler, répondit Evie en choisissant ses mots avec soin.

Elle ne voulait surtout pas mentir à la police. Cela risquait de se retourner contre elle. Cela dit, il y avait quelque chose chez Ricci qui la rendait méfiante, qui ne lui donnait pas envie de coopérer.

— Et comment en avez-vous entendu parler ?

Si Evie jetait le moindre coup d'œil en direction de Halloran, il risquait bel et bien de se retrouver tous les samedis soir à la gare de York jusqu'à la fin des temps.

— D'abord aux infos, puis par Kitt qui fréquente régulièrement cette librairie. Nous avons juste discuté du fait que c'était terrible. Comme tout le monde, quand un cambriolage se produit en ville.

— Et vous n'avez rien envie de me dire d'autre au sujet de cette affaire ? demanda Ricci.

Formulation intéressante, pensa Evie. Tant que ce n'était pas nécessaire, elle n'avait aucune envie de dire quoi que ce soit à cette femme.

Cette fois encore, elle se contenta de faire non de la tête afin de ne pas risquer qu'un véritable mensonge se retourne contre elle plus tard.

Ricci fit alors un pas vers elle et la dévisagea.

— Ces cicatrices me paraissent très récentes.

À ces mots, Evie eut l'impression de se vider de tout son oxygène, de sentir son corps tout entier pris d'engourdissement.

— D'où proviennent-elles ? demanda Ricci.

Malgré son ton un peu moins sec, cette question fit à Evie l'effet d'un coup de poing dans le ventre. Cette fois, elle était si décontenancée qu'elle ne put s'empêcher de lancer un coup d'œil à Halloran. Si ses traits étaient toujours durs, une certaine tristesse transparaissait dans ses yeux bleus. Signe que, même s'il ne désapprouvait pas toutes les questions de sa supérieure, il déplorait qu'elle ait posé celle-ci. Ricci les observa un moment l'un et l'autre avant que Kitt ne brise ce qui commençait à devenir un silence très pesant.

— Tu n'es pas obligée de répondre.

— Mais vous pouvez quand même, quoi qu'en pense votre amie, insista Ricci en ne lâchant pas Evie des yeux. Si vous vous êtes laissé entraîner dans une situation répréhensible, je pourrais peut-être vous aider.

— Je ne pense pas que poser des questions indiscrètes

et cruelles à quelqu'un ayant des cicatrices au visage l'aide vraiment, intervint de nouveau Kitt.

Evie aurait aimé lui sourire pour lui faire savoir combien elle appréciait qu'elle vole à son secours une fois de plus – surtout que c'était sa faute si Ricci était ici. Mais elle en était bien incapable après les questions de la policière. Elle avait déjà assez de mal à retenir ses larmes. Elle commençait à s'habituer aux longs regards circonspects, mais personne n'avait encore osé lui infliger un tel interrogatoire.

Ricci soupira et se retourna vers la bibliothécaire.

— Nous allons visionner les images enregistrées à l'entrée de l'hôpital cet après-midi. Vous nous faciliteriez beaucoup la tâche en reconnaissant tout de suite les faits. Halloran prendra des notes, et ensuite nous referons une déposition officielle au poste.

Kitt remplit ses poumons à fond puis expira tout doucement. La sachant capable de colères explosives, Evie se dit que c'était sûrement parce que Ricci était en position de force qu'elle se contenait.

— Si je me présentais sous un faux nom pour rendre visite au suspect d'une affaire criminelle, je choisirais quelque chose de plus ingénieux que « Kitt Schmartley ». Vos accusations sont une insulte à mon intelligence. En outre, je vous annonce d'ores et déjà que le visionnage de ces vidéos sera une terrible perte de temps.

— C'est moi qui décide de l'usage que je fais du temps de travail de mes équipes, mademoiselle Hartley, rétorqua Ricci d'un ton qui glaça le sang d'Evie. Si nous trouvons quelque chose sur ces images, vous entendrez de nouveau parler de moi. Vous repérer ne devrait pas être trop dur. Votre photo est dans nos dossiers depuis que nous vous avons arrêtée dans le cadre d'une affaire de meurtre il y a six semaines.

— Arrêtée à tort, tout comme Evie, rappela Kitt, la mâchoire serrée.

— Je vous le répète, histoire que tout soit clair : tenez-vous à l'écart de cette enquête, ainsi que de toutes celles sur lesquelles la police du Yorkshire du Nord travaille actuellement. Si je tombe sur le moindre signe d'ingérence de votre part, je ne vous louperai pas.

Sans un mot de plus, Ricci tourna les talons et se dirigea vers la sortie, toisant une dernière fois Evie au passage.

— Vous venez, inspecteur Halloran ? lança-t-elle en s'apercevant qu'il ne la suivait pas.

— Il est plus de 19 heures, madame, répondit l'inspecteur principal en consultant sa montre. Mon service est terminé. Je vais rentrer directement chez moi.

Après s'être passé la langue sur les dents – probablement vexée que son subalterne ne fasse pas preuve de solidarité –, Ricci finit par prendre la porte.

Tendant le cou depuis le seuil, Halloran s'assura qu'elle était véritablement partie. Une fois rassuré, il se retourna et dut affronter le regard le plus impitoyable que Kitt lui ait jamais lancé.

CHAPITRE 7

— Je sais ce que tu vas dire, déclara Halloran en revenant lentement vers Kitt, les mains levées à la façon d'un gardien de zoo s'approchant d'un tigre.

— As-tu seulement idée ? demanda Kitt.

Son ton était glacial, comme chaque fois qu'elle estimait avoir été injustement traitée. Mais Evie remarqua qu'une pellicule humide se formait en même temps sur ses yeux.

— Ne me regarde pas comme ça, ma chérie. J'ai tout fait pour la dissuader de venir. Mais je ne peux pas m'opposer aux décisions professionnelles d'un supérieur hiérarchique. Si j'avais résisté plus longtemps, elle m'aurait sûrement collé aux tâches administratives pour insubordination… dans le meilleur des cas.

Kitt ne répondit rien. Elle se contenta de pousser un long soupir sans lâcher l'inspecteur des yeux.

— Tu ne te rends pas compte des ennuis que je pourrais avoir à cause de ce que je t'ai révélé en octobre pendant que nous enquêtions sur les meurtres, poursuivit l'inspecteur principal. Et même si je réserve mon jugement sur toute l'affaire en cours, je tiens à être en mesure d'aider Banks si nécessaire. Et si je suis assigné à des tâches administratives, c'est peine perdue.

Il se tut un instant et un petit sourire en coin passa brièvement sur son visage.

— Quand on est enchaîné à son bureau, on ne peut pas faire grand-chose, ajouta-t-il.

Kitt se retint de sourire à son tour, à peine trahie par un frémissement des lèvres.

— Je suppose que ce n'est qu'une question d'inventivité, répondit-elle en regardant Halloran droit dans les yeux.

Evie sentait la température monter entre eux. Étaient-ils vraiment en train de parler de faire des galipettes sur le bureau de Halloran ? Devant elle ? Sans aucune gêne. D'ordinaire, devant un échange de ce genre, elle aurait aussitôt pris le large. Mais, hélas, il lui restait quelque chose à leur avouer.

Elle se racla la gorge et Kitt sursauta comme si elle avait oublié sa présence.

— Il faut que je vous dise quelque chose, lança Evie en les regardant sans les regarder.

— Ça va ? lui demanda Kitt en s'approchant d'elle.

— Oui, je crois, répondit Evie en se frottant les mains. Mais je ne sais pas si ce sera encore le cas dans quelques secondes.

— Pourquoi dites-vous cela ? demanda Halloran en croisant les bras.

— Parce qu'il faut que je vous avoue que c'est moi qui suis allée à l'hôpital cet après-midi...

Il y eut un moment de silence, le temps que l'information fasse son chemin.

— Oh, Evie, mais qu'est-ce qui t'est passé par la tête ? demanda Kitt en se prenant la tête dans les mains.

— Je suis désolée. Vraiment, vraiment désolée. En fait, je pense que je n'avais justement rien du tout dans la tête.

Je ne pensais pas croiser la mère d'Alim. Charley m'avait pourtant laissée entendre qu'elle n'était pas commode.

— Banks sait que vous y êtes allée ? demanda Halloran, l'air préoccupé.

— Oh, non ! fit Evie, en secouant vivement la tête. Si Charley avait su ce que je voulais faire, je suis certaine qu'elle m'en aurait empêchée. Mais je tenais vraiment à l'aider. Alors, quand elle a mentionné le nom d'Alim en passant, je me suis dit que ça ne pourrait pas faire de mal si...

Elle laissa sa phrase en suspens. Elle était paralysée par l'expression de fureur de l'inspecteur principal. Pourtant, Halloran ne s'emporta pas, il ne poussa pas le moindre cri. C'eût été parfaitement inutile. Son opinion était tout ce qu'il y a de plus clair.

— Je dois reconnaître que je pensais que c'était du Grace tout craché, déclara Kitt, faisant référence à son assistante qui l'imitait souvent, pour plaisanter, et poussait parfois le bouchon un peu loin. Evie, tu ne peux pas t'ingérer dans les enquêtes de la police comme ça. Surtout quand une enquête interne est en cours. Tu te rends compte que Ricci risque de soupçonner Banks d'avoir envoyé quelqu'un faire pression sur l'homme qui l'accuse ?

— Euh, je n'ai pas du tout pensé à ça, admit Evie, dans un filet de voix.

— Quand Mme Buruk a appelé au poste, elle a bien précisé qu'elle allait rapporter l'incident à l'IOPC, dit Halloran. Leur numéro doit figurer dans ses favoris.

Evie se mordit la lèvre et réfléchit un moment avant de reprendre la parole.

— Ce n'est pas une très bonne nouvelle. Mais je ne pense pas qu'ils vont pouvoir prendre Charley en faute.

D'après ce qu'Alim m'a raconté, il est évident qu'elle n'est pour rien dans son agression.

— Que voulez-vous dire ? demanda l'inspecteur principal, sa curiosité l'emportant sur sa contrariété.

Prête à tout pour distraire ses interlocuteurs de leur colère à son égard, Evie développa :

— Alim a dit que son agresseur portait des gants noirs, et qu'il avait déposé l'arme là où on l'a trouvée.

— Oui, ça, nous le savons déjà, rappela Halloran.

— Qu'est-ce que ça prouve ? demanda Kitt.

— Ça ne prouve rien mais il y a une contradiction dans ce comportement, admit l'inspecteur principal. C'est, d'ailleurs, l'un des principaux éléments en faveur de la théorie d'un coup monté contre Banks.

— Oui, tu dois avoir raison, approuva Kitt. Y a-t-il des signes indiquant qu'on aurait essuyé l'arme pour effacer les empreintes ?

— Personne n'en a fait mention. Cependant, n'oubliez pas que, les empreintes étant partielles et brouillées, on peut se demander si elle a bien été la dernière personne à toucher l'arme.

— Mais bon, fit Kitt, si Banks était coupable, il faudrait qu'elle soit complètement azimutée pour avoir laissé l'arme sur les lieux.

— Pas sur les lieux, révéla Evie. Alim affirme qu'on l'a abandonnée sur le pas de sa porte.

— Ricci n'a jamais précisé que l'arme avait été retrouvée devant le domicile de la victime, s'étonna Halloran.

— Pourquoi te l'aurait-elle caché ? lui demanda Kitt.

— Je ne sais pas. Si elle fait de la rétention d'informations, ça veut sûrement dire qu'elle ne me fait pas confiance. Elle craint peut-être que je sois de mèche avec ma coéquipière. Elle doit pourtant bien se douter que Banks n'aurait jamais commis la bêtise d'attirer les soupçons sur elle en déposant l'arme devant la porte de la victime.

— Qu'est-ce que ça signifie ? demanda Evie.

— Ça signifie que Ricci appréhende peut-être la situation depuis l'angle qui l'arrange, répondit Halloran.

— Je ne comprends pas très bien comment le fait d'avoir une personne corrompue dans ses rangs pourrait servir ses intérêts, confessa Kitt. En termes de réputation, elle aurait plus à gagner en étouffant l'affaire, non ?

— Elle espère peut-être une distinction. Faire tomber un policier ripou pourrait lui valoir d'être bien vue en haut lieu.

— Et ce ne pourrait pas être une vengeance personnelle ? demanda Kitt en fixant Halloran. Tu as dit que Ricci n'était pas franchement fan de Banks.

— Non. En plus d'être la fille d'un flic hautement respecté en son temps, Ricci a été recommandée par Percival. Et après trente ans de maison, il sait faire la différence entre un bon et un mauvais policier. S'il dit qu'elle est digne de confiance, c'est qu'elle l'est.

— D'accord, fit Kitt, on écarte cette hypothèse pour le moment. L'arme a été déposée devant chez Alim pour incriminer Banks. Donc la grande question, c'est : « À qui profite la suspension de Charley ? »

— Ceux qu'elle soupçonnait d'avoir commis le cambriolage de la librairie Bootham Books, dit Evie. Je crois la mère d'Alim tout à fait capable de piéger un policier pour tirer son fils d'un mauvais pas. Cette femme est flippante comme pas deux.

— Bon, c'est une piste à garder, approuva Kitt. Quelqu'un en a d'autres ?

— Banks a beaucoup d'ennemis, rappela l'inspecteur

principal. Quand vous mettez des gens en prison, il existe toujours un risque qu'ils cherchent à se venger. La liste des personnes susceptibles de vouloir nous faire du mal est forcément longue.

— Par contre, celle des gens suffisamment au courant de l'affaire pour avoir orchestré ça est très courte, non ? fit remarquer Kitt.

— Euh, probablement, confirma Halloran.

— Juste probablement ?

— Alim ou sa mère peuvent très bien avoir crié sur tous les toits qu'ils étaient les auteurs du cambriolage et que Banks les soupçonnait.

— Vu tout ce qu'il m'a raconté à l'hôpital et vu comme sa mère craignait qu'il ait trop parlé, je ne crois pas qu'Alim soit la personne la plus discrète de la planète, reconnut Evie.

— Mais il t'a semblé avoir le profil d'un bibliophile ? demanda Kitt.

— Pas particulièrement. Mais, contrairement à toi, il est rare que j'entame la conversation en parlant littérature. Je ne l'ai pas interrogé à ce sujet. Charley semblait penser qu'Alim n'était qu'un pion, sous les ordres d'un commanditaire qui, lui, s'y connaissait.

— Un expert en livres anciens..., fit Kitt en serrant les poings. Oui. Un cambrioleur en maraude dans la bibliothèque.

— Quoi ? Où ? fit Evie en se retournant, les yeux écarquillés.

— Non, non ! C'est juste le titre d'un roman de Lawrence Block.

— Évidemment, fit Halloran avec un sourire forcé.

— Je me demande comment je n'y ai pas pensé plus tôt, pesta Kitt. Le personnage central de ce livre est un dénommé Bernie Rhodenbarr. À la fois libraire et cambrioleur, il entreprend de voler un exemplaire très coté du *Grand Sommeil* de Raymond Chandler.

— Attends, il ne fait pas partie des livres volés chez Bootham Books, celui-là ? s'enquit Evie.

— Si, en effet, répondit Kitt. Et c'était une première édition aussi. Comme dans le roman de Lawrence Block.

— Autant j'apprécie tes parallèles entre fiction et réalité, déclara Halloran, autant j'espère que tu ne suggères pas que quelqu'un pourrait jouer ce roman dans la vie. Parce que je ne suis pas sûr du tout que les cambrioleurs s'intéressent à ce genre de mascarade.

— Non, ce n'est pas exactement à ça que je pense, expliqua Kitt. Dans ce livre, Rhodenbarr veut cet exemplaire parce qu'il croit qu'il comporte une inscription destinée à un autre auteur, Dashiell Hammett.

— Jamais entendu parler, avoua l'inspecteur.

— *Le Faucon maltais* ? tenta Kitt, un soupçon d'incrédulité dans la voix.

Evie et Halloran lui répondirent par des regards vides.

— Passons, s'agaça Kitt. Mais si ces livres avaient autre chose de particulier que leur valeur marchande ?

— De particulier comment ? s'enquit Halloran.

— Je… euh, peut-être quelque chose de caché entre les pages. Les coordonnées d'un rendez-vous entre trafiquants de drogue, la combinaison du coffre d'un manoir, ou… Oh ! Ou peut-être, directement dans le texte, la clé du code d'un message inscrit sur une carte au trésor.

— Dans ce dernier cas, n'importe quel exemplaire pourrait faire l'affaire, non ? fit remarquer Evie.

— Pas forcément. Chaque édition est composée différemment et…

— Attends un peu, intervint Halloran d'un ton sévère.

Je te vois venir, là. Tu as l'intention de faire tes propres recherches, c'est ça ?

— Il se pourrait que je l'envisage, oui, admit Kitt, un soupçon de défi dans la voix.

— Ricci vient juste de te mettre en garde.

Kitt haussa les épaules.

— Mon point de vue, c'est que si je dois avoir des ennuis pour avoir enquêté sur quelque chose, autant que ce soit vraiment le cas. Surtout si cela concerne quelque chose d'aussi sérieux que des vols de livres.

— Ça ne me semble pas très prudent, comme raisonnement, estima l'inspecteur principal.

— Ce n'était pas prudent non plus de la part de Ricci de venir m'accuser sur mon lieu de travail, rétorqua Kitt. Et pourtant, elle l'a fait. J'irais même jusqu'à enquêter rien que pour voir sa tête quand j'aurai retrouvé ces livres avant elle.

— Avant de foncer tête baissée par pur esprit de vengeance, tu devrais peut-être prendre en compte que la carrière de Banks est en jeu. Et la mienne aussi, si ça se trouve.

Kitt plissa le nez en réfléchissant.

— C'est vrai, l'argument est recevable.

— Mais..., fit Evie en regardant successivement Kitt et Halloran. N'est-ce pas plutôt une raison de plus pour enquêter ? Plus nous serons nombreux à tenter de faire justice, mieux ce sera, non ?

Kitt se mordit la lèvre inférieure tandis que les arguments de sa meilleure amie et ceux de son amoureux rivalisaient dans sa tête.

— Je ne veux pas dire que nous devons semer la pagaille, précisa Evie.

— Il est peut-être un peu tard pour éviter ça, non ? lui rappela Kitt.

— Oui, bon, c'est parce qu'il n'y avait personne pour me cadrer. Tu sais te montrer plus discrète pour ce genre de choses, toi. Donc si nous faisons attention, Ricci n'en saura rien. Et qui serait plus qualifié que toi pour retrouver des ouvrages de valeur ? C'est une affaire de livres que le destin te LIVRE sur un plateau. Tu vois un peu le symbole ? Allez, d'habitude, tu ne résistes pas à ce genre de signes.

La bibliothécaire opina du chef.

— Il est indéniable que ma connaissance du marché du livre représente un atout pour cette enquête.

En entendant Kitt se vanter ainsi, Halloran s'autorisa un petit rictus. Evie profita aussitôt de l'avantage pris sur son amie pour se tourner vers lui.

— Je vous promets que je ne fais pas ça par goût du frisson. Je suis véritablement inquiète. Cette histoire n'est pas claire du tout et quand j'ai vu Charley hier, je l'ai trouvée très abattue. On ne peut pas la laisser endurer ça sans rien faire, si ? Surtout que ça crève les yeux qu'elle n'est pas coupable.

Halloran se frotta la barbe du dos de la main.

— En l'absence de Banks, Ricci a confié cette enquête à Wilkinson, ce qui prouve bien qu'elle ne me croit pas capable d'être objectif.

— Wilkinson ? s'étonna Kitt. On confie ce genre d'enquête à de simples flics, d'habitude ?

— Faute d'inspecteurs, ça s'est déjà vu, bien que ce soit plutôt rare, précisa Halloran. Et Wilkinson n'a jamais caché qu'il cherchait à gravir les échelons aussi rapidement que possible. Vu comme il est impatient de passer l'examen d'inspecteur, c'est peut-être même lui qui a demandé qu'on lui donne sa chance.

Evie et Kitt échangèrent des regards quelque peu surpris. D'après ce qu'elles en avaient vu, Wilkinson ne leur avait paru ni très motivé ni très doué.

— Malheureusement, Ricci m'ayant privé de ce dossier, je ne peux plus grand-chose pour Banks, résuma l'inspecteur principal.

— Charley semblait penser que la mère d'Alim était le cerveau de l'affaire, dit lentement Evie. Mais après ce qui s'est passé aujourd'hui, nous ne pouvons plus lui parler directement...

— Et vous ne devriez même pas y penser, ajouta l'inspecteur principal. Elle fréquente de vrais tordus et elle est plus dangereuse qu'elle en a l'air. Cela dit, les policiers professionnels disposent de certains moyens pour obtenir des informations sensibles quand ils en ont besoin.

— C'est-à-dire ? s'enquit Evie.

— Je pourrais demander à des collègues qui me doivent des services de jeter un œil aux comptes de la mère d'Alim. Si quelqu'un les a payés pour le cambriolage, il est probable que l'argent soit arrivé. Banks a sûrement dû contrôler ça quand elle menait l'enquête, mais ils ont très bien pu reporter un peu le versement pour brouiller les pistes. Si c'est un autre que moi qui s'en charge, Ricci n'aura rien à me reprocher si elle vérifie – ou plutôt *quand* elle vérifiera – mon historique informatique.

— Si elle s'en rend compte, tu ne vas pas avoir de problèmes ? demanda Kitt en s'approchant de Halloran. Que nous menions notre enquête, c'est une chose. Mais, en nous rendant ce service, tu transgresses un ordre direct.

— Ce n'est pas totalement sans risque mais il arrive de temps en temps que de telles mesures soient nécessaires, soupira Halloran. Comme quand un supérieur te met sur la touche alors que tu as une intuition. Parfois, il faut agir en douce. Ce n'est pas une habitude à prendre mais, cette fois, je vais le faire. Pour Banks.

— Bien, approuva Kitt. Parce que je ne pense pas que j'aurais pu rester les bras croisés.

— C'est vrai qu'il y a des premières éditions de livres à retrouver, plaisanta Halloran.

— Bon, demain c'est mon samedi de repos, reprit Kitt après un bref sourire coupable. Et puisque je suis la plus qualifiée pour mettre la main sur ces ouvrages – au moins parmi les civils –, je pense que je ferais bien d'aller faire un tour chez Bootham Books. Histoire d'essayer de savoir si des libraires concurrents ou des antiquaires sont passés récemment à la boutique. Bref, vérifier s'il y a eu des visites de repérage.

— ... et faire quelques petits achats ! lança Evie, moqueuse.

— Je ne suis pas sûre que tu puisses te permettre ce genre d'humour le jour où tu t'es fait passer pour moi auprès d'une délinquante notoire.

— Message reçu, capitula son amie.

— Euh, attendez une minute, les interrompit l'inspecteur. Je n'ai rien contre le fait que vous effectuiez de petites recherches. En revanche, je ne sais pas si c'est une bonne idée que vous alliez poser des questions ensemble sur le lieu du cambriolage. Ricci a peut-être mis vos portables sur écoute et placé quelqu'un devant la librairie.

— C'est facile à contourner, répondit Kitt. Nous allons juste faire comme si nous voulions acheter beaucoup de livres. Et pas uniquement chez Bootham Books.

— Et comment allez-vous procéder exactement ? s'enquit l'inspecteur, une étincelle luisant dans le bleu profond de ses yeux.

— En faisant le tour de toutes les librairies de la ville, bien sûr, annonça Kitt, radieuse. Je suis sûre que vous admettrez, inspecteur, que c'est la seule façon de ne prendre aucun risque.

CHAPITRE 8

Tandis que Kitt discutait avec le patron de Tower Street Books, une petite librairie spécialisée dans les livres d'occasion, tout près de la tour de Clifford (le château de York, pour les touristes), Evie étouffa un bâillement. C'était leur septième boutique de la journée et elle venait de redécouvrir à quel point son amie était intarissable quand elle rencontrait un autre passionné. Jusqu'à présent, aucune de leurs haltes n'aurait pu être qualifiée de rapide, ni même de vaguement utile à l'enquête. Si tout le monde était attristé par ce qui s'était produit chez Bootham Books, personne n'avait encore rien révélé de plus que ce qu'on pouvait apprendre sur les sites d'infos locales.

Cette fois, l'interlocuteur de Kitt était un homme noir du nom de Derek. Il portait de petites lunettes à monture ovale et avait les cheveux du même blanc que la barbe qui lui couvrait le menton d'une oreille à l'autre. Vêtu d'un ample pull gris plein de trous, il hochait la tête au fil du monologue de Kitt sur sa visite de la ville de Fowey, en Cornouailles, terre d'enfance de Daphné Du Maurier.

Derek s'empara d'un mug de thé au contenu presque aussi gris que son pull et le plaqua contre lui.

— La Cornouailles n'étant pas la porte à côté, je n'y

suis jamais allé mais j'ai vu des photos. Et on dit que c'est très pittoresque.

— Oh, c'est tout simplement l'endroit le plus joli qu'on puisse imaginer. La maison dans laquelle a grandi Daphné Du Maurier donne sur la rivière, et la fameuse auberge de la Jamaïque est tout près aussi.

Evie sourit pour elle-même. Même si les longues tirades à caractère littéraire de Kitt semblaient sans rapport avec leur enquête, elle en profitait toujours pour y glisser les titres des ouvrages volés. Dans les librairies précédentes, elles étaient reparties dès que le sujet du cambriolage avait été abordé. Selon ses propres explications, Kitt ne voulait pas éveiller de soupçons en posant trop de questions. Evie espérait vraiment que cette politique de départ rapide s'appliquerait aussi à la librairie Tower Street Books. Commençant à avoir les orteils en compote dans les chaussures vintage à petits talons qu'elle avait enfilées ce matin, elle n'aurait pas refusé de s'asseoir un peu. Les chaussures en question étaient tout ce qu'il y a de plus confortable, mais elle n'avait pas compris que Kitt voulait littéralement passer dans toutes les librairies de York.

Après huit ans d'amitié, elle aurait pourtant dû s'en douter.

— En fait, je n'ai jamais lu *L'Auberge de la Jamaïque*, avoua le libraire. Seulement *Rebecca*, *Ma cousine Rachel* et *Le Bouc émissaire*. C'est qu'elle nous a laissé pas mal d'œuvres, Du Maurier.

— C'est certain, approuva Kitt. Et *L'Auberge de la Jamaïque* est un vrai régal. Par contre, c'est un sujet douloureux chez Bootham Books en ce moment.

— Oh oui, fit Derek sans regarder Kitt en face. Une histoire affreuse, ce cambriolage. Tous les libraires sont sur le qui-vive, à vérifier que leurs portes sont bien verrouillées le soir, contrôler leurs systèmes d'alarme et j'en passe. D'habitude, la plupart d'entre nous ne s'embêtent pas avec tout ça. En général, les voleurs ne s'intéressent pas trop aux livres.

— Dans ce cas précis, je crois savoir qu'il ne s'agissait pas de vieux bouquins soldés devant la boutique, rappela Kitt tout en prenant un roman Harlequin sur une étagère proche et en lisant machinalement la quatrième de couverture.

— Il paraît qu'il y en a pour 50 000 livres en tout, intervint Evie, tentant d'apporter sa contribution à l'enquête mais aussi d'accélérer un peu la conversation, pressée qu'elle était de reposer ses pieds fatigués.

— C'est ce qu'on dit, confirma Derek tout en passant le doigt sur le bord de son mug et ne regardant toujours pas les jeunes femmes en face.

Kitt interpella Evie des yeux puis revint à Derek.

— Ceux qui ont fait ça devaient sûrement connaître la valeur de ces livres, et ils savaient où les trouver.

— Peut-être un cambrioleur qui s'est fait passer pour un éventuel acheteur. Si quelqu'un s'intéressait à mes premières éditions, je le laisserais les examiner à sa guise dans l'espoir de faire une vente.

— Vous avez sûrement raison, acquiesça Kitt.

Percevant un peu de suspicion dans la voix de son amie, Evie sentait aussi que quelque chose clochait dans l'attitude de Derek.

— Ça me chagrine d'entendre que vous êtes tous sur le qui-vive. D'après ce que j'ai compris aux informations, la police n'a officiellement arrêté personne.

L'homme ne répondit pas.

— Je suppose que vous n'avez rien entendu de

particulier sur ce cambriolage par le bouche-à-oreille. Quelqu'un qui aime les livres autant que moi a forcément très envie que justice soit faite.

Derek regarda enfin Kitt en face mais ne dit toujours rien.

La jeune femme reposa le roman à l'eau de rose sur l'étagère puis fixa son interlocuteur, les sourcils froncés.

— Vous êtes bien silencieux aujourd'hui, Derek. Vous avez un souci ?

— Ce n'est qu'une rumeur, finit-il par lâcher après un long moment. Ce n'est sûrement pas bien de la colporter.

— Nous ne sommes pas des commères, le rassura Kitt. Et vous feriez aussi bien de nous en parler, parce qu'on dirait que ça vous pèse.

— Je ne sais pas..., hésita encore Derek. Je ne connais pas Donald et Shereen Oakes personnellement mais je fréquente certaines personnes du métier qui sont plus proches d'eux. Ça fait un bail qu'ils sont préoccupés par la situation financière de leur commerce et que Donald affirme que ses comptes sont en berne.

Kitt hocha la tête.

— Ce n'est pas facile pour les librairies, de nos jours, avec Internet et tout ça.

— Sans parler du Brex..., commença Evie.

— Ne prononce pas ce mot, s'il te plaît, l'interrompit Kitt avec un geste englobant tous les livres de poche qui l'entouraient. Pas dans un de mes lieux de culte. Je ne peux plus l'entendre sans avoir la nausée.

— Pareil pour moi, avoua Derek en secouant la tête. Mais dans une ville comme York, on peut tout de même faire de très bons chiffres durant la haute saison touristique. En vacances, les gens s'efforcent de ne pas penser à l'actualité et ils dépensent une partie de leur budget en articles de luxe. Le problème, c'est que cet été, alors que la plupart d'entre nous connaissions une période faste, Donald se plaignait à ses amis d'une baisse de chiffre d'affaires.

— Vous l'avez entendu le dire vous-même ? demanda Kitt.

— Non, plutôt par d'autres libraires de la ville. Je préfère taire leurs noms. Ils m'ont raconté ça sur le ton de la confidence. Je ne sais pas d'où ils le tenaient.

— J'imagine que si les affaires n'étaient pas bonnes, ce cambriolage n'a pas dû arranger les choses, poursuivit Kitt.

— Euh, en fait, ça va sûrement aller quand même, répondit Derek, les yeux soudain élargis. Ces livres étaient assurés.

Kitt pencha la tête sur le côté.

— Vous ne sous-entendez pas que…

— Je n'ai rien dit, répondit Derek.

— Quoi ? fit Evie, l'air intrigué.

— Je pense que Derek laisse entendre que Donald et Shereen pourraient être derrière le cambriolage, clarifia Kitt. Qu'ils auraient pu tout orchestrer afin de percevoir l'argent de l'assurance. C'est ça ?

— Non… enfin, je ne sais pas quoi en penser, se défendit le libraire en même temps que Kitt. Comme je l'ai dit, ce ne sont pas Donald et Shereen qui m'en ont parlé directement. D'ailleurs, ce ne sont pas des choses qui se placent facilement dans une conversation ordinaire. Mais il y a des rumeurs.

— Pourtant, Donald est un vieux monsieur si gentil, s'étonna Kitt. Je le connais depuis des années.

— Ce ne sont probablement que des rumeurs, répéta

Derek avec un geste de dédain. Les ragots de la ville… Vous savez comment sont les gens.

— Oui, mais en supposant juste un instant qu'ils aient vraiment fait ça, intervint Evie, se souvenant que Charley était persuadée qu'Alim ne connaissait rien aux livres rares. Ils auraient été mieux placés que quiconque pour indiquer les ouvrages à prendre au voleur et lui expliquer précisément où les trouver.

— C'est vrai, admit Kitt. C'est juste que je suis cliente chez Donald depuis longtemps et que j'ai peine à croire que cet homme irait aussi loin pour sauver son commerce. Ça ne ressemble pas à la personne que j'ai appris à connaître. Pas du tout.

— J'aurais dû garder ça pour moi, regretta Derek.

— Non, non, c'est bien que vous en ayez parlé, lui assura Kitt. Mais vous me pardonnerez d'espérer que ce ne soit pas vrai. Et, en même temps, je me réjouis qu'il ne soit pas arrivé la même chose que dans un mes romans policiers préférés dans lequel un homme assassine carrément son épouse pour la prime d'assurance.

— Nous pouvons, en effet, nous réjouir de ne pas vivre dans *Assurance sur la mort* de James M. Cain, approuva Derek.

À ce moment-là, la porte s'ouvrit et une fille aux longs cheveux bruns avec les pointes violettes et bleues entra dans la boutique. Après avoir refermé derrière elle, elle entoura une longue mèche autour de ses doigts, l'air mal à l'aise.

— Puis-je vous aider ? demanda Derek en se levant de son tabouret et en posant son mug.

— De la science-fiction à l'ancienne ? s'enquit la fille. Vous auriez ça ?

Derek ouvrit la bouche pour lui répondre mais Kitt lui coupa l'herbe sous le pied.

— Au bout de la troisième rangée, là-bas, dit-elle en désignant l'endroit du doigt. Il y a au moins six étagères qui valent la peine d'y jeter un œil. Plus quelques grands classiques.

— Merci, répondit la fille avec un petit sourire avant de suivre les indications de Kitt.

— Vous cherchez du boulot ou quoi ? sourit Derek.

— Non, désolée, déformation professionnelle, s'excusa Kitt. Aider les gens à trouver des livres, c'est aussi mon métier.

— Bien, je ferais tout de même mieux d'aller voir si je peux aider. Donald Oakes n'est pas le seul à qui quelques ventes ne feraient pas de mal.

— Oui, bien sûr, on vous laisse travailler.

En entendant ces paroles, Evie eut presque l'impression d'entendre ses orteils soupirer de soulagement. Mais ce ne serait véritablement le cas qu'une fois qu'elle serait enfin assise.

Au moment où elle ouvrit la porte, une bourrasque glacée s'engouffra dans le magasin. Après un bref sourire d'excuse à Derek, elle resserra son écharpe rouge autour de son cou. Lui emboîtant le pas, Kitt remarqua la file d'attente devant la tour de Clifford.

— Mais quelle personne sensée voudrait faire un tour là-haut par un temps pareil ?

Evie savait que son amie n'attendait pas de réponse. Faire semblant de s'émerveiller du comportement déroutant des touristes faisait partie des coutumes locales. Chaque année, ils persistaient, par exemple, à s'agglutiner dans la pittoresque rue pavée de Stonegate alors que la ville regorgeait d'autres rues pavées tout aussi pittoresques.

Les jours fériés, ils faisaient la queue pendant une heure pour déjeuner au Betty's Tea Room. Mais même si Kitt et Evie admettaient volontiers qu'on s'y régalait, devoir faire le pied de grue soixante minutes avant de pouvoir ne serait-ce que passer commande ne correspondait pas à leur idée d'un déjeuner agréable.

— Ça te va si on s'arrête manger un scone quelque part ? Mes chaussures me font mal.

Kitt regarda les pieds d'Evie.

— Je croyais que c'étaient tes confortables, celles-là.

— C'est vrai. Mais nous avons bien crapahuté depuis Micklegate, tu sais ? Et ça fait des heures qu'on piétine.

— D'accord, on fait une pause avant d'aller chez Bootham Books, consentit Kitt après avoir consulté sa montre. Une tasse de thé ne me ferait pas de mal et puis... je voulais te parler de quelque chose, de toute façon.

Evie regarda sa meilleure amie du coin de l'œil.

— De quoi ?

— Je ne peux pas t'en dire plus sans une tasse de Lady Grey à la main.

— Ça m'a l'air sérieux, dis donc.

Mais l'expression de Kitt était indéchiffrable.

CHAPITRE 9

En réaction aux plaintes de son amie, Kitt se dirigea tout droit vers le salon de thé le plus proche, juste en face de la tour de Clifford : le très chic Tea by the Tower, dont Evie trouvait le nom tout à fait ravissant. Avec son papier peint à rayures roses et blanches, façon papier de bonbon, et ses vases de roses aux pétales soyeux sur chaque table, l'intérieur était tout aussi charmant. Dehors, suspendue près de la porte, une enseigne annonçait : Carrefour du thé, priorité aux biscuits. Presque aussi friande de jeux de mots innocents que de sous-entendus scabreux, Evie ne put s'empêcher de sourire. Un jour, Kitt lui avait dit qu'avec son sens de l'humour, elle se serait bien entendue avec William Shakespeare. Mais bien que ce dernier soit un des auteurs les plus respectés du monde anglophone, elle l'avait dit d'une façon qui tenait plus du sarcasme que du compliment.

Dès qu'elles eurent commandé du thé et un scone chacune, Evie fixa Kitt d'un air interrogateur.

— On n'attend pas que le thé soit servi ?

— Tu plaisantes, j'espère. Tu ne vas pas me tenir en haleine plus longtemps.

La mâchoire de la bibliothécaire se raidit.

— C'est vous, madame, qui me tenez en haleine.

— Comment ça ?

— L'autre soir, quelque chose te tracassait. Et, à cause de la visite de Ricci et de nos recherches, je n'ai pas eu l'occasion de demander à ma meilleure amie ce qui la préoccupait.

— Ah, c'est ça ! fit Evie.

De minuscules frissons lui parcoururent les bras. Elle ne se souvenait même pas avoir mentionné que quelque chose n'allait pas.

— Oui. Allez, vas-y, crache ta Valda. Je ne vais pas te laisser ramer toute seule comme ça.

— Ce n'est rien de grave, vraiment. C'est à propos de mon travail, au salon. Je ne pense pas que je vais pouvoir continuer.

— Il s'est passé quelque chose ?

— Oui, ça, répondit Evie en désignant ses cicatrices.

Kitt pencha la tête à la manière d'un chien qui peine à comprendre ce que lui dit son maître.

— Ça te fait mal ?

— Pas physiquement, répondit Evie, en baissant les yeux sur ses mains. Mais d'une autre façon, oui. Je ne peux pas... Enfin, je ne pense pas pouvoir continuer à travailler dans le milieu de la beauté avec la tête que j'ai.

— Oh, Evie, tu ne penses tout de même pas ce que tu dis ?

— Tu devrais voir comment certaines clientes me dévisagent. Et la tête de celles qui se retiennent. Mais, au fond de moi, je sais très bien ce qu'elles se disent.

Kitt cligna des yeux, tentant d'assimiler ce qu'elle venait d'entendre.

— Thé et scones, mesdames ? demanda le serveur, surgissant de nulle part, avant de disposer leurs couverts avec une lenteur infinie.

— Mais tu adores ton boulot, tu adores t'occuper des

gens pour qu'ils se sentent mieux dans leur peau, argua Kitt, une fois l'employé parti – pour répondre à un touriste américain qui voulait savoir s'il pouvait acheter les minuscules pots de confiture de la maison.

— *J'adorais* mon boulot. Mais ça, c'était quand moi-même je me sentais bien dans ma peau. Je veux dire, au moins extérieurement. Maintenant, je suis... Enfin, regarde-moi !

— C'est ce que je fais, affirma Kitt en plissant le front, concentrée sur le visage de son amie. Je ne vois rien d'aussi déstabilisant que tu sembles le croire.

— Je crois que certaines collègues aimeraient me voir partir aussi.

— Elles te l'ont dit ?

— Non, mais parfois elles font des commentaires qui me semblent y faire allusion. Je n'ai pas vraiment le visage idéal pour un salon de beauté.

— Euh, je ne suis pas du tout d'accord, insista Kitt. Au fil des ans, combien de clients t'ont confié pendant leur massage que s'ils manquaient d'assurance, c'était parce qu'ils ne se trouvaient pas beaux ?

— Plus que je ne pourrais en compter.

— Et qu'est-ce que tu leur as toujours dit ?

Evie ne répondit pas.

— Tu leur as toujours dit qu'ils étaient beaux, qu'ils ne parvenaient pas à voir leur propre beauté. Apparemment, c'est aussi ce qui t'arrive aujourd'hui. Tu es toujours belle. Tu as juste oublié comment le voir.

Evie sourit d'une façon qu'elle jugea elle-même trop automatique pour sembler sincère.

— Je ne sais pas si je pourrai me revoir avec ces yeux-là un jour.

— Eh bien, je me ferai un plaisir de t'y aider. Tu

devrais souffler un peu avant de prendre des décisions professionnelles inconsidérées. Tu sais ce qu'on dit sur les vertus thérapeutiques du temps, c'est peut-être un peu cliché, mais il y a bien une raison.

Kitt souriait encore quand son téléphone vibra dans la poche de son cardigan. Elle le sortit en soupirant et le porta à son oreille.

— Grace ? Décidément, tu ne peux pas t'empêcher de m'interrompre chaque fois que j'essaie de prendre un thé.

Evie sourit à moitié tout en coupant et beurrant son scone. La façon dont Kitt traitait son assistante relevait clairement de l'amour vache mais, étant donné la propension de Grace à la faire marcher à la moindre opportunité, c'était certainement de bonne guerre.

— Exact, dit Kitt. Je chercherais au niveau national si j'étais toi.

La bibliothécaire se tut un moment pour écouter.

— Oui, sur eBay aussi, reprit-elle. Dis-moi si tu trouves quelque chose. À plus tard.

— Encore une urgence au boulot ? plaisanta Evie avant de manger sa première bouchée de scone.

— Pas vraiment, répondit son amie en regardant autour d'elle avant de se rapprocher et de baisser le ton. C'est Grace qui est du samedi, cette semaine. À ma demande, quand elle a un moment de libre, elle jette un œil aux ventes aux enchères de livres rares. Même s'il me semble toujours possible que les ouvrages volés présentent un intérêt bien spécifique pour les malfaiteurs, on ne peut pas exclure l'hypothèse qu'ils aient été dérobés pour leur valeur monétaire.

— Donc tu penses qu'ils vont refaire surface dans

ce type de milieu ? C'est bien ça ? Moi, je n'en ai pas la moindre idée, je n'ai jamais eu de livres rares à vendre.

— Honnêtement, ça ne me paraît pas du tout gagné d'avance car les structures spécialisées procèdent toujours à un certain nombre de vérifications. Mais ça vaut le coup de garder l'œil ouvert quand même. Il se pourrait aussi qu'on les retrouve sur eBay. S'ils n'apparaissent sur aucune liste, si les voleurs les gardent, il faudra peut-être en déduire que ces éditions ont effectivement quelque chose de particulier.

— Ou alors qu'ils attendent juste que l'affaire du cambriolage se tasse.

— Dans ce cas, nous aurons beaucoup moins de chances de les coincer. S'ils ont fait ça pour l'argent, j'espère vraiment qu'ils en ont besoin tout de suite.

— Tu crois qu'ils pourraient avoir déjà refourgué les livres via une sorte de réseau illégal ?

— Oui, j'y ai bien pensé aussi. Mais j'ai posé la question à Halloran et il m'a répondu que, du fait de leur valeur culturelle, les ouvrages avaient été enregistrés dans la base de données des œuvres d'art volées.

— Ça sert à quoi ?

— Quiconque acquiert des biens culturels de valeur est tenu d'effectuer un minimum de vérifications préalables, comme de s'assurer qu'ils ne figurent pas sur cette liste. Même si les livres passent d'abord par un canal souterrain, il y a de fortes chances que quelqu'un cherche bientôt à les revendre sur un circuit plus respectable afin de tenter d'en tirer le maximum. Quel que soit le chemin emprunté, nous en entendrons parler d'ici peu.

— Quand on pense à tout ce qu'il est possible de voler…, soupira Evie. Il y a une galerie d'art qui regorge d'œuvres hyper chères juste au coin de la rue, et ces cambrioleurs ont décidé de barboter trois livres d'occasion.

— Je suis comme toi, je ne trouve pas ça très logique pour le moment, avoua Kitt. Cela dit, je suppose qu'il est plus intimidant de faire un casse dans une galerie d'art que dans une librairie. Je ne sais pas de quels dispositifs de sécurité est équipée la galerie mais il est possible que les malfaiteurs aient choisi Bootham Books parce que c'était une cible plus facile.

— À moins que la rumeur d'arnaque à l'assurance ne soit fondée…

— Oh, je n'ai vraiment pas envie d'accorder le moindre crédit à cette hypothèse. Mais par souci d'impartialité, je ne peux pas écarter une éventuelle implication de Donald et Shereen. En tout cas, je dois surveiller de très près leurs moindres faits et gestes. Même si cette histoire d'assurance peut sembler la solution la plus logique, je préférerais découvrir n'importe quel coup totalement tarabiscoté que voir ces deux-là partir en prison.

— Si c'est du tarabiscoté que tu veux, je dirais que tu es bien tombée. Toute cette affaire est quand même un peu bizarre.

— Et c'est pour ça que nous sommes les mieux placées pour la résoudre, pas vrai ?

Evie gloussa et reprit une bouchée de son scone.

— Bon, c'est le moment d'avaler ce thé et de passer aux choses sérieuses, lança Kitt. Pas de temps à perdre. La prochaine, c'est du costaud : Bootham Books.

CHAPITRE 10

La lumière du jour faiblissait déjà au moment où les deux jeunes femmes passèrent devant la galerie d'art municipale et arrivèrent sur St Leonard's Place. Evie sourit en apercevant enfin la porte de Bootham Books, une des quatre qui menaient autrefois à une forteresse romaine. Elle les trouvait déjà majestueuses en temps normal mais, à cette époque de l'année, décorées de petites lumières bleues, elles étaient particulièrement enchanteresses la nuit venue. Les franchir en hiver donnait l'impression d'entrer dans un pays magique.

Tandis qu'elles avançaient vers la porte, Evie s'aperçut que Kitt regardait dans plus de directions que nécessaire pour traverser la route. Mais elle n'eut pas le temps de lui demander pourquoi.

— Bonsoir, mes jolies ! fit soudain une voix familière.

En se retournant, les deux amies découvrirent Ruby, une vieille habituée de la bibliothèque qui se prenait pour une voyante – au grand agacement de Kitt.

— Bonsoir, Ruby, répondit néanmoins cette dernière. Il est un peu tard pour traîner dehors, non ? Je pensais qu'à cette heure-ci vous étiez chez vous, au coin du feu. C'est ce que devraient faire toutes les personnes sensées.

— Je suis partie tirer le tarot à un client, répondit Ruby, tandis que le vent léger agitait les courtes boucles carotte de ses cheveux. D'ailleurs, si tu veux savoir comment garder ton policier, mon offre de te tirer les cartes tient toujours.

Evie dut étouffer un gloussement. Si Kitt renonçait volontiers à son esprit cartésien pour se laisser emporter par un roman, une fois le livre refermé, c'était une femme bien ancrée dans la logique et la rationalité. L'idée qu'elle puisse se faire tirer les cartes, et plus encore par Ruby, était pour le moins surréaliste.

— Je me distribue mes propres cartes, merci, répondit-elle d'un ton un peu trop sec. Je doute que les vôtres m'apprennent quoi que ce soit sur moi que je ne sache déjà.

— Peut-être bien, mais de temps en temps on a besoin de se faire rappeler qu'on sait ce qu'on sait, rétorqua la vieille dame.

Malgré ses tenues parfois loufoques et ses sujets de conversation excentriques, Ruby n'était pas aussi azimutée qu'elle en avait l'air. À vrai dire, Evie se demandait s'il ne lui arrivait pas de faire exprès de dire des bêtises pour faire marcher Kitt. Ce qui, pour être honnête, était une pratique assez répandue dans l'entourage de la bibliothécaire.

Kitt toisa Ruby d'un air sévère, une façon d'exprimer son irritation à laquelle la vieille femme semblait immunisée.

— Oh, oh ! Je sens quelque chose..., lança soudain Ruby en agrippant le bras d'Evie.

— Allons bon, c'est reparti ! s'exclama Kitt.

— Une fin... C'est une fin qui approche. Et... et de la peur. Tellement de peur. Je la sens.

Les yeux fermés et le visage distordu, Ruby tenait sa tête penchée comme une antenne qu'elle essayait d'orienter pour capter un signal.

Evie aurait voulu lui demander ce qu'elle voyait exactement, mais avant qu'elle en ait eu l'occasion, Ruby avait rouvert les yeux et lâché son bras.

— Non, j'ai bien peur que ce soit tout. Quelque chose d'effrayant et définitif. C'est tout ce que je peux dire.

Evie se tourna vers Kitt avec un regard interrogateur mais la bibliothécaire se contenta de secouer la tête.

— Je crois que nous ferions mieux de nous remettre en route, Ruby, dit Kitt d'une voix plus douce. Nous avons quelques tâches à accomplir avant la fermeture des magasins.

— Ah, oui, d'accord, fit Ruby l'air de rien, comme si elle n'avait pas été happée un instant plus tôt par quelque présence surnaturelle (mais elle ne l'avait probablement pas été, de toute façon). N'oublie pas ce que je t'ai dit et repense aux cartes. D'accord, ma belle ? Je ferai un saut à la bibliothèque la semaine prochaine.

Les jeunes femmes la regardèrent partir dans la direction de Clifton, adressant parfois un signe de la main à un passant ou un autre.

— Folle à lier, fit Kitt en soupirant.

— Tu n'as pas peur que ce soit un peu prémonitoire ? lui demanda Evie.

— Quelque chose d'effrayant et définitif ? répéta Kitt avec mépris en reprenant le chemin de la librairie. C'est le genre de prédiction qu'on pourrait faire pour l'épisode de ce soir de *Coronation Street*.

Sur ces mots, Kitt reporta aussitôt son attention sur leur environnement immédiat. Elle se remit à examiner tous les petits groupes de personnes, s'y reprenant parfois à deux fois.

— Tout va bien ? lui demanda Evie.

— Oui, merci, répondit-elle, les yeux toujours plissés en direction de quelqu'un ou quelque chose sur sa droite.

Suivant son regard, Evie ne remarqua rien d'extraordinaire. Juste les chalands de Noël et des touristes se préparant à faire quelques clichés au coucher du soleil.

— Mais qu'est-ce que tu fais ? finit par lui demander Evie.

Observant toujours la foule, Kitt lui répondit à mi-voix :

— Ce matin, Halloran m'a dit de vérifier si nous étions suivies quand nous arriverions chez Bootham Books. Il redoute toujours que Ricci nous ait fait filer et m'a dit de n'entrer que si j'étais sûre que la voie était libre.

— Ce matin ? ricana Evie. Donc Halloran a passé la nuit chez toi ?

— Tu es vraiment obligée de relever les moindres détails de ma vie privée ? demanda Kitt. Oui, il a dormi chez moi. Mais ce n'est pas ce que tu crois. Je te l'ai déjà dit, on y va tranquillement.

— D'accord, d'accord, répondit Evie tout en essayant de traverser la rue sans se faire distancer, toujours à la peine dans ses chaussures. Mais comment sait-on si quelqu'un nous suit ?

— Si c'est un policier, il sera probablement en civil et saura comment procéder pour ne pas se faire remarquer. Mais bien sûr, après ta virée à l'hôpital, il est aussi possible que Mme Buruk ait placé des hommes à elle pour surveiller la librairie.

Les épaules d'Evie se raidirent.

— Tu ne le penses pas vraiment, si ? Cette femme me fiche la frousse.

— Si elle est vraiment impliquée, ça dépend à quel point elle redoute que la vérité soit faite. Halloran m'a dit de regarder derrière nous en quittant notre point de départ. Dans ce cas précis, le salon de thé.

— Je ne t'ai pas vue faire, dit Evie.

— C'est parce que tu étais trop occupée à t'attendrir sur le bébé labrador qui passait dans Tower Gardens.

— C'est vrai, reconnut Evie. Il était tellement mignon. Tu as vu le petit bandana qu'il portait ? Il y avait des minuscules traces de pattes imprimées dessus.

— Oui, il était adorable, répondit aussitôt Kitt sans une once d'émotion dans la voix. Halloran m'a aussi recommandé de vérifier une deuxième fois cinq minutes plus tard. C'est donc ce que j'ai fait pendant que nous marchions sur Coney Street. Puis, toujours sur ses recommandations, dix minutes après, j'ai cherché des visages familiers. C'est pour ça que nous avons pris le chemin le plus long, et pas le raccourci par High Petergate.

— Alors, là ! s'exclama Evie, écarquillant toujours plus les yeux. Je croyais que tu prenais l'itinéraire touristique pour brûler les calories du scone que nous venions de manger.

— Voilà, répondit Kitt, d'un ton plus sec que jamais. C'est tout moi, ça : toujours soucieuse de caser un peu d'exercice dans ma journée.

— Ça va, d'accord, un point pour toi, se rétracta Evie. J'ai dû me projeter.

Elle se demandait déjà comment elle allait gérer les festivités pour parvenir à rentrer dans le manteau Chanel vintage qu'elle aimait porter tous les ans le jour de Noël. Il était du rouge le plus lumineux qui soit mais sa coupe ne permettait pas du tout d'abuser des scones et autres pâtisseries qui transformaient ses soirées de décembre en véritables champs de mines.

— Alors ? poursuivit-elle. La voie est libre ? Tu ne reconnais personne ?

Kitt scruta de nouveau les environs.

— Halloran a dit que si je voyais un visage deux fois, ça pouvait être une coïncidence, mais que si je le voyais trois fois, il fallait renoncer à la mission et ne pas se rendre chez Bootham Books.

— Et tu as vu quelqu'un trois fois ?

— Je ne pense pas. J'ai vu un groupe deux fois mais c'était une famille. Alors que si quelqu'un nous file, il y a des chances que ce soit une personne seule. D'après Halloran, en tout cas. Et même si on nous avait suivies, il resterait à prouver que nous ne sommes venues que pour parler du cambriolage. Et ce ne serait pas une mince affaire étant donné que nous avons fait le tour de pratiquement toutes les librairies de la ville et qu'il nous en reste deux à voir après.

— Parce que nous allons dans d'autres librairies après celle-ci… ? fit Evie, au bord des larmes.

— Nous ne sommes pas encore passées chez Fossgate Books ni chez Little Apple, lui rappela Kitt. Notre stratagème ne peut fonctionner que si on va jusqu'au bout.

— Je suppose que tu as raison, soupira Evie, apercevant enfin l'enseigne ovale de Bootham Books un peu plus loin. La dernière chose dont Charley a besoin, c'est que nous envenimions la situation.

L'idée qu'elles rendaient probablement service à la policière lui fit aussitôt oublier son mal de pieds.

Se retournant vers High Petergate, elle regarda une nouvelle fois la porte de Bootham Books. Elle se souvint avoir appris à l'école que celle-ci n'avait pas toujours été cette jolie construction scintillante. Au XVIIe siècle, on y exposait plutôt les têtes des traîtres. Un parallèle entre cette image et les problèmes actuels de la petite librairie commença à se faire dans l'esprit d'Evie. Un cambriolage et une éventuelle fraude à l'assurance pouvant s'accompagner de beaucoup d'autres actes malveillants, la jeune femme espérait que cette sombre situation n'entraînerait pas de nouveaux bains de sang.

CHAPITRE 11

Dès l'instant où elles entrèrent, Evie fut sidérée par le nombre de livres qu'elle avait sous les yeux. Les librairies où elles étaient passées étaient de taille moyenne, parfois même exiguës. Mais Bootham Books, c'était autre chose. Pas étonnant que Kitt soit une fidèle cliente. Les murs étaient couverts d'ouvrages en tout genre du sol au plafond et le magasin s'étirait le long d'un couloir qui semblait interminable. Les rayonnages étaient équipés d'échelles coulissantes permettant d'accéder aux plus hautes étagères et de se déplacer latéralement d'un bout à l'autre.

Bien qu'il soit bientôt l'heure du thé, et donc de la fermeture, en ce samedi soir, il restait un ou deux clients au fond de la boutique. On pouvait les voir passer le doigt le long des tranches de livres, s'arrêtant de temps en temps pour feuilleter quelques pages.

L'endroit sentait bon le livre d'occasion, une sorte d'odeur de renfermé relevée d'un soupçon de vanille. Mais, malgré cette fragrance apaisante, tous les muscles d'Evie étaient tendus à l'idée de ce que Donald et Shereen Oakes risquaient de leur révéler sur le cambriolage.

— Bonjour, Olivia, lança Kitt à une fille qui ne devait pas avoir beaucoup plus de 20 ans, à en juger par la perfection de sa peau cuivrée.

Ses longs cheveux châtains lui tombaient dans le dos comme dans une pub pour du shampooing. Evie paria qu'elle n'achetait pas le sien au supermarché mais dépensait plutôt tout ce qu'elle gagnait ici dans des produits professionnels vendus uniquement en salon. Assez fin pour laisser entrevoir un soutien-gorge noir, son tee-shirt blanc moulant était totalement inadapté à la saison, d'autant qu'il s'arrêtait au-dessus de la taille de son jean skinny et dévoilait son ventre plat.

— Oh, bonjour, Kitt, fit Olivia qui se trouvait derrière un petit comptoir couvert de marque-pages, de badges, de guides de la ville au format poche et autres articles pour touristes.

Elle salua chaleureusement Evie de la tête. Elles ne s'étaient jamais rencontrées mais les amis d'une passionnée telle que Kitt étaient forcément ses amis.

Après avoir posé son chapeau sur une étagère voisine, Kitt enleva ses gants doigt après doigt et les fourra dans une poche de son manteau.

— Je traînais dans le coin avec Evie, ici présente, et bon… vous savez que je ne peux pas passer devant sans entrer fouiner un peu.

Olivia émit un gloussement aigu qu'Evie ne trouva pas très naturel.

— Je ferais pareil si je ne travaillais pas ici.

— Oui, répondit Kitt avec un rire aussi forcé que celui de la vendeuse. En tant que bibliothécaire, on aurait pu croire que ça se tasserait avec le temps. Mais n'importe quelle excuse est bonne pour parler à d'autres fondus de lecture. Donald et Shereen ne sont pas là, d'ailleurs ?

Olivia détourna le regard et commença à jouer avec une figurine Snoopy qui se trouvait dans une panière d'articles soldés.

— Non, pas aujourd'hui. Ils avaient des choses à faire, alors ils m'ont demandé de tenir la boutique jusqu'à la fermeture.

— Ah, fit Kitt en lançant un regard de côté à Evie. Ça m'étonne un peu.

— Pourquoi cela ? demanda Olivia, perplexe. Ça fait plus d'un an que je travaille ici, maintenant. Je peux tenir la boutique toute seule.

— Bien sûr, approuva Kitt. Je me disais seulement que l'un d'entre eux aurait pu vouloir rester pour des questions de sécurité. Pour veiller sur vous.

— De sécurité ? répéta Olivia.

Son ton s'était radouci mais son expression restait circonspecte.

— Eh bien, on n'a toujours pas arrêté ceux qui ont cambriolé la boutique, rappela Kitt, l'air préoccupé. Et s'ils revenaient pour le deuxième round ? Vous seriez toute seule. Une jeune fille comme vous. Je préfère ne pas y penser.

— Je ne crois pas que ça risque d'arriver, affirma Olivia avec un petit sourire crispé.

— Ah ? s'étonna Kitt. Vous avez appris quelque chose ?

Evie vit les traits d'Olivia se figer un instant... Cela n'avait pas pu échapper à Kitt non plus.

— Non. Mais les voleurs ont déjà pris tous nos livres de valeur. Il ne reste plus rien qui vaille la peine de revenir, si ?

Evie regarda le présentoir des peluches à gauche du comptoir. Elle s'attarda particulièrement sur le gros Jeannot Lapin, Mme Piquedru et Sophie Canétang qui se trouvaient sur l'étagère du haut. Bien que tous ses amis soient là, Pierre Lapin était effectivement absent. Mais aussi mignons puissent-ils être, Evie avait tendance à se ranger à l'avis d'Olivia : peu de chance que les cambrioleurs reviennent exprès pour eux.

— Vous avez raison, bien sûr, se rétracta Kitt. Suis-je bête !

Ce commentaire fit sourire Evie. « Bête » était bien le dernier qualificatif qu'emploierait Kitt pour se décrire, à moins de chercher à en convaincre Olivia. Cette imposture devait être une véritable torture pour une personne aussi cultivée qu'elle. Quel était donc son plan ?

— En tout cas, Donald et Shereen ont dit que c'était important, poursuivit l'employée. Quelque chose en rapport avec leur courtier en assurances.

— Je vois, acquiesça Kitt. Avec ce qu'ils viennent de perdre, on comprend que ce soit une priorité.

— Exactement, confirma Olivia d'un ton condescendant.

Evie ne savait vraiment pas quoi penser de cette jeune femme dont l'attitude passait du chaud au froid en un clin d'œil. Mais peut-être sa passion pour le passé l'avait-elle déconnectée de la génération suivante.

— Quelle malchance, cette histoire, commenta Kitt, apparemment hermétique au mépris de la jeune fille. Enfin, ça n'a peut-être pas grand-chose à voir avec la chance ou la malchance. Les cambrioleurs savaient exactement où trouver les articles les plus chers de la boutique.

Sur ces mots, la bibliothécaire s'approcha du comptoir et fixa la vendeuse d'un regard qui aurait mis n'importe qui mal à l'aise.

L'employée croisa les bras et sa voix redevint plus tranchante.

— Qu'est-ce que vous sous-entendez ?

— Que ceux qui vous ont cambriolé savaient où chercher et que ça signifie sûrement qu'ils étaient déjà venus avant.

— Alors ça, je ne sais pas, répondit Olivia, le regard fuyant.

— Je n'y avais pas pensé avant, intervint Evie, simulant la surprise. Mais je crois que Kitt a raison. S'ils savaient où chercher, c'est sûrement qu'ils étaient déjà venus.

Olivia se tortilla sur place un moment avant de se ressaisir et hausser les épaules.

— Vous connaissez extrêmement bien les clients de la maison, dit Kitt de la voix la plus mielleuse qu'Evie lui ait jamais entendue. Au cours des derniers mois, certains vous auraient-ils posé des questions sur les livres qui ont été volés ? Dans ce cas, vous pourriez transmettre leur signalement à la police. Je suis sûre qu'ils apprécieraient tout coup de pouce susceptible de les mener aux coupables.

— J'en ai déjà parlé à la police. Aucun des clients que j'ai servis ne m'a jamais posé de questions au sujet de ces livres. Par contre, Donald a dit que des gens s'étaient renseignés une ou deux fois il y a quelques mois. Il a raconté tout ce dont il se souvenait aux enquêteurs.

— Je vois, acquiesça Kitt. Désolée d'enfoncer des portes ouvertes, c'est juste que ce coup dur pour ma librairie préférée m'attriste beaucoup. Au moins, Donald aura pu indiquer une piste à la police. Tout ça est tellement affreux...

— On peut le dire, approuva Olivia. Surtout que Donald et Shereen ont déjà bien assez de soucis en ce moment.

— Ah bon ? s'étonna Kitt. Mais c'est terrible... J'ignorais qu'ils avaient d'autres problèmes en plus.

— C'est-à-dire qu'ils ne tiennent pas à ce que ça s'ébruite. C'est une petite ville. Les rumeurs circulent vite.

— Ça, c'est sûr.

Olivia toisa lentement son interlocutrice de la tête aux pieds. Evie trouva ce comportement très dérangeant.

— Mais je suis sûre qu'ils ne m'en voudraient pas d'avouer que les affaires ne marchent pas très fort en ce moment à une fidèle cliente telle que vous, qui prenez de leurs nouvelles et tout ça.

— Vraiment ? fit Kitt en jetant à nouveau un bref coup d'œil à Evie. Quelle mauvaise nouvelle. Les ventes ont baissé ?

L'employée haussa les épaules.

— Je ne connais pas les détails exacts. Mais j'ai entendu malgré moi une ou deux choses qui laissaient penser que les chiffres n'étaient pas très bons ces derniers temps. Je me suis demandé s'ils n'allaient pas réduire mes heures, mais ce n'est pas encore arrivé.

— Avec tout ça, le cambriolage a dû être la goutte d'eau, présuma Kitt.

— Surtout que l'ambiance était déjà un peu explosive, révéla Olivia, qui prit la peine de baisser la voix même si les clients du fond étaient beaucoup trop loin pour entendre. Environ une semaine avant le cambriolage, Donald et Shereen se sont copieusement disputés dans l'arrière-boutique.

— Ce n'est jamais bon signe, commenta Kitt. C'était au sujet de l'argent ? Les problèmes financiers peuvent mettre n'importe quel couple à rude épreuve.

— Ça y était pour beaucoup, confirma Olivia en baissant les yeux sur le comptoir.

— Mais il y avait autre chose ? demanda Kitt, la tête penchée sur un côté.

— Je… je me trompe peut-être. Mais je crois avoir entendu Donald accuser Shereen d'avoir une aventure. Quand il a dit ça, elle a complètement pété les plombs. Elle lui a hurlé dessus en niant tout en bloc.

— Une aventure ? Shereen ?

— Apparemment, c'était de ça qu'il s'agissait. Mais j'avais du mal à distinguer tous les mots. Sous l'effet de la colère, ils avaient tendance à bafouiller. Elle était tellement furieuse qu'à un moment donné, elle…

— Elle quoi ?

— … elle lui a crié qu'elle allait le tuer s'il ne la fermait pas.

Evie déglutit. Tous les jours, des gens lançaient des menaces en l'air. Six mois plus tôt, elle ne se serait même pas posé de questions. Il lui était sûrement arrivé de dire à quelqu'un qu'elle allait le zigouiller s'il n'arrêtait pas de faire quelque chose qui la contrariait. Mais depuis les récents événements, l'idée qu'un meurtre puisse être commis à York ou qu'on découvre des cadavres dans des endroits réputés sûrs et accueillants lui paraissait tout ce qu'il y a de plus crédible.

— Oh, je suis sûre qu'elle n'en pensait pas un mot, lança Kitt avec un petit déraillement de voix qui permit à Evie de savoir qu'elles étaient sur la même longueur d'onde. Les gens disent beaucoup de choses quand ils sont en colère.

— Vous avez sûrement raison, répondit Olivia. J'avais déjà surpris une ou deux scènes de ménage auparavant. C'est juste qu'ils n'avaient encore jamais été si virulents.

Evie avait envie de demander avec qui Donald soupçonnait sa femme d'avoir une liaison. Elle ne voyait pas trop comment, mais il lui semblait qu'il pourrait exister un lien entre le cambriolage et l'adultère. Les deux étaient synonymes de problèmes pour Donald et Shereen. Comme elle ne les connaissait pas personnellement, poser la question aurait pu sembler trop indiscret et elle ne voulait pas éveiller les soupçons d'Olivia.

Ses réflexions furent interrompues par le bruit de la porte.

— Donald ! Shereen ! Vous voilà ! réagit aussitôt Kitt. Comment allez-vous ?

Donald était petit. Une bonne tête de moins que sa femme. Après avoir refermé la porte, il ôta sa casquette et révéla ainsi de fins cheveux gris tout ébouriffés.

— Alors, de retour chez nous ? lança-t-il. C'est toujours un plaisir.

Shereen était occupée à enlever ses gants en peau de mouton mais dès que ce fut fait, elle adressa à son tour un grand sourire à Kitt.

— Comment allez-vous, ma belle ? lui demanda-t-elle en lui serrant le bras.

Olivia ne regardait pas ses employeurs mais avait de nouveau les yeux baissés vers le comptoir. Peut-être se sentait-elle un peu coupable d'avoir parlé d'eux dans leur dos.

— Comme sur des roulettes d'échelle coulissante, plaisanta Kitt. Vu que j'étais dans le quartier, je n'ai pas pu résister à l'envie de venir faire un saut. Voici mon amie Evie.

Le cœur d'Evie cessa un instant de battre. Elle ne s'attendait pas à être présentée comme cela. Elle se hâta de replacer ses cheveux devant ses cicatrices puis sourit aux libraires.

Donald se contenta d'un simple « enchanté » tandis que Shereen marquait un petit temps d'arrêt avant de détourner le regard. Le corps tout entier d'Evie s'affaissa. Elle essaya de ne pas se retourner vers Olivia, mais elle sentait la perfection de la jeune femme la narguer dans son champ de vision périphérique.

— J'ai une de ces têtes, moi ! s'exclama alors Shereen en entreprenant de retoucher son chignon noir devant un petit miroir rond accroché au-dessus du comptoir. Ça commence à souffler fort, dehors.

— Quelque chose de particulier, cet après-midi ? demanda Donald à Olivia.

— Rien à signaler. Sauf que nous n'avons plus d'étiquettes de prix.

— Oui, euh…, grimaça Donald. Nous avons décidé de ne plus en utiliser, de toute façon. Nous allons juste écrire les prix au crayon à l'intérieur des couvertures. Les gens n'auront qu'à l'effacer chez eux. Question de rentabilité.

Après un soupir, Shereen regarda Kitt et Evie comme si elle venait de se souvenir de leur présence et se dispensa de tout commentaire.

Les deux amies se tournèrent l'une vers l'autre. Les libraires en étaient-ils vraiment là ? À rechigner à acheter des fournitures indispensables au bon fonctionnement de leur commerce ? Et les indemnités que l'assurance leur devait ? Cela devrait suffire à apaiser leurs craintes financières… À moins que quelque chose les empêche de toucher cet argent…

— Je sais que vous devez en avoir assez qu'on vous pose la question après ce qui s'est passé ces deux dernières semaines, dit Kitt à Shereen, mais y a-t-il quelque chose que nous puissions faire pour vous ?

— Puisque vous le proposez, répondit Donald, vous n'avez qu'à arrêter notre cambrioleur, comme vous avez coincé le meurtrier il y a quelques semaines.

L'homme faisait une drôle de tête, Evie n'arrivait pas à savoir s'il plaisantait ou non.

— Je crois que la police a l'affaire bien en main, lui assura Kitt.

— C'est ce qui m'a semblé au début, oui ! intervint Shereen. Mais, allez savoir pourquoi, ils ont transmis l'enquête à deux nouveaux policiers. Ils sont venus ce matin et aucun des deux ne m'a impressionnée.

— Fais attention à ce que tu dis, ma chérie, l'interrompit Donald. Ou Kitt va t'envoyer son petit ami.

Voyant le visage de sa meilleure amie se figer dans une expression d'extrême contrariété qu'elle trouvait toujours hilarante, Evie dut lutter pour ne pas exploser de rire.

— Je tiens à dire qu'en tant que contribuable, vous avez le droit d'avoir une opinion sur l'efficacité – ou l'inefficacité – de la police, ne put s'empêcher de rappeler Kitt. Mais, juste par curiosité, vous vous souvenez de leurs noms ?

— Pas de celui du jeune agent, non, répondit Donald. Par contre, je ne suis pas près d'oublier la femme à l'air pressé qui était avec lui. Elle roulait des mécaniques. Elle a dit qu'une affaire de violence était désormais liée au cambriolage.

— Elle nous a demandé si nous connaissions un type, rapporta Shereen. Alim quelque chose…

— Mais ça ne ressemblait pas vraiment à une question, précisa Donald. Pas de la façon qu'elle a eue de le formuler.

— Et vous le connaissiez ce… euh, cet Alim ?

demanda Kitt, donnant parfaitement l'illusion de n'avoir jamais entendu ce nom auparavant.

— Non, répondit Shereen, vaguement sur la défensive. Ils nous ont montré une photo de lui mais nous ne l'avions jamais vu.

À ce moment-là, une femme avec un halo de boucles noires autour de la tête et un sac estampillé « Mon chat n'est pas à moi, c'est moi qui suis à lui » s'approcha du comptoir. Un silence gêné tomba sur la boutique dès qu'elle eut réglé ses romans de Georgette Heyer et pris la porte.

— Ça m'attriste que vous n'ayez pas récupéré ces livres et que le coupable n'ait pas été retrouvé, déclara Kitt. Mais je suis convaincue que la police fait son possible. Et dans le pire des cas, vous aurez toujours l'argent de l'assurance, non ?

— Espérons, répondit Donald, les mâchoires serrées.

Au moment où Evie se demandait si elles n'avaient pas abusé de l'hospitalité des libraires, Kitt se racla la gorge et regarda sa montre :

— Houlà, je ne croyais pas qu'il était si tard. Je suis désolée, il faut que j'y aille. Je dois passer à la bibliothèque avant que mon assistante rentre chez elle pour le week-end. Je vais devoir revenir la semaine prochaine pour faire mes emplettes.

— Pas de problème, répondit Donald, se déridant un peu. Nous serons très heureux de vous voir, comme toujours.

— Nous sommes toujours ravis de voir notre meilleure cliente, dit Shereen avec un sourire triste.

— Ce fut un plaisir de discuter avec vous, ajouta Olivia.

— À très bientôt, lança Kitt en poussant la porte.

Evie dit au revoir à Donald et Shereen et adressa un hochement de tête poli à Olivia en prenant soin de ne pas s'attarder sur son visage parfait. Puis elle suivit Kitt dans le froid mordant du crépuscule hivernal.

CHAPITRE 12

Evie avait nourri le fol espoir que son amie ait dit vrai, à propos de devoir se rendre à la bibliothèque tout de suite. Hélas, Kitt insista pour qu'elles passent d'abord dans les deux dernières librairies de sa liste « juste pour ne pas se faire griller ». Cet argument n'avait pas convaincu Evie mais, comme c'était elle qui avait tenu à enquêter, elle n'avait pas tellement le droit de se plaindre. Même si elle préférait ne pas penser à l'état dans lequel elle allait retrouver ses pieds en retirant ses chaussures.

— Quand tu t'es qualifiée de « bête », je suppose que tu avais une idée derrière la tête, dit-elle.

— J'essayais de faire ma Miss Marple, répondit Kitt en souriant, sans ralentir le pas.

— Tu me sembles un peu jeune pour la comparaison. Enfin, en termes d'années passées sur cette planète.

— Oui, merci pour ce compliment ambigu, fit Kitt en reniflant. Mais ce n'est pas ce que je voulais dire. Beaucoup de personnages sous-estiment les talents de détective de Miss Marple. Je voulais qu'Olivia me trouve un peu gourde, qu'elle ne se méfie pas de moi.

— Ça me semble avoir fonctionné, estima Evie, montant quatre à quatre les marches en pierre menant à la grande porte en chêne de la bibliothèque universitaire. Elle avait plein de choses à raconter.

— N'est-ce pas ? Et maintenant, espérons que ce sera aussi le cas de Grace.

Les deux amies se sourirent mutuellement puis pénétrèrent enfin dans la zone d'accueil du rez-de-chaussée. Elles filèrent tout droit vers le département consacré aux études féminines, Evie devant trotter à pas redoublés derrière Kitt pour la suivre.

Grace était à son bureau, juste à côté de celui de sa supérieure. Ses boucles brun foncé se balançaient au rythme de sa vigoureuse frappe sur le clavier. Bien qu'elle soit assise, Evie ne put qu'admirer une fois de plus la soie turquoise de la robe qu'elle portait par-dessus son jean. Elle optait toujours pour des tenues richement colorées, un choix sans doute inspiré par ses origines. Evie avait toujours aimé le côté à la fois exotique et élégant des tenues indiennes. Elle aurait adoré en porter mais elle n'était pas sûre que ce soit très approprié quand on a un teint de cachet d'aspirine. Ou quand on a grandi dans la petite ville de Thirsk, où veste en tweed et bottes en caoutchouc sont la norme.

— Tout va bien, Grace ? demanda Kitt en posant son chapeau sur son bureau et son manteau d'hiver bordeaux sur le dossier de sa chaise.

L'assistante sursauta puis posa sa main sur son cœur.

— Oh ! L'espace d'un instant, j'ai cru que c'était Michelle. Je n'ai pas trop eu le temps de faire des recherches à la maison et je ne supportais plus de devoir attendre d'avoir fini ma journée pour attraper mon prochain criminel. Mais elle est venue contrôler cet étage trois fois en trois heures. On dirait qu'elle sent que j'ai l'intention d'utiliser les ressources de la bibliothèque à des fins personnelles.

— En tout cas, si quelqu'un a le pouvoir de sentir ces

choses-là, c'est bien elle, sourit Kitt. Je n'ai pas voulu te faire peur. Je crois simplement que je ne t'avais jamais vue taper aussi vite.

— Merci, mais je tape plutôt vite de manière générale, répondit Grace, l'air vaguement amusé.

Après un petit sourire satisfait, Kitt se tourna vers son bureau… et marqua un temps d'arrêt.

— Grace ? Qu'est-ce que c'est que ça ? s'enquit-elle en désignant un petit sapin vert en peluche avec de gros yeux globuleux, une guirlande en écharpe et un bonnet de père Noël de guingois en guise d'étoile.

Evie se mordit la lèvre en se demandant quelle blague avait encore concoctée l'assistante.

Radieuse, Grace s'avança jusqu'à la chose puis appuya sur un bouton situé à sa base. Aussitôt, le sapin se mit à se dandiner au rythme d'une version suraiguë du classique « I Saw Mommy Kissing Santa Claus » qu'on aurait crue interprétée par Alvin et les Chipmunks.

Kitt croisa les bras, le regard hésitant entre l'arbre dansant et Grace, qui chantait en playback tout en exécutant sa propre petite chorégraphie. Elle ne remarqua à quel point cela faisait rire Evie que lorsqu'elle la surprit en train de s'essuyer les yeux.

— Et puis-je savoir ce qui me vaut l'honneur de ce cadeau de haute volée intellectuelle ? demanda Kitt.

— Tu es juste la meilleure patronne du monde, c'est tout, répondit Grace en lui décochant une bourrade amicale.

— Je n'ose pas imaginer ce que tu m'aurais offert si j'étais la pire. Pas le temps de traquer les criminels avant le boulot mais le temps d'aller choisir et acheter ce… euh, ce sympathique cadeau.

— Bah ! fit Grace en regardant Evie et en désignant

sa supérieure du pouce. Les gamins d'aujourd'hui, aucune gratitude.

— Merci, Grace, se reprit Kitt, bien qu'Evie voie à son expression qu'elle était déjà en train de réfléchir à la façon dont elle allait pouvoir se débarrasser de cette monstruosité. Si nous pouvions cependant revenir à un sujet plus urgent, enchaîna-t-elle d'une voix plus basse pour éviter que les étudiants qui essayaient de travailler malgré le sapin dansant puissent l'entendre. Aucun signe des livres pour le moment, donc ?

— Pas encore, répondit Grace, baissant également le ton. Pour être honnête, la police doit les chercher aussi et, avec les moyens dont elle dispose, elle a plus de chances que nous de tomber sur quelque chose. Surtout qu'il est plus probable que les voleurs passent par des filières clandestines que par des ventes aux enchères officielles.

— Je sais, mais on doit tout de même tenter le coup. On fera peut-être chou blanc mais, au moins, on aura essayé d'aider Banks. Si l'information remonte directement à Ricci, Halloran n'en entendra même pas parler. Il m'a envoyé quelques textos pour m'avertir qu'elle surveille ses moindres faits et gestes.

Evie s'affala sur la chaise réservée au renseignement des usagers. Elle avait aussi vérifié son téléphone sur le chemin de la bibliothèque, mais elle n'avait pas de nouvelles de Charley. Elle commençait même à se demander si elle allait vraiment lui en donner ou si elle avait dit qu'elle la tiendrait informée par politesse. Après tout, elles ne se connaissaient pas depuis très longtemps. Rien ne l'obligeait à tenir parole. D'autant qu'elle ignorait que Kitt et elle enquêtaient pour tenter de la disculper. Evie n'était pas très à l'aise avec l'idée de cacher des choses à Charley, mais elle se plaisait à imaginer sa joie si elle parvenait à trouver qui avait volé les livres et lui avait tendu un piège.

— Le comportement d'Olivia t'a aussi paru un peu étrange, non ? demanda Kitt, interrompant les pensées d'Evie.

— Euh, oui. Par moments, elle était un peu nerveuse. Mais elle nous a aidées vers la fin. En nous racontant toutes ces histoires sur leur situation financière et…

Evie se retourna pour voir qui était dans les parages. Une ou deux personnes flânaient entre les rayonnages tout près d'elles et il fallait donc qu'elle reste discrète.

— … et sur les soupçons d'adultère.

— Quelle situation financière ? Quels soupçons d'adultère ? demanda Grace, trop excitée pour penser à baisser le ton. Et c'est qui, cette Olivia ?

— Chut ! fit Kitt, avant de répondre à mi-voix : C'est la vendeuse de chez Bootham Books. Elle dit que ses patrons ont pas mal de problèmes en ce moment, et elle n'est pas la seule.

— Ça m'a tout l'air d'être un sacré bazar, conclut Grace.

— Nous sommes bien d'accord, approuva Kitt. Je les connais depuis longtemps et, cet après-midi, ils m'ont aussi paru un peu nerveux. Tous les trois, en fait. Olivia comprise. Il y a clairement quelque chose qui cloche là-bas.

— Il n'y a rien d'étonnant à ce que la moitié de la ville pense qu'ils sont sur le point de faire faillite, déclara Evie. Plus j'y pense, plus il me paraît probable qu'ils aient tout mis en scène par désespoir, comme l'a suggéré Derek.

— Qu'est-ce que c'est encore que cette histoire ?

demanda Grace. J'en ai vraiment marre de tout rater à chaque fois.

— Tu ne rates pas tout *à chaque fois*, lui répondit Kitt. C'est seulement la deuxième fois que nous menons une enquête. Mais on ne fait pas toujours ce qu'on veut. Vu que nous devons agir en douce, sillonner la ville en bande en posant des questions ne semble pas la méthode la plus appropriée.

— Je sais, admit Grace. Mais, dans ce cas, il me paraîtrait normal que l'étape suivante consiste à tout me raconter dans les moindres détails.

Après avoir levé les yeux au ciel, Kitt accéda à la requête de son assistante.

— Mon Dieu, fit Grace quand sa patronne eut fini de lui rapporter tout ce que Derek et Olivia leur avaient confié. Et vous pensez qu'il y a un peu de vérité là-dedans ?

Kitt secoua la tête.

— Personnellement, je trouve que toute cette histoire ne ressemble pas à Donald. Ni à Shereen, d'ailleurs.

— On ne sait pourtant jamais ce qui peut se passer, dit Evie en repensant à ses récentes expériences. Même quand les gens semblent gentils. Particulièrement au sein d'un couple. Donald et Shereen ont l'air sympa, mais ils pourraient très bien jouer la comédie.

— Oui, tu as raison, reconnut Kitt. Mais j'ai l'impression d'assez bien cerner les gens et Donald ne m'a jamais paru du genre à s'abaisser à ce genre de choses.

— Tout le monde a plus ou moins le sentiment de savoir cerner les autres, rappela Evie.

— Mais quand les gens sont désespérés, ils commettent des actes désespérés, ajouta Grace. En revanche, j'ai du mal à comprendre pourquoi ils n'ont pas essayé de vendre eux-mêmes les livres aux enchères s'ils avaient vraiment besoin d'argent. C'est sûrement plus simple qu'une escroquerie à l'assurance, non ?

— Plus simple, peut-être, réagit Kitt, mais les enchères, ça ne rapporte vraiment que lorsqu'on a un acquéreur prêt à payer le prix fort. Il faut souvent attendre avant qu'il s'en présente un. Et ils n'avaient peut-être pas le temps.

Concédant ce point à son amie, Grace opina du chef.

— Et s'ils ont fait ça pour toucher l'assurance, ils ne vont pas vendre les livres aux enchères par la suite. Ils préféreront sûrement les faire disparaître. Se débarrasser des preuves.

— Je n'avais pas pensé à ça, avoua la bibliothécaire. Mais quitte à faire ça, il ne serait pas plus logique de faire croire à un vol, encaisser l'argent de l'assurance et *ensuite* vendre les ouvrages ?

— Ça dépend de la somme dont on a besoin et des risques de se faire prendre, estima Grace. Si l'argent de l'assurance suffit, il est plus raisonnable de détruire les livres.

— Oh ! fit Kitt en s'enfonçant dans son fauteuil de bureau. Je pourrais m'évanouir à cette simple idée. Des premières éditions telles que celles-ci, balancées dans la rivière ou brûlées dans un feu de joie… Aucun livre ne mérite un tel destin.

Ce qui s'apprêtait incontestablement à devenir un monologue sur le caractère sacré de la parole écrite fut interrompu par le bourdonnement du portable de Kitt. Elle le tira du fond de sa poche et entreprit de lire un SMS. Ses épaules s'affaissaient à mesure qu'elle faisait défiler le message.

— Que se passe-t-il ? demanda Evie.

— Halloran. La vérification des comptes d'Amira Buruk, la mère d'Alim, n'a rien donné. Aucun élément solide ne l'implique dans le cambriolage ou le passage à tabac de son fils.

— Le passage à tabac de son fils ? bondit Grace. Personne ne ferait jamais ça à la chair de sa chair...

— Si tu l'avais rencontrée, l'idée ne te paraîtrait plus si saugrenue, la détrompa Evie. Ils n'ont peut-être rien trouvé dans ses comptes mais moi je vous le dis, elle a quelque chose à voir là-dedans.

— Tant que nous serons incapables de le prouver, nous ne pourrons rien faire. Et Halloran nous a ordonné de nous tenir à l'écart d'elle, de toute façon. Bien qu'elle n'ait jamais fait l'objet de la moindre condamnation, la police la considère comme dangereuse.

— Pas d'indices d'ordre financier ni de résultats auprès des salles des ventes, résuma Grace. Qu'est-ce qu'on fait, maintenant ?

— On continue à chercher, répondit Evie. On va bien trouver quelque chose qui aidera Charley.

— J'estime que nous avons déjà découvert beaucoup de choses, déclara Kitt. La possibilité d'une arnaque à l'assurance et d'une histoire d'adultère. Je vais en parler à Halloran ce soir et voir ce qu'il en dit. Mais pour le moment, je pense que le mieux que nous puissions faire, c'est rentrer chez nous et attendre que la nuit nous porte conseil.

CHAPITRE 13

Le lendemain, Evie se réveilla tard. Elle avait passé une nuit agitée et, après avoir enfin réussi à s'endormir, elle n'avait refait surface qu'à midi. Ces derniers temps, il lui fallait huit heures d'affilée pour être opérationnelle. Et, vu l'état de son visage, elle estimait qu'un teint plus reposé ne pouvait pas lui faire de mal.

Dès qu'elle ouvrit les paupières, son premier réflexe fut d'attraper son téléphone sur la table de chevet, à côté de sa lecture du moment, une vieille édition de *La Main au collet* tirée de la collection personnelle de Kitt. Quand sa main effleura l'ouvrage, elle sourit en se souvenant de l'inscription « *bibliothèque de Kitt Hartley* » qu'elle avait découverte sur une étiquette personnalisée à l'intérieur. Rien d'étonnant à ce qu'une professionnelle comme elle gère ses propres livres avec une certaine rigueur.

Evie alluma son téléphone. Dans la pénombre de sa chambre, la lumière de l'écran lui parut aveuglante. Mais la boîte de réception était vide.

Toujours aucune nouvelle de Charley.

Elle aurait pu en prendre, bien sûr. À vrai dire, c'était ce qu'elle aurait fait avec n'importe qui d'autre. D'habitude, elle ne se posait pas autant de questions avant d'envoyer un texto, surtout à quelqu'un qui traversait une mauvaise passe. Mais curieusement, c'était différent avec Charley. Peut-être était-ce parce qu'elle avait déjà assez de soucis en ce moment sans avoir à se préoccuper d'une quasi-inconnue.

Laissant retomber sa tête sur l'oreiller en soupirant, elle repensa aux gens que Kitt et elle avaient interrogés la veille. Elle avait espéré qu'après une bonne nuit de sommeil, il lui serait venu des tas de révélations qui donneraient un sens à sa journée. Mais tout n'était au contraire qu'un vaste fouillis.

Plus on en apprenait sur ce cambriolage, plus l'affaire devenait complexe. Peut-être fallait-il admettre que Grace, Kitt et elle étaient un peu dépassées. D'ailleurs, Evie se demandait encore ce qui l'avait poussée à s'investir dans cette enquête alors que la police s'en chargeait déjà, et pourquoi elle se souciait tant de la carrière de cette policière qu'elle connaissait à peine. Une sensation de vide commençait à se faire sentir au creux de son estomac. Elle aurait aimé attribuer cette sensation au fait qu'elle n'avait pas pris de petit déjeuner mais elle en connaissait la véritable cause : elle était contrariée que Charley ne l'ait pas contactée. Et pour ne plus y penser, le mieux était encore de s'occuper.

Rien dans l'existence d'Evie n'exigeait plus d'attention que l'entretien de Jacob, la Mini de 1968 qui se trouvait dans son garage. Par conséquent, dès qu'elle eut réussi à s'extraire de son lit, elle vérifia que les pansements siliconés que le médecin lui avait prescrits pour ses cicatrices étaient toujours en place, enfila un tee-shirt et une salopette, puis passa par-dessus le pull le plus épais qu'elle put trouver. Une fois convaincue qu'elle portait suffisamment de couches de vêtements pour affronter le froid, elle prit une banane dans la panière à fruits en guise de petit déjeuner et sortit en frissonnant pour aller voir au garage comment sa vieille guimbarde résistait à l'hiver.

C'était une de ces journées frisquettes de décembre qui aurait aussi bien pu être une journée de printemps, s'il n'y avait eu le mordant du fond de l'air. Il fallait qu'elle abatte autant de boulot que possible avant que le soleil commence à baisser. Après, il ferait trop froid pour travailler et elle ne pourrait pas résister aux sirènes des émissions du dimanche soir, lovée dans son canapé.

Elle ouvrit la porte du garage et sourit en voyant la voiture bleu ciel. Cependant, son sourire s'estompa quand elle remarqua qu'un peu de rouille s'était immiscée autour des phares.

— Oh, Jacob. Tu as un début de cataracte. Il faut remédier à cela tout de suite.

La voiture ne répondit pas.

Étant donné la température, la première mission d'Evie consista à brancher un petit radiateur portable. Elle alluma ensuite son vieux transistor, toujours réglé sur une station ne diffusant que de la musique des années 1960, et ajusta le volume au niveau idéal. Puis elle prit du papier de verre dans la boîte à outils dont elle se servait régulièrement pour rafistoler Jacob (la « trousse à pharmacie », comme elle l'appelait) et entreprit de lutter contre l'oxydation. Elle ne tarda pas à voir du métal brillant apparaître sous la couche brune, ce qui indiquait qu'il était temps d'appliquer l'antirouille. Enfonçant son pinceau dans les moindres recoins, Evie sentit un sourire se former sur ses lèvres. Elle éprouvait encore plus de plaisir qu'avant à prendre soin de sa voiture. Cela n'était pas uniquement dû à son célibat retrouvé, même s'il fallait avouer que prendre soin de quelqu'un lui manquait. Son ex, aujourd'hui décédé, n'avait pourtant pas tellement pris soin d'elle en retour. Cette activité lui permettait surtout de se sentir bien dans sa peau. Jacob ne voyait pas ses cicatrices et elle trouvait que cela faisait de lui un compagnon idéal.

Quand elle eut terminé de repeindre et polir la carrosserie abîmée, elle s'accorda une petite pause pour avaler un thé et un sandwich. Elle accomplit encore quelques petites opérations d'entretien telles que passer l'aspirateur dans l'habitacle ou vérifier que le moteur démarrait bien, puis elle s'aperçut que la nuit tombait déjà.

Alors qu'elle venait de s'atteler à ranger les chiffons et les outils, une voix surgit de nulle part :

— Je ne vous savais pas mécanicienne.

Evie sursauta : c'était la voix de Charley. En se retournant vers sa visiteuse, elle prit conscience qu'elle devait être couverte d'huile et de cambouis. Elle s'essuya de son mieux du revers de sa manche et ramena quelques mèches de cheveux vers l'avant pour tenter de s'arranger un peu.

Puis elle releva les yeux pour mieux regarder Charley, vêtue d'un jean et d'un blouson de cuir. Par contraste, les lignes saillantes du vêtement faisaient ressortir la douceur de son visage tout en lui donnant l'air d'une femme qui n'a pas froid aux yeux.

— Je crains que mécanicienne ne soit un peu exagéré. Avec ces vieux engins, il suffit souvent de suivre les instructions du manuel.

— Désolée de passer à l'improviste. Je vous ai envoyé un texto mais faute de réponse, j'ai pris le parti de venir vous voir. Un peu comme une harceleuse. Je me suis dit que je verrais bien si vous étiez là ou non.

— Je ne me sens pas harcelée du tout, lui assura Evie.

Elle se disait seulement que c'était un comble qu'elle

ait essayé de la joindre juste quand elle avait posé son portable alors que cela faisait deux jours qu'elle attendait de ses nouvelles. Un téléphone qu'on surveille ne sonne jamais.

— Et j'ai une petite expérience en la matière, poursuivit-elle.

— Oh, mon Dieu, je suis désolée, fit Charley en se couvrant le visage. J'oublie toujours qu'il ne faut pas plaisanter avec ces choses-là. Dans mon métier, on a vite fait de développer un sens de l'humour assez noir, vous savez ? Déformation professionnelle.

— Pas de problème, sincèrement. Comment ça va ? J'ai beaucoup pensé à vous. Enfin... Je me demandais comment vous vous en sortiez, quoi.

— Oui, désolée de ne pas vous avoir contactée plus tôt, dit la policière avant de fixer un moment le sol du garage puis de relever la tête vers Evie. J'ai eu des conversations avec ma représentante syndicale, des entretiens avec mes supérieurs... Et le reste du temps, ma foi, j'ai ma carte dans un club de gym ouvert 24/24 à Fossgate et disons que je trouve leurs sacs de frappe thérapeutiques.

— J'imagine. Vous avez franchi un cap dans les cinq étapes du deuil, alors ? Vous êtes passée du déni à la colère ?

— Je ne suis pas sûre d'être jamais passée par le déni. Je crois que la colère a été ma première phase. Et si on me laisse le choix, j'enchaînerai directement avec l'acceptation.

Evie se força à sourire. L'acceptation de tout ce qui lui était arrivé ces derniers temps, en particulier des blessures qui auraient un impact sur sa vie entière, lui paraissait encore complètement hors de portée. Si Charley était capable de passer directement à ce stade, peut-être aurait-elle la gentillesse de lui montrer comment s'y prendre.

— Bref, passons sur ma gestion malsaine de mes difficultés professionnelles. Je voulais vous dire que la scientifique était revenue examiner ma fenêtre de garage.

Le cœur d'Evie se serra.

— Et… ? fit-elle, bien que voyant déjà à la lueur qui brillait dans les yeux de Charley que les nouvelles étaient bonnes.

— Ils ont trouvé de l'ADN qui ne m'appartient pas sur la vitre et sur les montants. Et il y a le même sur la boîte à outils où était rangé le marteau.

— Bingo ! s'exclama Evie. Donc, maintenant, ils ont la preuve que quelqu'un est entré dans votre garage ?

— Oui, ceux qui tentent de me piéger ne sont visiblement pas des pros. Ils ont fait du travail de sagouin…

— Oh, c'est un sacré soulagement, dit Evie en s'élançant vers Charley et en lui prenant les mains.

Puis elle baissa les yeux et s'aperçut qu'elle l'avait salie.

— Oh ! À cause de moi, vous avez l'air d'une vraie cochonne !

Prenant conscience de ce qu'elle venait de dire, Evie se mit aussitôt en quête d'un chiffon propre en s'efforçant de ne pas rougir. Si Kitt avait dit quelque chose d'équivalent à Halloran, elle en aurait plaisanté pendant des siècles. Mais là, le silence devenait de plus en plus pesant. Après des picotements sur sa peau, elle sentait maintenant une timidité inhabituelle s'insinuer en elle. Elle n'arrivait pas à rire de ses paroles ambiguës ; mieux valait passer à autre chose.

— C'est un petit soulagement, reprit Charley à point nommé. Mais il y a encore beaucoup d'éléments à charge contre moi et je ne saurai que demain si je suis toujours suspendue ou non.

— Oh, fit Evie, en tendant à la policière un chiffon pour s'essuyer les mains. Vous ne devriez peut-être pas vous faire trop de souci pour ça.

— Que voulez-vous dire ?

— Je... en fait, nous... Kitt et moi... nous avons interrogé quelques personnes.

— Je sais, dit Charley avec un petit sourire. J'ai eu Halloran au téléphone à l'heure du déjeuner.

— Alors il vous a dit que...

— Une éventuelle fraude à l'assurance, une éventuelle liaison adultère... Tout cette confusion plaide en ma faveur.

— Ce ne sont que des rumeurs pour le moment, rappela Evie.

— Certaines rumeurs peuvent être infondées mais, en matière d'investigation, suivre leur piste finit souvent par mener à la vérité. Car, la plupart du temps, ces rumeurs viennent du fait que quelqu'un a vu ou entendu quelque chose qui lui a paru bizarre. Elles permettent donc au moins de remarquer qu'il y a quelque chose qui cloche chez une certaine personne ou dans une situation déterminée.

Evie regarda Charley dans les yeux.

— Donc nos recherches vous ont aidée.

— Il y a incontestablement de l'espoir. Et, pour le moment, n'importe quel prétexte est bon pour faire la fête. Alors je me suis dit que...

La policière sortit de son sac une bouteille de gin de taille généreuse avant de poursuivre :

— ... enfin, que vous pourriez m'éviter d'être une

de ces personnes pitoyables qui boivent toutes seules chez elles le dimanche soir.

— Bon, c'est parti pour une jolie gueule de bois du lundi matin ! s'exclama Evie.

Charley gloussa tandis qu'Evie se demandait pourquoi de telles âneries sortaient de sa bouche en présence de cette femme. Pourquoi ne pouvait-elle pas juste dire des choses normales comme « Excellent, je sors des verres » ?

— Tant qu'à faire, je vais commander à manger aussi, annonça Charley. Il y a un resto indien qui fait de succulents plats à emporter tout près d'ici.

— Si vous préférez, je peux aussi cuisiner quelque chose, proposa Evie.

— J'aimerais autant que vous vous relaxiez avec moi, répondit Charley avant de désigner la voiture d'un mouvement de tête. Apparemment, nous avons toutes les deux abattu pas mal de boulot aujourd'hui.

— Je n'irais pas jusque-là, rectifia Evie en essuyant une trace d'huile sur son visage du revers de sa manche. Mais si vous insistez pour me faciliter la vie, je ne vais pas me battre pour vous en empêcher.

— C'est bien, vous êtes mignonne, dit Charley, tout sourire.

Evie faillit s'étouffer en entendant ces mots. Charley les avait prononcés naturellement, un peu machinalement, mais ils l'avaient touchée. Décontenancée par cette réaction, elle décida d'adopter un air jovial en attendant de la comprendre. Certes, ses talents de comédienne ne s'étaient pas révélés très convaincants avec les Buruk mais bon... Avec toutes les pensées et émotions étranges qui se bousculaient en elle, que pouvait-elle faire d'autre ?

— Par contre, je dois d'abord prendre une douche et me changer, annonça-t-elle en montrant sa salopette tachée.

Charley étudia un moment Evie de la tête aux pieds.

— Tout ce qui vous fera plaisir...

CHAPITRE 14

À l'étage, le changement de vêtements prenait beaucoup plus de temps qu'Evie l'aurait voulu. Sa priorité absolue fut d'enlever ses pansements siliconés et d'appliquer le fond de teint spécial qu'elle utilisait pour dissimuler ses cicatrices. Après quoi, cependant, la situation se corsa. Elle n'arrivait pas à choisir une tenue. Sachant que Charley et elle n'envisageaient rien de plus extravagant que de manger des plats à emporter devant la télé, il n'y avait aucune raison que ce soit si compliqué. Si elle avait prévu le même programme avec Kitt, elle aurait enfilé le premier legging et le premier sweat à capuche venus. Mais, peut-être parce qu'elle ne la connaissait pas encore très bien, elle n'aurait jamais osé se présenter ainsi devant Charley.

Les choses allèrent ensuite un peu trop loin dans le sens inverse. Après s'être aperçue dans le miroir en pied, Evie se hâta d'enlever la robe du soir en velours bleu qu'elle venait de passer. Charley portait un débardeur et un jean : elle ne pouvait pas descendre comme si elles s'apprêtaient à aller à une réception.

Finalement, elle opta pour une robe à manches courtes jaune s'arrêtant juste au-dessus du genou et un petit cardigan lilas.

Quand elle finit par réapparaître au rez-de-chaussée,

Charley était en train d'examiner un à un les bibelots qui se trouvaient sur une commode lasurée disposée dans un angle du salon. Elle parvenait à faire comme si elle n'avait pas fouillé cette maison en tant que policière quelques semaines plus tôt, se comportant comme si elle découvrait chaque objet pour la première fois. Evie oubliait souvent combien la décoration de son logement était un sujet idéal pour engager la conversation. La plupart des fans de vintage se limitaient à une époque bien spécifique ou en choisissaient une par pièce. Evie, elle, n'avait jamais réussi à être aussi organisée, si bien que chaque pièce était une sorte de caverne d'Ali Baba. Entrer dans la cuisine et y trouver des coupes à champagne Babycham à côté d'un service à thé victorien la faisait encore sourire. Personne ne lui avait jamais rendu visite sans commenter toutes ses curiosités. Le séjour, par exemple, accueillait aussi bien un gramophone datant des années 1930 que la méridienne sur laquelle Charley s'était installée dès que son hôtesse lui avait confirmé que cela n'aurait rien d'impoli.

Evie avait espéré qu'elles parleraient du cambriolage pour tenter de faire avancer l'enquête mais il était vite apparu que Banks préférait discuter de sujets plus légers. Par conséquent, une fois qu'elles eurent épuisé toutes les histoires relatives à chaque meuble de la pièce, elles enchaînèrent naturellement sur leurs enfances respectives. Evie ne tarda pas à se retrouver pliée en deux, à se tenir les côtes. Elle ne se souvenait pas de la dernière fois où elle avait ri comme ça. Il lui semblait que cela faisait des semaines et des semaines. Ses zygomatiques et son abdomen lui faisaient tellement mal qu'elle implorait la pitié de son invitée.

— Et qu… qu… qu'a fait ton père ? demanda-t-elle à Charley, qui venait de raconter la fois où elle avait écrasé un œuf sur le crâne chauve du pauvre homme tandis qu'il regardait tranquillement un match de fléchettes à la télé dans son salon.

Tout en essuyant de petites larmes, Charley essayait de se retenir de pouffer pour pouvoir parler.

— Oh, il est devenu dingue. Il m'a donné une bonne correction. Mais pour sa défense, je pense que ce genre de comportement mérite un recadrage sévère. On ne peut pas laisser ses gamins casser des œufs sur le crâne de tous les gens déplumés juste pour le plaisir, ça peut vous valoir de gros ennuis. Surtout à Glasgow.

— Je… j'aurais bien aimé voir sa tête, s'esclaffa de nouveau Evie.

— Il était vert de rage. J'ai cru que je venais de vivre mes derniers instants.

— Mais vous avez survécu, répondit Evie, avant de reprendre un morceau de naan sur la table basse en acajou.

Le gin l'aidait à moins se soucier des calories. Elle avait déjà pu observer en maintes occasions qu'il existait une indéniable corrélation entre consommation d'alcool et mépris des calories ingérées. Cependant, chaque fois qu'elle y pensait, il était déjà trop tard pour établir une formule quantifiable.

— Oui, j'ai survécu, confirma Banks. S'il y a une chose que j'ai apprise avec mon métier, c'est que l'humain peut survivre à quantité de choses.

Evie cessa immédiatement de glousser et sentit son sourire s'effacer.

— Tout va bien ? demanda Charley, toujours avachie sur la méridienne, parmi les coussins verts.

Evie opina du chef et se força à sourire alors qu'elle était prise d'une soudaine et ridicule envie de pleurer. Comment pouvait-elle basculer si violemment d'une émotion à une autre ? Était-ce le gin qui lui jouait des tours ? Elle n'osait pas regarder Charley de crainte qu'elle remarque qu'elle était au bord des larmes.

— Oh, Evie…

Le caractère dur de l'accent de Charley s'était atténué. Evie n'avait même pas eu besoin de la regarder pour qu'elle comprenne que quelque chose n'allait pas. C'était logique. Après tout, elle était enquêtrice. Il y avait peu de chance que le moindre détail lui échappe.

Charley se redressa sur son siège et fixa Evie.

— Qu'est-ce qui se passe ? C'est toujours à cause d'Owen ?

— Non, répondit-elle en s'entourant de ses bras, soudain parcourue d'un frisson malgré le chauffage central. Enfin, je déplore toujours ce qui lui est arrivé, bien sûr. Mais je me sentirais sûrement beaucoup plus mal si j'étais quelqu'un de bien.

— Ne dites donc pas de bêtises. Vous êtes une des meilleures personnes que je connaisse.

— Et pourtant, avoua Evie, depuis la mort d'Owen, je n'ai fait que penser à moi, aux répercussions sur moi.

— Je ne crois pas que ce soit le cas. Et quand bien même ça le serait, le fait d'être accusé de meurtre peut avoir ce genre de conséquence sur quelqu'un. L'instinct de survie tourne à plein régime. Vous n'avez pas à vous flageller pour ça.

Charley se tut un instant et prit une autre gorgée de gin avant de poursuivre :

— Si ce n'est pas la mort d'Owen qui vous attriste, vous m'en voyez ravie. Mais dans ce cas, j'aimerais bien savoir ce que c'est…

— Ce n'est pas facile d'en parler.

— Vous ne croyez tout de même pas que je raconte

l'histoire de l'œuf sur la tête de mon père à tout le monde, si ?

Evie ne put s'empêcher de sourire une fois de plus à cette image, mais soupira aussitôt.

— Vous n'êtes pas obligée de m'en parler, bien sûr. C'est juste que raconter ce qui ne va pas à quelqu'un est souvent le premier pas vers la guérison.

— Je sais, vous avez raison. C'est seulement que c'est un peu gênant.

— Vous n'avez aucune raison d'être gênée avec moi.

Evie regarda Charley en se demandant si c'était vrai. Elle se sentait pourtant plus gênée avec elle qu'avec n'importe qui d'autre. Déterminée à surmonter cette étrange et inutile timidité envers une femme qui s'était toujours montrée gentille envers elle, Evie passa le bout de ses doigts sur ses cicatrices à la tempe et à la mâchoire.

— C'est… c'est à cause de ça.

En touchant la peau boursouflée, elle fut submergée par l'émotion. Quand elle s'était enfoncée dans la rivière, elle s'était imprégnée de chagrin comme une éponge. Et voilà que tout ressortait.

Après un moment de silence, Charley se leva. Elle s'avança vers le canapé et s'assit sur l'accoudoir. Penchée au-dessus d'Evie, elle lui caressa la joue, essuyant quelques larmes au passage.

— Ça ? Je trouve que ces cicatrices vous vont plutôt bien. Elles vous donnent un petit côté aventurière.

Evie fronça les sourcils. Elle n'avait jamais envisagé les choses de cette façon. Elle repensa aux hommes qui lui avaient plu dans sa vie. Certains avaient des cicatrices, parfois même sur le visage. Et si elles étaient moins impressionnantes que les siennes, on ne pouvait pas les manquer. Pourtant, cela ne l'avait pas empêchée de sortir avec eux. Alors pourquoi s'imaginait-elle que personne ne passerait outre ses cicatrices ?

— Ces cicatrices font partie de vous, maintenant, lui dit Charley, assez près pour qu'elle sente son parfum voluptueux et fruité.

— Je ne vois juste plus rien de beau quand je me regarde dans la glace. Je ne vois plus que ça.

Avec un soupir, Charley se releva et s'éloigna du canapé, puis se tourna dos à Evie.

— Beaucoup d'entre nous ont des cicatrices, dit-elle en croisant les bras devant elle puis en soulevant son débardeur noir.

Une longue balafre blanche traversait sa peau bronzée jusqu'au bas de ses omoplates.

Evie se leva et s'avança pour examiner le corps de Charley de plus près.

— Qu'est-ce qui vous est arrivé ?

— J'ai fait ma formation à Glasgow. C'est une ville où il y a beaucoup de couteaux. J'ai eu de la chance de ne pas mourir vidée de mon sang.

— Mon Dieu, je… je suis bien contente que ce ne soit pas le cas.

La gorge serrée, Evie avait du mal à détacher son regard de la cicatrice. Elle connaissait les blessures de ce genre. Elle savait combien elles étaient profondes, combien elles faisaient mal.

— Enfin, je veux dire que mourir aurait été très indélicat de votre part. Parce que si vous n'étiez pas là ce soir, je serais obligée de boire cette bouteille de gin toute seule. Et ce ne serait pas beau à voir.

Charley tourna la tête de sorte qu'Evie puisse voir son sourire de profil.

— Ne vous sous-estimez pas.

L'étrange chatouillis qu'avait ressenti Evie dans le garage reparut.

— Vous, au moins, vous pouvez cacher vos cicatrices si vous en avez envie. C'est déjà une chance.

— Ça ne m'empêche pas de me mettre en bikini, vous savez ?

Evie prit une grande respiration et s'accorda une petite seconde pour imaginer Charley en maillot.

— On ne peut pas dire que le temps s'y prête trop souvent par chez nous, mais vous avez raison de saisir l'opportunité quand elle se présente.

Charley ne rit pas.

— Evie, vos cicatrices ne sont pas laides. Elles sont comme des tatouages. Des tatouages qui symbolisent votre survie.

Alors que la policière commençait à baisser son débardeur, Evie posa la main sur la sienne pour l'en empêcher. Elle n'avait pas fini de regarder la rivière argentée que formait sa cicatrice sur la plaine de ses reins. Elle laissa ses doigts suivre sa propre cicatrice le long de sa mâchoire puis glisser sur celle qui traversait le dos de Charley.

Celle-ci frissonna de tout son corps.

— Oh… pardon, fit Evie en retirant vite sa main.

— Non, répondit fébrilement Charley. Ça m'a plu.

Evie se mit à respirer plus fort. Cela lui avait plu aussi. Toucher Charley lui avait plu. Sentir la chaleur de sa peau lui avait plu. La fermeté de sa chair avait quelque chose de rassurant.

Elle tendit la main une seconde fois. Et pendant qu'elle effleurait de nouveau la cicatrice argentée, elle vit le dos de Charley se cambrer.

Ce simple geste avait suffi à ce que Charley se torde de plaisir. Tous les sens d'Evie exultèrent à cette pensée.

— J'ai envie… j'ai envie de l'embrasser, s'entendit-elle dire.

L'espace d'un instant, elle se demanda si elle venait vraiment de prononcer cette phrase ou si c'était le gin qui s'était exprimé à sa place. Mais quand, sans un mot, Charley entama un strip-tease en enlevant très lentement son débardeur, les yeux d'Evie se rivèrent sur son torse musclé. Et le voyant apparaître centimètre par centimètre, elle sut que c'était bien elle qui avait parlé. Elle et personne d'autre.

— Alors embrasse-la, l'invita Charley, d'une voix tremblante. Embrasse… moi.

Evie fit un pas en avant et fixa le dos du soutien-gorge noir de Charley. Fascinée par l'agrafe, et la délicieuse perspective de la défaire. Jamais elle n'avait eu autant envie de dévêtir un homme. Secrètement, elle avait toujours trouvé que les hommes étaient plus beaux habillés. Ce n'était que maintenant qu'elle se rendait compte que c'était plutôt une drôle de pensée pour une femme hétérosexuelle et que cela expliquait peut-être qu'elle ne l'ait jamais énoncée à haute voix.

Evie se pencha et plaqua ses lèvres contre la cicatrice.

— Mon Dieu, murmura Charley. C'est bien réel ?

Ce commentaire fit sourire Evie. Elle longea la courbe de la hanche de Charley du bout de la langue puis l'embrassa comme elle avait envie de l'embrasser sur la bouche.

Levant les yeux, elle vit le regard de Charley s'enflammer en plongeant dans le sien. Les doigts de la policière caressaient ses boucles blondes tandis que ses lèvres montaient de son nombril vers la vallée de ses seins.

Haletante, Charley prit la tête d'Evie entre ses mains et l'attira assez près pour l'embrasser. Mais au lieu de se pencher pour que leurs lèvres se touchent, elle inclina son visage en arrière et la regarda droit dans les yeux.

— Tu es sûre que c'est ce que tu veux ?

Toutes les conséquences possibles à long terme donnaient le tournis à Evie. Elle n'avait pas envie d'y penser maintenant. Était-ce ce qu'elle voulait ? Telle était la question et, en ce moment précis, oui, c'était ce qu'elle voulait. Elle brûlait d'envie de fusionner avec Charley assez longtemps pour oublier le monde extérieur.

— Oui, répondit Evie en hochant la tête. C'est ce que je veux… Je te veux, toi.

Elle vit un petit sourire se dessiner sur les lèvres de Charley.

— Alors mains en l'air.

— Suis-je en état d'arrestation pour avoir embrassé une policière ? demanda Evie en souriant à son tour.

— Mains en l'air, répéta Charley d'une voix extrêmement douce.

N'ayant d'autre choix que d'obtempérer, Evie s'exécuta, le cœur battant la chamade, en regardant Charley saisir le bas de sa robe entre ses doigts pour la soulever.

CHAPITRE 15

Le lendemain matin, Evie perçut dès son réveil le riche parfum fruité d'un autre corps dans son lit. Preuve qu'elle n'avait pas rêvé ce qui s'était passé durant la nuit. Et premier signe qu'il allait lui falloir gérer les conséquences de ce qui, sur l'instant, lui avait paru une idée merveilleuse.

Puis elle entendit un vrombissement. Elle tendit le bras en grognant même si une partie d'elle savait que ce son de vibreur n'était pas celui de son portable. Et, en effet, ce dernier était totalement inerte.

Evie sentit le corps de Charley se mettre à bouger. Ce corps doux et chaud qui lui avait apporté tant de réconfort et de délices pendant la nuit. Après une grande inspiration, elle se retourna pour le regarder.

Dans la lumière rose cristalline, tamisée par les rideaux, Evie parvint à distinguer que cette nuit sauvage et presque blanche avait laissé Charley tout échevelée. Ses yeux étaient mi-clos. Evie mourait d'envie de la réveiller en la couvrant de baisers mais elle parvint à se retenir. Elle se recula même un peu avant de parler.

— Je crois que c'est ton téléphone, dit-elle au moment où le vibreur se taisait.

Charley leva une main pour se couvrir les yeux mais un petit sourire se forma sur ses lèvres.

— Bonjour aussi.

— Désolée, je me suis dit que c'était peut-être un message important pour ton travail. Moi aussi, je dois partir au boulot.

Le sourire de Charley s'effaça aussitôt. Quelque chose dans ces paroles l'avait brutalement tirée de sa semi-hébétude.

— Tout va bien ? demanda-t-elle en touchant la joue d'Evie.

— Ça va.

— Tes mecs t'auraient peut-être crue mais je suis une femme. Je sais ce que « ça va » signifie réellement.

— Ça va, vraiment, insista Evie en secouant la tête et repoussant la main de Charley. J'ai juste besoin d'aller à la salle de bain.

Quand elle s'assit, les draps glissèrent et elle prit alors conscience qu'elle ne portait pas de pyjama. À vrai dire, elle ne portait rien du tout.

Elle laissa échapper un petit cri, puis remonta le drap sur elle et le tint fermement d'une main en se cachant le visage de l'autre.

— Oh mon Dieu, gloussa-t-elle nerveusement. Je suis désolée. Je ne voulais pas jouer les exhibitionnistes.

— Ce n'est certainement pas moi qui m'en plaindrai, affirma Charley, une note d'amusement dans la voix.

Malgré le frisson qui l'avait parcourue à ces paroles, Evie remonta encore davantage le drap.

— Tu pourrais… euh, ne pas regarder ?

Charley baissa les yeux.

— Si ça te met plus à l'aise.

Evie avait entendu la déception dans la voix de Charley mais ses pensées étaient beaucoup trop encombrées pour gérer ça maintenant. C'était quelque chose d'entièrement nouveau, et elle n'était pas encore certaine que ça lui plaisait. Ou peut-être que si… Mais qu'elle n'était pas sûre de le vouloir pour autant.

Charley se retourna pour prendre son téléphone sur la table de chevet, et Evie en profita pour sauter dans son peignoir et filer dans la salle de bain.

Après avoir donné un tour de clé, elle s'adossa à la porte. Elle aperçut alors son reflet dans le petit miroir du lavabo et s'observa de plus près.

Elle avait une tête à faire peur. Ses cheveux partaient dans toutes sortes de directions improbables. Et comme elle avait oublié de se démaquiller, son mascara lui avait dessiné des lignes sombres sous les yeux qui lui donnaient l'air cruel. Elle ressemblait à un bandit dans *Star Wars*. Son fond de teint avait pratiquement disparu et ses cicatrices étaient à nu.

Elle fit couler de l'eau et s'en aspergea le visage. Avec du savon, elle s'efforça de faire disparaître les coulures de mascara, puis elle s'appliqua à placer ses cheveux aussi joliment que possible devant ses cicatrices.

Maintenant qu'elle pouvait regarder son reflet sans avoir de mouvement de recul, elle était en mesure d'élaborer un plan pour se sortir de la situation dans laquelle elle s'était fourrée.

— Contente-toi d'être honnête, souffla-t-elle à son reflet. Pas trop honnête mais juste ce qu'il faut.

Elle ne savait pas trop ce que signifiait « juste ce qu'il faut » dans un tel scénario mais elle ne pouvait pas laisser Charley penser que c'était le début de quelque chose.

Oui, la nuit passée avait été fantastique. Mieux que fantastique, même. Probablement l'expérience sexuelle la plus satisfaisante de sa vie. Mais elle avait sans doute fait cela par curiosité, et parce que sa nouvelle apparence la rendait vulnérable. Qu'on puisse encore la désirer sexuellement alors qu'elle pensait que cela ne lui arriverait plus s'était révélé intense. Mais ce n'était qu'une folie. Un écart. Pas quelque chose qu'elle prévoyait de refaire.

Inspirant à fond, elle ouvrit la porte de la salle de bain et revint dans la chambre. Elle fut surprise d'y trouver Charley déjà habillée.

Evie essaya de ne pas penser à combien elle la trouvait belle à cet instant. Là, il fallait qu'elle se concentre sur sa façon de lui dire au revoir. Et, surtout, elle devait faire très attention à ne rien dire ou faire qui puisse laisser penser qu'elle s'était servie d'elle.

— C'était le travail, déclara Charley. Je les ai rappelés. J'ai été réintégrée.

— Super nouvelle, se réjouit Evie, oubliant un instant ce qu'elle avait à faire et se précipitant vers elle, tout sourire, avant de s'arrêter à quelques pas. Je suis vraiment contente que ce cauchemar soit terminé pour toi.

— Pas tout à fait, répondit Charley. Je suis affectée aux tâches administratives jusqu'à la fin de l'enquête. C'est juste que l'ADN trouvé dans mon garage a soulevé de tels doutes sur le témoignage d'Alim qu'ils ne peuvent pas maintenir ma suspension, surtout au regard de mes états de service.

— Oh. Donc tu es toujours un peu sur la sellette.

— On peut dire ça. Mais si je fais profil bas, si j'exécute sans broncher toutes les tâches abrutissantes qu'on me confiera, je marquerai peut-être des points auprès de Ricci.

— Elle me glace le sang, avoua Evie.

Elle frissonna un peu en repensant à la façon dont Ricci lui avait parlé de ses cicatrices. Evie ressentait de nouveau ce qu'elle avait éprouvé à ce moment-là : de la honte à l'état brut.

— Ce n'est pas ma tasse de thé non plus mais maintenant c'est elle qui commande. Et je ne peux rien y faire.

Evie hocha la tête.

— À propos d'hier soir... j'ai passé... un moment merveilleux avec toi, dit-elle en prenant soin de toujours la regarder dans les yeux. Je suis sûre que tu as dû le voir.

Malgré son demi-sourire, Charley avait déjà les yeux embués.

— Oui, tu avais l'air d'apprécier, en effet.

— C'était le cas, confirma Evie. C'est seulement que ça ne m'était encore jamais arrivé. Je ne sais pas si ça se voyait aussi.

— Pas particulièrement, lui assura Charley en faisant un pas en avant. Mais peut-être que ça t'était tout simplement naturel.

Evie sentit le rouge lui monter aux joues. Être avec Charley avait été facile. Elle ne s'était jamais sentie gênée ou mal à l'aise, et elle n'avait pas eu besoin de simuler quoi que ce soit. Mais elle ne pouvait pas non plus se jeter tête baissée dans cette histoire. C'était trop étrange et inattendu.

— À mon avis, c'est plutôt toi qui es une bonne prof.

— Une bonne prof qui sait reconnaître un talent naturel au premier coup d'œil.

— Je n'en doute pas, admit Evie. Mais je ne comprends pas bien ce qui s'est passé hier soir. Ce n'est juste pas moi. Ce n'est pas... pour moi.

— Tu en es sûre ? demanda Charley en s'approchant un peu plus.

Un seul pas les séparait encore.

— Oui. Je crois que ça ne doit pas se reproduire. C'était très agréable mais c'était juste pour une nuit.

Charley baissa les yeux et soupira.

— Est-ce que je peux juste dire un truc ?

— Autorisation accordée, plaisanta Evie pour tenter d'alléger l'atmosphère.

— Contrairement à toi, la nuit dernière n'était pas ma première fois avec une femme. Et ce que je peux te dire, c'est que je ne ressens pas toujours ça. Cette…

Charley s'arrêta un instant avant de finir sa phrase.

— … cette alchimie entre deux personnes est quelque chose de rare, c'est tout ce que je voulais dire.

Evie croisa lentement les bras.

— Je t'entends. Mais je suis désolée, je ne peux vraiment pas. Il y a quelque chose qui me perturbe.

Charley n'ajouta plus rien. Opinant du chef, elle adressa à Evie le genre de sourire qu'on fait à quelqu'un qu'on a bousculé dans la rue par inadvertance. Puis, sans se précipiter, elle lui passa devant et quitta la chambre.

Evie écouta ses pas s'éloigner dans l'escalier et attendit l'inévitable claquement de la porte d'entrée. À la seconde où elle entendit ce bruit sourd, elle se laissa tomber sur son lit et des larmes silencieuses se mirent à couler le long de ses joues.

Mais qu'est-ce qui n'allait pas chez elle ? Qu'est-ce qu'elle avait cru ? Et qu'est-ce qui lui avait pris de faire ça avec Charley ?

Evie voyait pas mal de réponses possibles à ces questions mais aucune ne lui plaisait. Par conséquent, elle prit son téléphone sur sa table de nuit et envoya un SMS à Kitt.

CHAPITRE 16

— Tu savais que les couples lesbiens avaient plus de plaisir au lit que les autres ? demanda Evie à Kitt avant même qu'elle ait eu le temps de s'asseoir avec sa tasse de Lady Grey dans le bureau du deuxième étage.

La bibliothécaire regarda longuement son amie avant de s'installer dans un des vieux fauteuils à fleurs usés.

— Bien que j'apprécie tes efforts pour que nos conversations restent intéressantes après toutes ces années d'amitié, je te signale qu'il est plutôt d'usage d'amener ce genre de sujet petit à petit. En parlant d'abord un peu de la pluie et du beau temps, par exemple.

— Désolée, sourit Evie. J'ai lu un article là-dessus sur le site web du *Guardian* pendant ma pause déjeuner et je n'arrive pas à penser à autre chose.

Elle n'était, bien entendu, pas tombée sur cet article par hasard. Elle avait tapé « la vérité sur la sexualité lesbienne » sur Google.

Kitt plissa les yeux et posa sa tasse sur la table, devant elles, à côté d'une pile de livres abandonnée ici sans un mot ni la moindre explication.

— Je ne suis pas née de la dernière pluie, tu sais ?

— Quoi ? fit Evie, sentant son corps se raidir. Qu'est-ce que tu veux dire ?

— Je veux dire que tu es en train de parler à une

bibliothécaire devenue détective, fanfaronna Kitt en se désignant du pouce.

C'était la première fois qu'elle se présentait ainsi. Peut-être avait-elle plus apprécié leur récente enquête qu'elle ne voulait bien le montrer.

— Rien ne m'échappe, poursuivit-elle. Demande donc à Grace. Et si tu crois qu'engager la conversation en parlant de rapports sexuels entre filles est subtil, il va falloir que tu relises la définition de « subtil » dans le dictionnaire.

Evie n'osait plus bouger. Elle avait l'impression que le moindre geste allait en révéler beaucoup plus qu'elle le voulait, même si elle s'était peut-être déjà trahie.

— Qu'est-ce que tu essaies de dire ?

— Oh, rien de précis, fit Kitt en remuant son thé qui n'en avait pas besoin. Juste que ça fait quelque temps que tu fais preuve d'un certain intérêt pour une policière de notre connaissance.

Sentant tout son sang lui monter aux joues, Evie comprit que ça n'aurait jamais pu échapper à Kitt.

— Lui envoyer des SMS pour la retrouver à la Christmas Fayre, lancer ta propre enquête, l'aider à lever sa suspension, semer la pagaille à l'hôpital et te faire passer pour moi, avoir l'œil pétillant chaque fois qu'on cite son nom…

— D'accord, concéda Evie, incapable de supporter plus longtemps cette liste de preuves accablantes. Je l'ai fait. J'ai couché avec Charley.

Après un moment de silence, Kitt leva lentement les sourcils.

— Moi qui m'apprêtais à te taquiner avec ton béguin pour elle… Mais c'est encore plus croustillant, maintenant. Quand est-ce arrivé ?

— Hier soir, répondit Evie d'une voix à peine audible.

— Et les affirmations du *Guardian* étaient-elles fondées ?

— Ça t'amuse, hein ?

— Ce n'est rien de le dire. Tu ne t'es pas privée quand Halloran et moi n'avions pas encore officialisé les choses.

— C'est différent.

— Et pourquoi ça ?

— Parce qu'officialiser les choses avec Halloran ne nécessitait pas un changement radical de mode de vie.

Kitt répondit par un sourire espiègle qu'Evie ne lui avait jamais vu avant sa rencontre avec l'inspecteur.

— Ça reste à voir.

Puis ce fut au tour d'Evie de plisser les yeux. Elle s'apprêtait à demander ce que c'était censé vouloir dire, mais Kitt eut un geste de dédain indiquant qu'elle n'allait pas la suivre sur ce terrain.

— Tu n'es même pas un peu choquée ?

— Pas vraiment.

En observant son amie, Evie voyait que c'était la vérité. Elle était en train de boire une gorgée de thé avec la même expression que d'habitude : comme si elle lui avait appris qu'il y avait de l'agneau en promo au supermarché et pas comme si elle venait de lui avouer avoir couché avec une femme pour la première fois.

— Moi, si, déclara-t-elle.

— Tu ne t'y attendais vraiment pas ? s'étonna Kitt. Je ne t'ai pourtant jamais entendue dire beaucoup de bien de tes rapports sexuels avec des hommes.

— Ce n'est pas vrai, il y a eu… euh… et… C'était toujours tellement vite expédié qu'il était difficile de se faire une opinion, dit-elle avant de se couvrir le visage de ses mains. Oh mon Dieu, suis-je la seule à ne pas l'avoir vu venir ?

— Non, mais ton obsession pour les blagues grivoises était peut-être révélatrice d'un manque.

— Tu crois vraiment que trouver la bonne partenaire sexuelle va mettre fin à mes blagues ?

— Non, mais l'espoir fait vivre, répondit Kitt en regardant longuement son amie dans les yeux. Tu as peur de quelque chose ?

— Oui ! s'écria Evie. Notamment de ce que ça dit sur moi, qui suis arrivée à l'âge de 33 ans sans jamais envisager la possibilité d'être homo.

— Jamais ?

— Euh, de temps en temps j'ai bien eu une pensée fugace. Dans l'intimité de ma chambre. Mais tout le monde a ce genre de pensées parfois, non ?

— Presque tout le monde a des pensées d'ordre sexuel mais leur contenu diffère d'un individu à l'autre.

Evie soupira.

— Accorde-toi du temps, lui conseilla Kitt. Le ressenti est parfois plus important que la réflexion. Plutôt que de te mettre la pression, tu ferais peut-être mieux de te réjouir d'avoir vécu une expérience agréable.

À la seconde où elle venait de finir cette phrase, la porte du bureau s'ouvrit d'un coup et Halloran entra.

L'inspecteur sourit à Kitt et Evie, puis leva un sourcil et ferma la porte derrière lui.

— La conversation m'a l'air intéressante.

L'estomac d'Evie se noua aussitôt. Pendant une seconde, elle craignit même que Kitt déballe tout à l'inspecteur principal et que Charley apprenne que des rumeurs circulaient à propos de ce qui s'était passé. Mais ce n'était évidemment pas du tout le genre de son amie.

— Oh, juste les petits bavardages féminins habituels : manucure, postures de yoga et inconsistance des hommes, plaisanta Kitt tout en portant sa tasse à ses lèvres pour tenter de dissimuler son sourire.

Mais chaque fois que Halloran était dans la pièce, son sourire se voyait dans ses yeux…

— Dire que vous parliez de livres aurait été plus crédible, déclara Halloran en croisant les bras.

— Je croyais que nous devions nous retrouver à la maison dans deux heures, lui rappela Kitt.

— En effet, mais il y a eu du nouveau dans l'affaire Banks. La situation s'est aggravée.

— Aggravée comment ? demanda Evie, s'inquiétant aussitôt pour Charley.

Elle avait commencé la journée en se faisant éconduire par Evie, et n'avait eu pour seule consolation que son retour au travail, même si c'était derrière un bureau. Il n'était pas juste que sa situation professionnelle se dégrade encore. Normalement, les choses étaient censées s'améliorer.

— Alim Buruk est mort.

CHAPITRE 17

— Mort ? fit Kitt quand elle eut enfin retrouvé l'usage de sa voix. Mais ses blessures n'étaient pas graves à ce point, si ?

Halloran fit non de la tête.

— Il a été assassiné.

À ces mots, Evie sentit tout son corps se mettre à trembler. Elle commençait à peine à se remettre de la dernière fois où Halloran lui avait annoncé le meurtre de quelqu'un. De telles choses n'étaient pas censées se produire à York. En dehors du samedi soir, c'était une petite ville tranquille et pittoresque. Mais l'inspecteur principal n'avait pas fini.

— Et Donald Oakes est porté disparu, ce qui n'est très probablement pas une coïncidence.

— Quoi ?! Donald ? Quand a-t-il..., bredouilla Kitt avant de s'interrompre d'elle-même. Non, attends. Il faut que j'essaie d'aborder ça avec logique si je veux...

— Si tu veux quoi ? grimaça Halloran.

— Rien. Si je veux ordonner tout ça dans ma tête, c'est tout. Commençons par Alim. Assassiné, comment ?

— Quelqu'un a trafiqué sa perfusion. Il a succombé à une overdose de sodium. Arrêt cardiaque.

— Oh mon Dieu ! lâcha Evie tout en se passant la

main dans les cheveux. Il était si jeune. 25 ans, grand maximum. Quel gâchis.

— Je sais, confirma Halloran. Percival, Wilkinson et Ricci sont allés le voir ce matin. Normalement, nos supérieurs nous laissent ce genre de tâches mais ils voulaient montrer qu'ils prenaient la plainte contre Banks au sérieux. Et, à la lumière de l'ADN trouvé dans le garage de Banks, ils voulaient interroger Alim eux-mêmes. Vérifier s'il souhaitait modifier quelque chose à sa déposition. Ils n'ont rien obtenu de concret mais ils avaient le sentiment d'avancer. Ils pensaient réussir bientôt à lui faire révéler des informations importantes.

— Et l'instant d'après, il était mort.

— Et Donald Oakes avait disparu.

— Oh, non, fit Kitt, en secouant la tête. Tu ne crois pas que…

— Je réserve mon jugement, répondit Halloran. Mais le fait que ce soit arrivé au même moment ne me dit rien qui vaille.

— Quelque chose incriminant Donald a été trouvé sur la scène de crime ? demanda Kitt.

— Pas pour l'instant. Nous avons étudié les vidéos de l'entrée de l'hôpital et nous ne l'avons pas repéré dans le créneau de six heures qui nous intéresse. Cependant, nous attendons encore le rapport de la scientifique.

— Donc vous n'avez aucune trace de son éventuel passage sur les lieux, récapitula Kitt. Mais s'il avait fait le coup, ce ne serait pas un peu idiot de sa part de disparaître ? Est-ce que ça ne l'accuserait pas, au contraire ? Il aurait été plus judicieux de ne rien faire en croisant les doigts que de prendre la fuite.

— Planifier un meurtre et le commettre sont deux choses bien distinctes, répondit l'inspecteur principal.

Quand une personne prend conscience de ce qu'elle vient de faire, elle peut avoir des tas de réactions irrationnelles. Et c'est d'ailleurs souvent comme ça qu'on attrape les coupables.

— Alors tu penses que le remords s'est mis à le ronger comme Lady Macbeth ? fit Kitt.

— Comme je l'ai dit, je réserve mon jugement.

— Pour quelle raison Donald aurait-il tué Alim ? demanda Evie. Parce qu'il aurait cambriolé sa librairie ? Dans ce cas, il aurait mieux fait de transmettre les preuves dont il disposait à la police, non ?

— Au vu de ce que Kitt et vous avez découvert ces derniers jours, ce n'est pas le scénario le plus plausible.

— C'est-à-dire ? s'enquit Evie, intriguée.

— Ce n'est pas la seule possibilité mais dans le cas d'une arnaque à l'assurance, il est plus probable que Donald ait éliminé Alim par crainte qu'il le dénonce.

— Cet homme ne pourrait jamais tuer quelqu'un, s'insurgea Kitt. Je n'y crois pas un seul instant.

— Personne ne veut croire ça de quelqu'un qu'il connaît, ma chérie. Mais les gens commettent parfois des actes désespérés. Je ne dis pas que Donald est le mal incarné.

— OK. Je réfléchirai à ça plus tard. Qui a trouvé le corps d'Alim ?

— Il est mort durant une visite de sa mère. Elle a appelé à l'aide mais l'équipe médicale n'a rien pu faire.

— Sa mère ? s'étonna Evie. Elle était là quand ça s'est produit ?

— Oui, confirma l'inspecteur. Mais la perfusion diffusait le liquide dans son corps très lentement. Il a forcément fallu des heures avant que la dose de sodium soit suffisante pour le tuer. En comptant large, le geste n'a pu être commis qu'entre le moment où on a changé sa poche pour la dernière fois et le moment du décès. Entre 9 heures ce matin et 15 heures environ. Sa mère n'est arrivée à l'hôpital qu'un quart d'heure avant sa mort. Ce n'est pas suffisant. Si elle avait trafiqué sa perfusion à ce moment-là, Alim aurait succombé beaucoup plus tard.

— Un quart d'heure, répéta Evie. Presque comme si elle avait su que son fils allait mourir et qu'elle était venue lui dire adieu.

— C'est effectivement un peu suspect, même si ce n'est pas elle qui l'a empoisonné, ajouta Kitt. Et si elle avait chargé quelqu'un d'autre du sale boulot et était juste venue assister aux derniers instants d'Alim ?

— Nous parlons d'une mère qui tue son fils, là, rappela Halloran.

— Amira Buruk n'est pas la mère lambda, intervint Evie. En tout cas, pas d'après ce que j'ai vu d'elle.

— Et tu l'as dit toi-même, Mal, rappela Kitt. Nul ne peut savoir ce dont elle est capable. Tu as même employé l'adjectif « dangereuse ». Si elle savait que Percival, Ricci et Wilkinson étaient sur le point de découvrir la vérité et si elle pensait que son fils ne résisterait pas aux pressions de la police, il est possible qu'elle ait pris des mesures définitives.

— Elle fait toujours partie des suspects, confirma Halloran. Nous essayons aussi de savoir qui d'autre a rendu visite à Alim ce matin. Mais, pour le moment, la disparition de Donald Oakes nous préoccupe beaucoup plus que la nature d'Amira Buruk ou n'importe quel autre élément de l'affaire.

— Donald..., soupira Kitt en secouant la tête. Quand a-t-il disparu ?

— Sa femme ne l'a pas vu depuis qu'il a quitté la

librairie hier soir. Elle l'a laissé fermer la boutique mais il lui a envoyé un texto deux heures plus tard pour l'informer qu'il allait boire une pinte avec des amis. Il n'est jamais rentré.

— Et ses amis, alors ? demanda Kitt. Ils l'ont vu hier soir ?

— Son épouse a contacté tous ses camarades de comptoir avant de nous appeler. Aucun d'entre eux ne l'avait vu.

— Mais si Donald a disparu hier soir, comment pourrait-il avoir tué Alim ? demanda Evie.

— Ce n'est pas parce que ses amis et sa famille ne l'ont pas vu depuis qu'il n'est plus dans le secteur, expliqua l'inspecteur principal. Personnellement, si j'avais prévu de commettre un meurtre, je ne pense pas que je tiendrais à être entouré de mes proches juste avant.

— Mais est-ce qu'il ne faut pas être resté au moins vingt-quatre heures sans donner signe de vie pour être porté disparu ? s'étonna Kitt. Il y a peut-être une explication.

— Dans des circonstances ordinaires, ce serait vrai. Mais avec la mort d'Alim et le fait que nous n'ayons toujours arrêté personne pour le cambriolage de la librairie, nous sommes obligés de prendre cette disparition au sérieux. Et Banks…

— Oui, quoi ? réagit Evie.

— Ricci ne l'a pas dit mais, vu sa promptitude à suspendre Banks quand il ne s'agissait que d'une affaire de cambriolage, elle risque de redouter un coup fourré.

— Qu'est-ce que tu veux dire ? demanda Kitt.

— Si nous ne retrouvons pas bientôt Oakes, Ricci risque de s'intéresser de nouveau à Banks. Elle pourrait la soupçonner d'avoir fait taire Oakes et Buruk pour de bon. Si on en arrive là, j'espère juste qu'elle sera plus coopérative avec elle qu'avec moi.

— Elle est restée évasive, c'est ça ? tenta de deviner Kitt.

— Elle n'a pas voulu me dire où elle se trouvait la nuit dernière, au moment de la disparition de Donald.

Evie se tourna lentement vers Kitt et découvrit les yeux de celle-ci déjà braqués sur elle.

— Quoi ? Qu'est-ce qu'il y a ? demanda Halloran. Vous savez quelque chose que j'ignore à ce sujet ?

On aurait dit que la température de la pièce augmentait à chaque seconde.

— Si Charley ne vous a pas dit où elle était la nuit dernière, c'est seulement par souci de discrétion, déclara Evie, les yeux rivés sur la moquette. Elle était avec moi.

— Vous avez vu Banks hier soir ? s'étonna Halloran.

— Oui, elle était chez moi.

— Toute la nuit ?

— Oui, répondit Evie après un instant de silence.

— Je vois.

Evie releva les yeux vers l'inspecteur. Celui-ci hocha légèrement la tête, lui confirmant qu'il avait compris. Totalement compris.

— Ça aidera si je fais une déclaration officielle ?

— Nous n'en sommes pas là. Mais si Ricci en arrive à accuser Banks ou quelque chose comme ça, il serait bon qu'elle puisse fournir cet alibi.

— Elle le pourra.

— Les caméras de sécurité ne peuvent vraiment rien nous apprendre sur ce qui est arrivé à Alim et Donald ? demanda Kitt.

Evie ne savait pas trop si son amie avait fait exprès de

changer de sujet mais elle était soulagée de ne pas avoir à en dire davantage dans l'immédiat.

— En ce moment même, nous avons des collègues qui examinent les images du système de vidéosurveillance de l'hôpital au niveau de l'entrée et des caméras de circulation du quartier de la porte de Bootham, révéla Halloran.

— Vraiment ? Ricci a accepté de vous réintégrer tous les deux sur l'affaire ? demanda Kitt.

Halloran hocha la tête.

— Quand l'ADN a été trouvé dans son garage, Banks a personnellement fait appel auprès de Ricci. Elle a réussi à la convaincre de nous laisser reprendre l'enquête. Ses états de service irréprochables expliquent sûrement que sa requête ait abouti. À moins que ce ne soit parce que ça devient de plus en plus sérieux. En tout cas, nous sommes tous les deux autorisés à poursuivre les recherches.

— C'est une bonne nouvelle, non ? hasarda Kitt.

— Peut-être. Comme nous manquons toujours d'effectifs, il est aussi possible que Ricci n'ait pas vraiment eu d'autre choix que de nous remettre sur l'affaire. Mais il reste une autre possibilité.

— Laquelle ?

— Il se pourrait qu'elle l'ait fait pour mieux nous surveiller, qu'elle nous ait collé la brigade anti-corruption sur le dos.

— Mais vous n'avez rien à cacher ni l'un ni l'autre, dit Kitt. Donc même si c'est le cas, elle ne trouvera rien.

— Non, si ce n'est que je te fais des confidences concernant l'enquête, répondit Halloran. Si quelqu'un l'apprend, ça fera l'objet de mesures disciplinaires. Les huiles se ficheront de savoir combien tu peux être utile. Et discrète.

— Je sais que tu prends de gros risques en partageant

tes infos avec nous. Mais, je t'en supplie, ne me dis pas que tu es venu nous demander de laisser tomber. Pas quand quelqu'un que je connais pratiquement depuis le jour de mon arrivée à York est porté disparu.

— Non, ce n'est pas pour ça que je suis venu. J'ai essayé la dernière fois et ça n'a pas fonctionné. Je sais très bien que si je te dis de te tenir à l'écart, tu vas quand même continuer parce que l'affaire te touche personnellement. Et, franchement, je n'ai jamais connu quelqu'un d'aussi curieux que toi.

— Disons que je vais prendre ça comme un compliment, répliqua Kitt en plissant le nez.

— Mais je vais devoir faire très attention aux informations que je partage, reprit Halloran. Et il va falloir que tu surveilles deux fois plus tes arrières. Si Ricci a vent de ce que tu fais, ça pourrait signer la fin de ma carrière. Et de celle de Banks.

— Je n'ai aucune envie de te créer des ennuis au travail. Mais la disparition de Donald est très inquiétante.

— Hem ! fit Evie.

— Qu'est-ce qu'il y a ? l'interrogea Kitt.

— On apprend que Shereen s'est violemment disputée avec son mari au sujet d'une aventure et, deux jours plus tard, Donald est porté disparu.

— Tu ne sous-entends pas que Shereen pourrait être responsable de la disparition de Donald, quand même ?

— Pourquoi pas ?

— En faisant abstraction du fait que je la connais depuis des lustres, il aurait fallu qu'elle maîtrise physiquement Donald. Ce n'est pas une armoire à glace mais je ne suis pas convaincue qu'elle serait capable de le soulever, même inconscient.

— Elle pourrait très bien ne pas avoir agi seule,

argua Evie. L'absence de son mari profiterait à quelqu'un d'autre.

— Son amant, précisa Kitt.

— Il pourrait l'avoir aidée à se débarrasser de Donald afin qu'elle garde tout l'argent de l'assurance pour commencer une nouvelle vie avec lui.

— *La Mystérieuse Affaire de Styles*, lança Kitt.

Evie interrogea Halloran du regard mais celui-ci secoua la tête pour signifier que cela ne lui évoquait rien à lui non plus.

— Et de quoi s'agit-il, très chère ? s'enquit Evie.

— D'un classique d'Agatha Christie. Les assassins sont deux amants. Ils tuent l'épouse de l'homme pour pouvoir être ensemble mais essaient de détourner les soupçons vers d'autres personnes.

— Peut-être que Shereen et son complice font la même chose ? suggéra Evie.

— Cela reviendrait donc à dire que Shereen est à la fois derrière la disparition des livres et celle de son mari, c'est bien ça ?

— Ce serait cohérent, confirma Evie. Donald et elle ont consacré des années à ce commerce mais il ne leur a jamais rapporté suffisamment. Et voilà qu'un jour elle rencontre quelqu'un avec qui elle a envie de refaire sa vie. Mais un divorce coûte cher et la moitié du bénéfice de la vente de la boutique ne suffirait pas...

— C'est là qu'elle prend conscience qu'elle possède quelque chose qui a plus de valeur, enchaîna Kitt. Des premières éditions qu'elle n'a jamais vendues.

— Elle essaie de convaincre Donald de les mettre aux enchères mais il y rechigne pour une raison ou une autre.

— Donc elle organise un cambriolage à l'insu de son mari afin de toucher l'assurance.

— Mais Donald tombe sur un indice, une preuve de l'infidélité de sa femme. Et ce n'est peut-être pas la seule chose qu'il soupçonne. Shereen comprend alors qu'il en sait trop et risque de parler à la police.

— Elle supplie donc son amant d'éliminer Donald afin qu'ils puissent garder l'argent pour eux.

— Ça fait une histoire passionnante, conclut Halloran avec un vague sourire. Mais une enquête doit reposer sur du concret. Et sans corps, il n'y a pas de meurtre. Pour l'instant, nous devons nous focaliser sur le cadavre dont nous disposons. Celui d'Alim Buruk.

— Alors tu disculpes Shereen pour le moment ? demanda Kitt.

— Aucun indice ne vient étayer vos suppositions, répondit l'inspecteur principal. Mais tout en suivant les pistes des personnes qui ont rendu visite à Alim, rien ne nous empêche de jeter un coup d'œil aux factures téléphonique de Shereen. Si elle a un amant, il y a fort à parier qu'elle lui envoie des messages ou l'appelle plus ou moins régulièrement.

— En attendant, nous devrions peut-être chercher si d'autres rumeurs circulent au sujet de Donald et Shereen, proposa Kitt.

— Et comment allez-vous vous y prendre ? demanda Halloran.

— J'ai mes méthodes, répondit la bibliothécaire.

CHAPITRE 18

Alors que le bus 59 ralentissait pour s'arrêter à Piccadilly, Evie laissa échapper un bâillement. Il était bientôt 10 heures, donc assez tard pour que les trottoirs aient dégelé mais tout de même trop tôt pour un jour où elle n'était pas attendue au salon le matin.

Après la mort d'Alim et la disparition de Donald, Kitt avait demandé à être exceptionnellement de l'après-midi ce jour-là. Et si son but était de continuer à enquêter sur Shereen et Bootham Books en compagnie d'Evie, cette dernière ne s'attendait pas forcément à la méthode qu'elle avait choisie.

— Tu crois vraiment qu'on peut résoudre l'affaire juste en prenant le bus 59 ? demanda-t-elle tout en cherchant de la monnaie dans son sac pour régler le chauffeur.

— D'après Ruby, il n'y a rien dans cette ville que l'on ne puisse apprendre ici, répondit Kitt en montant à bord et en payant son ticket. Mais, par pitié, ne lui dis surtout pas que nous avons suivi son conseil. Sinon, elle va vraiment se mettre à espérer que je la laisse me tirer les cartes un jour.

Kitt avait à peine terminé sa phrase qu'un familier « Salut, ma belle ! » fusa dans l'allée centrale du véhicule.

En se retournant, les jeunes femmes découvrirent Ruby assise à peu près au milieu du bus, côté fenêtre. Evie ne put s'empêcher de sourire mais Kitt ne semblait pas franchement se réjouir de cette rencontre inopinée. Il aurait été malpoli de s'asseoir trop loin de Ruby alors qu'elle se montrait toujours si amicale, mais il ne fallait pas non plus qu'elle en apprenne trop sur l'affaire.

Ayant repéré des sièges libres juste derrière elle, Kitt s'y précipita dès que le moteur du bus gronda dans l'espoir de gagner le pari qui consistait à s'asseoir avant que le chauffeur appuie sur l'accélérateur.

— Qu'est-ce qui vous amène dans le coin ? demanda Ruby.

— Oh, nous avions juste envie de nous promener un peu, répondit la bibliothécaire. Mais comme il fait un peu froid pour bavarder en marchant aujourd'hui, nous avons décidé de faire un petit tour en bus dans notre ville bien-aimée.

Evie regarda Ruby en se demandant si quelqu'un pouvait vraiment avaler une histoire pareille. Jusqu'alors, chaque fois qu'elles s'étaient retrouvées à fouiner là où elles n'auraient pas dû, Kitt avait toujours donné des excuses subtiles ou du moins crédibles. Hélas, personne ne peut être au maximum de ses capacités cent pour cent du temps.

— Ah bon ? fit Ruby, d'un ton quelque peu suspicieux. J'aurais pourtant cru qu'il y avait des itinéraires plus pittoresques que celui du 59.

— Pas du tout. Qui n'aime pas… euh, fit Kitt en essuyant la buée de la vitre avec sa manche de manteau pour voir à l'extérieur. Qui n'aime pas la poésie de ces entrepôts abandonnés ou de la silhouette menaçante de ce pub délabré ?

— Oh, et regardez, il y a aussi ces très chic nouveaux

magasins de plats à emporter installés dans des containers aménagés, ajouta Evie.

— Oui, d'un design très épuré, certes, mais pas dénués d'intérêt esthétique.

Ruby regarda Kitt droit dans les yeux.

— Bon, d'accord, capitula la bibliothécaire. Nous cherchons quelques informations.

— Vous êtes au bon endroit, sourit la vieille femme. Des informations sur quoi ?

— Une rumeur que nous espérons infondée nous est parvenue.

— C'est-à-dire ?

— Je ne suis pas du genre à colporter les ragots, se défendit Kitt. Par contre, je vais vous révéler qui cela concerne et vous pourrez peut-être me dire si vous avez entendu quelque chose récemment...

— D'accord, je veux bien essayer.

— Vous connaissez la librairie Bootham Books ?

— Oui, j'y suis allée une fois ou deux.

— Eh bien, nous avons eu vent de rumeurs déplaisantes concernant Shereen Oakes, qui tient la boutique avec son mari. Comme je suis amie avec elle, j'espère que ce ne sont que des racontars.

— Mmm, fit Ruby. Je n'ai rien entendu sur elle.

— C'était un plan idiot, marmonna Kitt à mi-voix.

— Le tien, grommela Evie.

— Attendez, attendez, les interrompit Ruby. Je ne suis pas toute seule dans ce bus, vous savez ? Hé, Margaret !

Assise de l'autre côté de l'allée, la passagère qu'elle venait de héler était une autre vieille dame, portant un foulard marron à fleurs et un duffle-coat vert.

— Mais qu'est-ce que vous faites ? murmura Kitt.

— Vous voulez la vérité ou pas ?

Kitt jeta un regard en coin à Evie et la vit hausser les épaules. Il était désormais trop tard pour faire machine arrière. Si tout partait en vrille, il ne leur resterait plus qu'à dédramatiser la situation en en riant un bon coup.

— Qu'est-ce que c'est ? réagit Margaret comme si Ruby l'avait interrompue au milieu de quelque chose de beaucoup plus important qu'être assise toute seule dans un bus à regarder dans le vide.

— Bootham Books... Vous avez entendu quelque chose ?

— Rien du tout, j'aurais dû ?

— Non, non, ça ne fait rien.

Kitt poussa un soupir de soulagement mais son répit fut de courte durée. Ruby se mit sur-le-champ à interpeller tout le bus derrière elle. Un nom après l'autre. Judy, Parveen, Lionel, Kenneth, Rita. Kitt grimaçait à chaque fois. En n'importe quelle autre circonstance, Evie aurait trouvé ce spectacle hilarant. Peu de choses en ce monde la faisaient autant rire que de voir son amie un peu guindée confrontée à des situations où elle était mal à l'aise. Mais étant donné que cela pourrait se retourner contre Charley si elles perdaient le contrôle de leur enquête officieuse, cela l'amusait nettement moins aujourd'hui.

Elle s'apprêtait à dire à Ruby qu'elle avait probablement interrogé assez de monde quand un homme aux cheveux blancs, assis quelques sièges devant elle, se retourna.

— La librairie Bootham Books ? Elle a été cambriolée il y a quelques semaines. Les voleurs ont pris des livres de grande valeur.

— Tout le monde sait ça, Dennis. Ça n'a rien de nouveau. Qu'est-ce que vous savez d'autre ?

Evie trouva la réaction de Ruby assez impolie mais le vieil homme ne sembla guère s'en offusquer.

— Je n'ai rien entendu d'autre sur le cambriolage. Par contre, j'ai appris quelque chose l'autre jour en discutant avec June. D'après elle, quelqu'un de ce magasin a été vu en situation assez compromettante, il y a quelques semaines.

Evie et Kitt échangèrent un regard. Une situation compromettante… voilà une formule qui pouvait parfaitement s'appliquer à une épouse infidèle.

Kitt s'éclaircit la gorge mais maintint sa voix à un volume juste suffisant pour que Dennis l'entende pardessus le bruit du moteur.

— A-t-elle précisé de quelle personne du magasin il s'agissait ?

— Elle ne connaissait pas son nom. Elle a juste dit, « cette fille de rien qui travaille chez Bootham Books ».

Consciente qu'elle devait faire à peu près la même tête, Evie vit le front de Kitt se plisser. Cette description ne correspondait clairement pas à Shereen. Mais il y avait bien quelqu'un qui…

— Olivia ! s'écrièrent-elles à l'unisson.

— Dans quel genre de situation compromettante se trouvait-elle, exactement ?

Dennis se pencha davantage au-dessus du dossier de son siège.

— On l'a vue avec un homme qui avait l'âge d'être son père, voire plus, assise dans un recoin d'un pub des abords de la ville, sur la route de Wetherby.

— Êtes-vous sûr que ce n'était pas son père, justement ? demanda Kitt, intriguée.

— Disons que je ne me comporterais pas avec ma propre fille comme June l'a rapporté, répondit Dennis.

— Et June vous a dit à quoi cet homme ressemblait ?

— En fait, ce n'est pas June qui a été témoin de la

scène. C'est sa nièce, qui est barmaid dans ce pub. Mais les deux fois où elle est passée ramasser les verres et tout ça, elle a entendu qu'ils parlaient beaucoup de la librairie. Au point qu'elle a cru que le type était peut-être son patron.

— Olivia et Donald…, récapitula Evie en faisant non de la tête.

— C'est de l'information de troisième main, marmonna Kitt entre ses dents, de sorte que Dennis ne l'entende pas. Je ne crois pas qu'on puisse vraiment s'y fier.

— Pourtant, tu étais convaincue que Shereen n'était pas du genre à avoir une aventure.

— Je le suis toujours mais…

— Donc, au vu de ce que nous a dit Olivia, est-ce qu'il n'est pas plus probable que ce soit elle qui ait une aventure avec Donald ? Et qu'elle essaie de nous envoyer sur une fausse piste en pointant Shereen du doigt…

— Même si j'admets qu'on ne peut pas écarter cette hypothèse, je ne suis pas sûre que ce soit beaucoup plus probant.

— À propos, pourquoi vous intéressez-vous à tout ça ? demanda Dennis.

L'air de rien, Evie plaça sa main devant sa bouche afin de cacher son sourire au vieil homme. Il venait de livrer toutes ces informations et c'était seulement maintenant qu'il pensait à leur poser la question.

— Pour rien de spécial, mentit Kitt en rougissant légèrement, ce qui n'échappa pas à Evie. Je suis allée à la librairie ce week-end et les patrons m'ont paru un peu troublés. Comme ce sont mes amis, je cherche à m'assurer qu'ils vont bien.

— Ça se comprend, approuva Dennis. Mais la nièce

de June n'est pas du genre à inventer des choses, vous pouvez me croire.

— Je suis persuadée qu'elle est très honnête, lui assura Kitt.

— Ce n'est pas tant cela, la détrompa Dennis. C'est surtout qu'il se passe tellement de choses dans ce pub qu'elle n'a pas besoin d'exagérer. C'est comme dans un film.

— Je vois, acquiesça Kitt avant de sortir son téléphone de sa poche.

Elle soupira en regardant l'écran.

— Qu'est-ce qu'il y a ?

— C'est encore un de ces messages cryptés, rédigés en emojis, dont Grace a le secret. J'en reçois chaque fois qu'elle ne peut pas me parler au téléphone parce que Michelle traîne dans notre partie de la bibliothèque. Veux-tu me dire ce que je suis censée faire de ça ?

— Je crois qu'elle essaie de te dire qu'elle a trouvé les livres en vente quelque part, répondit Evie.

— Quoi ? fit Kitt en regardant de nouveau l'écran. Ah oui, ça m'a l'air d'être ça maintenant que tu le dis. Mais que symbolisent le parapluie et le smiley ?

— Je ne suis pas sûre pour le parapluie mais je pense que le smiley indique juste qu'elle est contente de sa découverte.

Sans un mot, Kitt appuya sur le bouton d'arrêt le plus proche d'elle.

— Où allez-vous ? lui demanda Ruby.

— Changement de programme. Quelque chose de plus important vient d'arriver. Mais je vous suis reconnaissante d'avoir demandé autour de vous, Ruby. Peut-être pourriez-vous me tenir au courant si vous entendez de nouvelles rumeurs au sujet de la librairie ?

— Ça marche. En rentrant à la maison, j'interrogerai aussi les runes. Ces pierres évitent de se perdre en conjectures. Je vous ferai savoir ce qu'elles en disent. Je suis sûre que ça vous sera utile. En tant que simples citoyennes qui cherchent juste à s'assurer que leurs amis vont bien, je veux dire.

Un sourire malicieux était lentement apparu sur le visage de Ruby. Avait-elle compris qu'elles étaient sur une nouvelle enquête ? Étant donné la piètre qualité de leur couverture, elle n'aurait pas eu à se casser beaucoup la tête pour ça.

Kitt se contenta de lui répondre d'un demi-sourire entendu.

Le bus se rangea sur le côté de la rue et les deux jeunes femmes en descendirent.

— Où on va ? demanda Evie à sa meilleure amie, qui était passée de l'immobilité à la marche forcée en moins d'une seconde.

— Nous retournons à la bibliothèque pour voir ce qu'a appris Grace et planifier notre prochaine action.

— Ce serait plus rapide de lui envoyer un texto, non ?

— Je veux l'histoire complète, pas le résumé en émojis.

— Dacodac. Dans ce cas, vu que nous ne sommes pas loin de chez moi, nous n'avons qu'à y passer vite fait et finir le trajet avec Jacob.

— Bonne idée. Plus vite nous serons à la bibliothèque, mieux ce sera. Je n'ai plus de Lady Grey à la maison et il faut que je mette la main sur ma réserve au boulot.

— En panne de Lady Grey ? Cette affaire doit *vraiment* te préoccuper.

— Si tu savais.

CHAPITRE 19

— D'accord, Grace, lança Kitt par-dessus le bruit du moteur de Jacob. Tu es dans la voiture. Nous ne t'avons ni mise à l'écart ni abandonnée derrière nous. Alors maintenant, veux-tu nous dire ce que tu as découvert sur l'affaire ?

Assise à l'arrière, les bras croisés, l'assistante n'avait pas décoincé un mot depuis qu'elles avaient quitté la bibliothèque dix minutes plus tôt. Avant cela, tout ce qu'elle avait daigné dire à Evie et Kitt, c'était qu'il fallait sortir de la ville en direction de Wetherby, ce qui était apparemment le sens de l'émoji parapluie. D'ailleurs, elle se disait stupéfaite que les deux autres n'aient pas fait le rapport entre « *weather* », la météo, et « Wetherby », la ville. Mais Evie la soupçonnait d'en rajouter pour faire enrager un peu plus Kitt.

— Je suis désolée d'avoir eu à employer de tels moyens, prétendit-elle. Mais je ne veux pas être la seule à rester coincée derrière un ordinateur. Je veux aussi ma part d'action.

— Tu t'es parfaitement fait comprendre, lui assura Kitt. Espérons juste que Michelle ne remarque pas que tu es déjà partie en pause déjeuner.

— Ce serait si grave que ça ? demanda Evie.

— Avec Michelle, tout est très grave, répondit Grace

en consultant sa montre. Mais ce n'est pas loin de la ville. Plus qu'un quart d'heure.

— Où allons-nous exactement ? demanda Kitt. Si tu crois que je vais te suivre aveuglément pendant quinze autres minutes, tu te fourres le doigt dans l'œil.

Evie et Grace échangèrent une expression vaguement amusée dans le rétroviseur intérieur. Il n'était pas difficile de faire marcher Kitt et elles y prenaient toutes les deux le même malin plaisir.

— Grace, insista Kitt, se retournant sur son siège pour faire face à son assistante.

— Salle des ventes de North Riding.

— Les livres seront là-bas ? s'enquit Evie, ralentissant un peu pour laisser passer une moto à une intersection.

— Non, répondit Grace. Mais l'homme qui les a en sa possession y sera, lui.

— Et de qui s'agit-il ? demanda Kitt.

En la regardant de nouveau dans le rétroviseur tout en abordant un petit rond-point, Evie vit un sourire passer sur les lèvres de Grace.

— Un certain M. Jarvis Holt. D'après ce que j'en sais, il gagne sa vie en achetant et vendant des choses. Principalement de l'immobilier, mais il touche un peu à tout.

— S'il n'a pas mis les livres aux enchères, comment as-tu découvert qu'il les avait en sa possession ? demanda Kitt.

— J'ai trouvé une première édition du *Grand Sommeil* sur une liste eBay à son nom.

— Les autres livres y étaient aussi ?

— Non, il n'y avait que celui-là. Je pense qu'il est trop malin pour tenter de tous les écouler d'un coup.

Celui-ci était caché parmi tout un tas d'articles anciens comme des théières ou des machines à écrire.

— Si les autres ouvrages n'y sont pas, comment peux-tu savoir que cet exemplaire est celui qui a été volé chez Bootham Books ? demanda Kitt.

— Parce que les utilisateurs d'eBay doivent indiquer leurs coordonnées et que ce livre était le seul dans la région de York. L'intitulé de l'annonce m'a également interpellée. Au lieu du titre du livre, il était présenté comme « première édition d'un classique de Raymond Chandler ». La photo montrait un exemplaire ancien du *Grand Sommeil* mais le titre ne figurait pas dans la liste.

— Effectivement, c'est un peu étrange, reconnut Kitt. Et tu es sûre que Jarvis Holt est à la salle des ventes, même s'il n'y vend pas le livre ?

— Il y a environ deux heures, il a commis l'erreur de publier sur leur page Facebook qu'il y serait cet après-midi pour tenter d'acquérir certains articles, confirma Grace. Par contre, il n'a pas fait d'offre pour les services de « Grace Edwards, enquêtrice en ligne d'exception ».

Rien qu'à voir ses mains s'agiter dans le rétroviseur, Grace était surexcitée. Non seulement elle démarrait au quart de tour mais Evie ne faisait que l'y encourager. Certes, Grace vivait à Leeds, où il se passait un peu plus de choses, mais, pour être honnête, tout jeune qui étudiait ou travaillait à York ne pouvait qu'être à l'affût d'un peu d'excitation.

Evie jeta un œil à Kitt tout en gardant l'autre sur la route. Elle s'attendait à ce que son amie fasse des commentaires sur le comportement de son assistante. Au moins, sur son nouveau statut autoproclamé. Mais elle avait sorti son portable et était en train de composer un numéro.

— Tu appelles qui ?

— Halloran. Tu as entendu ce qu'il a dit, hier. Nous devons l'informer de chaque nouveau développement. Il veut peut-être parler à Jarvis Holt lui-même. Ou peut-être même l'embarquer pour l'interroger.

Evie se concentra de nouveau entièrement sur la route car elle arrivait à un carrefour.

Un moment plus tard, elle entendit Kitt soupirer.

— Répondeur, dit-elle avant de laisser un message expliquant ce que Grace avait découvert et où elles se rendaient.

— Pourquoi Holt utiliserait-il un compte pro pour vendre le livre alors que toutes ses coordonnées sont visibles sur sa page eBay ? demanda-t-elle après avoir raccroché.

— Tu veux mon avis ? proposa Grace. Il essaie de se donner l'air réglo. S'il le fait au nom de sa société, il peut faire croire qu'il l'a acheté de bonne foi et qu'il le vend parce que c'est son métier. S'il avait tenté de le fourguer via un compte anonyme et que les flics l'avaient interrogé, ils auraient trouvé ça louche.

— Attends une minute, lança soudain Kitt. Nous nous dirigeons vers Wetherby.

— D'habitude, tu remarques les petits détails un peu plus rapidement que ça, plaisanta Evie.

— Ce n'est pas ce que je voulais dire. Tu te souviens de ce qu'a dit Dennis ? À propos de l'endroit où Olivia a été vue ?

— Dans un pub sur la route de Wetherby, nous sommes passés devant pendant que tu laissais ton message à Halloran. Et donc ? Tu penses qu'il y a une connexion entre Olivia et Holt ?

— Grace, l'entreprise de Holt est basée à Wetherby ?

— Oui, c'est ce qui est écrit sur sa page eBay. Pourquoi ?

— Olivia, la vendeuse de Bootham Books, a été vue avec un homme mystérieux, assez vieux pour être son père, sur la route de Wetherby, où est justement basé le type qui vend le livre en ligne.

— En effet, confirma Evie. Présenté comme ça, ça ne ressemble pas beaucoup à une coïncidence.

— Donc tu penses que ce type s'est servi d'Olivia pour obtenir des infos ? demanda Grace.

— Ou alors..., commença Kitt.

— Ou alors elle savait exactement ce qu'elle faisait et le coup venait donc véritablement de l'intérieur, compléta Grace.

— Quand tu l'as interrogée au sujet du cambriolage, c'est vrai qu'elle avait l'air sur la défensive, rappela Evie.

— Je croyais que c'était juste parce qu'elle avait cherché à nous dissimuler la dispute à propos de l'infidélité de Shereen. Mais, compte tenu de ce que nous savons maintenant, je ne suis pas sûre qu'on puisse prendre pour argent comptant une seule des paroles qu'elle a prononcées ce jour-là.

Une sensation de vide tordait l'estomac d'Evie.

— Tu penses que Holt est le voleur et qu'Olivia est dans le coup ?

— Ce n'est peut-être pas seulement un voleur, rectifia Kitt. Il se peut aussi qu'il ait tué Alim.

Sur ces mots, Evie enfonça un peu plus la pédale d'accélérateur. Jarvis Holt était peut-être la clé du mystère : il permettrait peut-être de démasquer l'assassin d'Alim et, donc, d'innocenter Charley. Si elle pouvait contribuer à cela, Evie n'allait certainement pas laisser passer l'occasion.

CHAPITRE 20

— On ne devrait pas attendre Halloran ? demanda Evie à l'approche de l'entrée de la salle des ventes du North Riding, dans une rue tranquille, en périphérie de Wetherby.

Elle avait pris quelques libertés avec les limites de vitesse en agglomération pour ne pas rater Holt. Mais, maintenant, elle prenait conscience qu'il risquait d'y avoir du grabuge avec un meurtrier – comme à peine six semaines plus tôt – et qu'elle se sentirait beaucoup plus à l'aise si la police était là.

— On ne va pas rester là à poireauter, ne tarda pas à s'impatienter Kitt. Qui sait quand il aura le message ? Je ne vais quand même pas attendre qu'il me rappelle alors qu'il y a une première édition du *Grand Sommeil* à arracher des griffes de voleurs.

— Peut-être que nous nous emballons un peu trop, là, avertit Evie, en repensant à son passage à l'hôpital et à tous les ennuis qui en avaient résulté.

— Quel mal y a-t-il à ça ? rétorqua Grace. C'est toujours mieux que se traîner ou s'ennuyer. Comme tous les jours.

Evie fit la moue. Elle se doutait qu'elle ne pourrait pas compter sur Grace pour prendre sa défense. D'après ce que Kitt lui avait raconté de leur dernière aventure, son assistante était plutôt du genre à se lancer à corps perdu en croisant les doigts pour qu'il n'y ait pas de lézard. De toute évidence, Evie était en infériorité numérique.

La salle des ventes était un immeuble de grès rouge avec des fenêtres rondes à vitraux. Au sommet de son toit en bâtière, sa girouette en forme de poisson indiquait le sud-est. Malgré sa petite taille, l'édifice avait quelque chose d'impressionnant et plus Evie approchait de la haute porte en bois, plus elle avait la nausée. La forte odeur de pipe qui flottait près de l'entrée n'arrangeait rien. Ce parfum doux-amer lui avait toujours retourné l'estomac.

— En plus, poursuivit Kitt, Grace et moi devons être de retour à la bibliothèque dans une quarantaine de minutes si nous ne voulons pas subir les foudres de Michelle. Et toi, tu as des rendez-vous à honorer cet après-midi.

— Ça va, j'ai compris, le temps presse, soupira Evie. Mais allons-y tranquillement. On peut se contenter de repérer le type. On n'a pas besoin de l'approcher.

— Tu plaisantes ? réagit Grace. Je ne suis pas venue ici pour regarder des gens faire monter les enchères d'une théière ancienne.

— À moi, ça ne m'aurait pas déplu.

— Sachant qu'il a un faible pour les femmes jeunes, j'ai une bien meilleure idée, annonça Grace.

— C'est-à-dire ? demanda Kitt, les yeux plissés.

— Vous verrez bien, lui répondit son assistante en poussant la porte de la salle des ventes. Contentez-vous de me suivre.

— Euh, attends un peu, là, tenta de l'interrompre Kitt. Ce n'est pas comme ça que ça marche.

— Cette fois, si…

— Misère ! s'écria la bibliothécaire. Mais pourquoi n'ai-je pas engagé une assistante timide et réservée ?

Elles se précipitèrent derrière Grace et dès qu'Evie passa le seuil, elle fut frappée par une nouvelle odeur désagréable : un mélange de cire à bois entêtante et de billets de banque humides qui, pour elle, puait la haute société.

Dans l'entrée de la salle des ventes, se trouvait un petit bureau d'accueil derrière lequel était assise une dame portant des lunettes à monture dorée posées tout au bout de son nez. Elle était absorbée par une liste sur laquelle elle cochait des lignes.

Grace se trouvait devant ce comptoir mais la femme n'avait pas encore levé les yeux.

— Excusez-moi, fit Kitt en approchant à son tour.

Toujours sans un regard, la femme leva un doigt en l'air. Evie vit le nez de Kitt se retrousser d'agacement tandis que Grace leur indiquait une imposante double porte.

Evie secoua la tête. En cas de problème, elles risquaient fort de se retrouver devant Ricci pour prendre une nouvelle volée de bois vert. Voire pire.

Kitt se racla la gorge pour tenter une nouvelle fois d'attirer l'attention de la femme, sans plus de succès. La mâchoire crispée, la bibliothécaire se tourna vers ses deux complices, posa son index sur ses lèvres et fit un geste en direction des portes. Grace commença à avancer à pas feutrés vers la salle des ventes et Kitt donna un coup de coude à Evie, ne lui laissant d'autre choix que de suivre le mouvement.

Alors que Kitt s'apprêtait à poser la main sur le loquet, le plancher grinça sous ses pieds. Elles se figèrent toutes les trois. Mais en se retournant vers la femme de l'accueil,

Evie constata qu'elle était toujours aussi absorbée par sa tâche et ses épaules se détendirent. Elles n'auraient sans doute pas réussi à distraire cette femme de sa mission de la plus haute importance, même en passant avec une fanfare.

Sans attendre une seconde de plus, elles s'introduisirent dans la salle principale et se hâtèrent de refermer derrière elles. À l'intérieur, une centaine d'enchérisseurs étaient assis, certains levant leur ardoise à mesure que la commissaire-priseuse criait des prix toujours plus élevés pour une grenouille en céramique en train de lire sur un nénuphar. Evie décida d'emblée que celle-ci n'irait pas rejoindre la kyrielle de merveilles bizarroïdes qui ornaient son intérieur vintage. Elle garda donc bien les bras le long de son corps afin de ne risquer aucun malentendu.

— Adjugé une fois. Adjugé deux fois. Vendu pour la somme de 12 000 livres !

La commissaire-priseuse abattit son marteau et un assistant s'approcha du pupitre pour emporter le coûteux bibelot et le remplacer par un saladier à punch en cristal.

— 12 000 balles pour ce truc ? fit Evie, la lèvre retroussée.

— Quand on a de l'argent à ne plus savoir qu'en faire, il doit y avoir un stade où on ne se soucie plus vraiment de la façon dont on le dépense, répondit Kitt. Mais revenons à ce qui nous amène, d'accord ? Grace, tu vois Holt ?

Grace tendit son téléphone vers Kitt et Evie pour leur montrer une capture d'écran prise sur Facebook. La quarantaine, il avait les yeux bleus, un peu brillants, et une bonne tignasse rousse avec une mèche blanche sur le devant.

— Qu'il soit roux facilite la recherche, expliqua Kitt en caressant les pointes de ses propres cheveux ambrés.

Seuls 10 % des Britanniques le sont naturellement, vous saviez ça ?

— Oui, je le savais, dit Grace en scannant les nuques de l'assemblée. J'en compte deux et vous ?

Evie et Kitt l'imitèrent.

— Deux, fit Kitt, approuvée par Evie qui opina du chef.

Grace remit son téléphone dans sa poche.

— Bien, je vais aller voir ce type, là, sur la gauche. Vous deux, occupez-vous de celui qui est là-bas et faites-moi un signe de tête si vous pensez que c'est lui.

Kitt soupira.

— D'accord, mais ne fais rien d'inconsidéré, s'il te plaît. OK ? Je peux arranger les choses avec Halloran si nécessaire mais pas avec le commandant Ricci.

— Sans parler des conséquences que nos erreurs pourraient avoir sur la carrière de Charley, glissa Evie.

— Je n'ai pas oublié les enjeux, répondit Grace. On se retrouve dans deux minutes.

Après un hochement de tête collectif, Grace partit vers la gauche de la salle, et les deux autres vers la droite.

L'homme dont Evie et Kitt s'approchaient avait les cheveux plus courts que sur la capture d'écran mais personne ne ressemble jamais exactement à sa photo de profil.

— Alors, on s'assoit où ? demanda Kitt.

Rien qu'à son ton, Evie savait que son amie n'avait aucune intention de s'installer où que ce soit. Elle cherchait juste un prétexte pour passer devant l'homme roux et mieux le voir. Hélas, comme il lisait le catalogue, il avait la tête baissée.

— Ce n'est pas lui, murmura Kitt, une fois assez près.

— Tu es sûre ? demanda Evie en tendant le cou comme pour chercher un siège vide.

— Trop jeune, précisa Kitt.

— Tu as raison. Grace doit avoir... Oh, mon Dieu. Grace...

Sous les yeux ronds d'Evie, l'assistante était en train de s'asseoir à côté de l'autre homme roux en lui décochant un grand sourire. Kitt et Evie échangèrent un regard stupéfait puis, très rapidement bien que toujours l'air de rien, elles contournèrent les rangées de sièges par l'arrière pour s'installer plus près de Grace.

— Il y a deux places juste derrière eux, on va se faufiler devant les gens pour s'y installer, murmura Kitt à Evie. Excusez-moi. Désolée. Excusez-moi.

Elles dérangèrent donc une sexagénaire empestant le parfum, un homme qui avait gardé sa casquette de ville à l'intérieur et un grincheux qui exprima son mécontentement en faisant claquer sa langue. Elles s'assirent ensuite aussi vite que possible. Grace et Holt se trouvaient maintenant devant elles et, même s'ils étaient légèrement décalés sur la gauche, elles entendaient leur conversation.

— J'ai peine à croire que vous n'ayez encore jamais assisté à une vente aux enchères, dit Holt sur le genre de ton qu'emploie un adulte s'adressant à un enfant.

— Je n'avais encore jamais eu de raison pour ça, répondit Grace en enlevant son manteau, révélant ainsi la kurta en soie rose saumon qu'elle portait par-dessus son jean. Mais j'en ai peut-être une maintenant.

Evie vit la mâchoire de Kitt se serrer en remarquant la manière dont Holt reluquait son assistante. Kitt était assez protectrice envers les gens auxquels elle tenait, ce dont Evie lui était reconnaissante depuis toujours. Et s'il continuait sur sa lancée, il se pouvait fort que Holt l'apprenne à ses dépens.

— Il y a quelque chose qui vous intéresse particulièrement aujourd'hui ? demanda Grace en jouant avec une de ses mèches noires.

— On pourrait dire ça, oui, confirma Holt en se penchant vers elle. Et vous ?

— Oh, je ne sais pas, minauda-t-elle. J'ai des passions qu'on pourrait qualifier de particulières.

— J'adorerais en apprendre plus à ce sujet.

Depuis son poste d'observation, Evie ne voyait pas très bien son visage mais elle l'imaginait figé sur unc expression salace. En revanche, elle distinguait parfaitement Grace et cette dernière ne semblait pas le moins du monde déstabilisée par l'évidente lubricité de son interlocuteur. Peut-être parce qu'il réagissait exactement comme elle le voulait.

— Je ne suis pas sûre d'être déjà prête à vous les révéler, gloussa-t-elle.

— Ah, ça me plairait pourtant beaucoup.

Le bras de Holt se glissa insidieusement derrière le dossier du siège de Grace. Ce geste à lui seul aurait suffi à faire frissonner Evie de dégoût, mais le chino moutarde que portait ce triste individu donnait à la scène un aspect plus répugnant encore.

— Je ne sais pas si je suis prête à vous montrer à quel point je suis du genre intello coincée.

— Je ne vois vraiment pas l'« intello coincée » en vous.

— Les apparences sont parfois trompeuses, rétorqua Grace en se remettant à jouer avec ses cheveux. Auriez-vous deviné que je travaille dans une bibliothèque ?

— Non, mais ça n'a absolument rien de rebutant. Je

me suis toujours demandé ce que dissimulait le calme apparent des bibliothécaires silencieuses.

En voyant les poings de son amie se crisper, Evie dut se retenir de rire. Kitt correspondait totalement au stéréotype de la bibliothécaire. Et c'était peut-être pour cela qu'elle le trouvait si irritant.

— Oh, nous valons certainement la peine d'être connues, affirma Grace.

— Ce qu'on aperçoit de prime abord est déjà alléchant mais, je vous en prie, dites-m'en plus.

— Je ne peux pas parler pour toutes mes consœurs, bien sûr, mais personnellement je trouve l'intelligence très attirante.

— Ah, vraiment ?

Holt se mit soudain à jouer avec les cheveux de Grace. Compte tenu du rentre-dedans qu'il lui faisait, il était impressionnant qu'elle réussisse à ne pas se dérober.

— Oui, je ne peux pas résister aux amoureux des livres. Ceux qui se délectent de chefs-d'œuvre littéraires. Ceux qui sont versés dans la poésie. Ceux qui possèdent des éditions rares juste pour leur beauté, qu'importe leur prix.

Holt ne répondit pas tout de suite. Agacée de ne pas voir son expression, Evie déplorait de ne pas être mieux placée mais elle interpréta ce moment de silence comme le signe qu'il calculait son coup.

— Dans ce cas, finit-il par dire, cela vous intéressera peut-être d'apprendre que j'ai en ma possession une assez belle première édition de *L'Auberge de la Jamaïque* de Daphné Du Maurier. Mais peut-être êtes-vous un peu jeune pour avoir entendu parler de ce roman.

— Elle est un peu jeune pour beaucoup de choses,

marmonna Kitt à Evie. Par contre, je crois que nous tenons le cerveau du cambriolage.

Evie acquiesça de la tête. Un des romans volés sur son compte eBay et un autre dans sa collection privée : c'était forcément leur homme. Et s'il était coupable du cambriolage, il y avait de bonnes chances qu'il ne soit pas étranger à la mort d'Alim, voire à la disparition de Donald. La nuque de Holt sous les yeux, Evie sentit quelque chose se serrer dans sa poitrine et se mit à prier pour que Grace avance en douceur.

— Non seulement j'en ai entendu parler mais c'est même un de mes livres préférés, prétendit Grace juste avant d'affecter un air déçu. En revanche, je n'en ai jamais vu de première édition.

— Nous pourrions sûrement remédier à cela, proposa Holt.

— Quelle idée fantastique ! s'exclama Grace. *L'Auberge de la Jamaïque* est votre seule première édition ?

— En fait, il se trouve que je suis récemment tombé sur quelques autres et…

— Laissez-moi deviner, monsieur, fit une voix grave venue de la gauche. *Le Grand Sommeil*, *Endymion*, *L'Auberge de la Jamaïque* et *Adieu à Berlin*.

Halloran était arrivé. Evie poussa un soupir de soulagement. Aussi discrètement que possible, elle inspecta la salle pour voir si Charley était là aussi, mais elle ne la trouva pas.

— Mais qu'est-ce que…, commença Holt alors que l'inspecteur lui montrait son insigne.

L'homme bondit aussitôt de son siège et se mit à reculer vers l'allée centrale, pour le plus grand mécontentement des gens de sa rangée.

— Restez où vous êtes ! lui ordonna l'inspecteur principal.

Kitt se leva à son tour et essaya d'agripper le bras de Holt, mais il allait trop vite. La seconde d'après, il était déjà sorti du rang et marchait à toute allure vers le fond de la salle. Halloran analysa alors rapidement la disposition des sièges, puis sauta sur un premier fauteuil avant de continuer en bondissant de place vide en place vide.

— Arrêtez ! Police ! lança-t-il, tandis que tout le monde se mettait à hurler.

Evie était littéralement sidérée de le voir bondir ainsi de siège en siège tel Indiana Jones. Si son étonnement ne l'avait pas laissée sans voix, elle aurait éclaté de rire : un adulte en train de sauter partout devant tous ces bourgeois aussi abasourdis qu'elle ! Si l'inspecteur paraissait sérieux et guindé la plupart du temps, il avait indéniablement ses moments. Et celui-ci en était clairement un.

Holt avait la main sur les doubles portes du fond de la salle mais juste avant qu'il ait réussi à les pousser et à s'échapper, le policier l'agrippa par le col et le tira à l'intérieur.

— Face au mur, mains derrière la tête ! aboya-t-il tout en procédant à une fouille rapide.

Toute la salle assistait au spectacle, et un brouhaha désapprobateur s'éleva quand Halloran sortit un pistolet d'une poche de Holt.

Evie mit une main sur sa bouche et regarda Grace. Dire que ce type avait ça sur lui pendant toute leur conversation.

— Drôle d'objet à apporter à une vente d'antiquités, dit Halloran en faisant sortir Holt de la salle.

CHAPITRE 21

— Vous pouvez commencer par confirmer votre nom complet, dit Halloran, dans la réserve de la salle des ventes, tout en désignant une chaise.

L'inspecteur avait autorisé les trois jeunes femmes à assister à cet interrogatoire préliminaire à condition qu'elles ne l'interrompent pas. Evie se disait qu'en l'absence d'un deuxième policier, il préférait sûrement avoir des témoins quand il lirait ses droits à Holt et que cela ne pourrait pas faire de mal qu'elles entendent ses réponses. Quoi que le suspect ait à dire pour sa défense, il avait peu de chances d'échapper à un interrogatoire en bonne et due forme au poste. À travers la porte, Evie entendait encore le remue-ménage des riches habitués qui sortaient en déclamant des « De toute mon existence, jamais je n'ai assisté à un tel tohu-bohu » avec leur accent de la haute.

Holt s'assit sur la chaise et leva les yeux vers Halloran.

— M. Jarvis Holt, annonça-t-il. Et maintenant que vous savez à qui vous avez affaire, j'espère que vous allez clore cet incident de manière prompte et discrète.

Evie et Kitt froncèrent les sourcils. Kitt faillit dire quelque chose mais se souvint soudain très clairement des instructions de Halloran et décida, pour une fois, de s'y plier.

L'inspecteur tira un carnet de sa poche et nota ce qu'Evie supposa être le nom du suspect sur une des pages.

— J'ai déjà entendu parler de vous, monsieur Holt. Vous avez la gestion de bon nombre de propriétés dans l'agglomération de York. Cependant, tout espoir de résolution prompte et discrète s'est envolé dès l'instant où j'ai crié « Arrêtez, police » et que vous avez décidé de partir en courant.

Après un rapide coup d'œil au carnet de Halloran, Holt se mit à fixer le cuir marron de ses mocassins tellement bien cirés qu'Evie était convaincue qu'elle aurait pu s'y mirer à cinq pas.

— Vous m'arrêtez ?

— Pas encore, répondit Halloran. Mais quelque chose me dit que vous n'allez pas me laisser le choix. Je vous ai suffisamment entendu parler dans la salle. Et je suis certain que Mme Edwards sera prête à confirmer que vous lui avez affirmé être en possession de premières éditions volées à la librairie Bootham Books il y a quelques semaines.

Être appelée Madame fit bondir Grace, que personne d'autre n'aurait jamais eu l'idée de présenter ainsi à son âge.

— Et là, poursuivit Halloran en se redressant un peu, nous n'avons même pas encore parlé de l'arme de poing que vous portiez sur vous.

Holt fit alors quelque chose qu'Evie ne pensait personne capable de faire durant un interrogatoire mené par l'inspecteur Halloran. Il leva les yeux au ciel.

— Et alors ? Je suis collectionneur d'armes à feu anciennes. C'est tout ce qu'il y a de plus légal.

— Bien, nous vérifierons toutes vos allégations, répondit Halloran, dont le visage s'assombrissait. Mais s'il s'agit d'un objet de collection, il devrait se trouver dans une vitrine, pas dans votre poche. Il est chargé ? Vous avez trouvé les munitions adaptées ?

Après un moment d'hésitation, Holt finit par répondre :

— Oui, mais je n'avais pas l'intention de m'en servir contre quiconque. C'est juste une arme de dissuasion, pour me protéger.

— Il me semble quelque peu contradictoire, monsieur Holt, de charger une arme qu'on n'a pas l'intention d'utiliser.

L'homme se tut, les yeux rivés sur la moquette jaune.

— De qui vouliez-vous vous protéger ?

Le suspect resta silencieux.

— Monsieur Holt, si vous craignez pour votre sécurité, la police est là pour ça. Vous ne devez pas vous en charger vous-même. De prime abord, la situation est plus que suspecte. Vous êtes en possession de biens volés et vous avez cherché à échapper à un policier. Rien que votre fuite est un motif suffisant pour vous arrêter.

Holt lança un regard noir à Halloran et désigna Grace.

— Elle m'a embobiné pour me faire dire que j'avais ces livres. C'est un guet-apens.

— Non, pas du tout. Ce serait un guet-apens si Mme Edwards vous avait poussé à voler les livres. Et encore, à condition qu'elle soit de la police, ce qui n'est pas le cas.

Holt regarda les trois femmes tour à tour.

— Si ce ne sont pas des flics, que font-elles ici, alors ?

— Elles ont découvert une certaine liste à votre nom sur eBay.

— Et alors ?

— Et alors, soupira Halloran, cette liste comprenait un exemplaire de la première édition du *Grand Sommeil*, un livre récemment volé chez Bootham Books.

Le visage de M. Holt était parfaitement impassible.

— J'ai acquis ces ouvrages en toute bonne foi. La personne qui me les a vendus avait l'air tout à fait respectable.

Halloran fixa Holt un moment puis croisa les bras.

— Savez-vous que ces livres volés sont liés à une affaire de personne disparue, ainsi qu'au passage à tabac et au meurtre d'Alim Buruk ?

Holt devint livide.

— À ce stade, quelqu'un n'ayant rien à se reprocher devrait paraître surpris, déclara Halloran. Mais vous n'êtes pas surpris, monsieur Holt. Si ?

— Je ne parlerai qu'en présence de mon avocat.

— Nous allons l'appeler dès notre arrivée au poste, lui confirma Halloran.

— Mais..., commença Holt.

Ayant déjà sorti son téléphone de sa poche, l'inspecteur ne l'écoutait plus.

— Ce n'est pas ce que vous croyez, vous savez ? insista Holt en se tournant vers les trois jeunes femmes. Pas du tout.

— Et qu'est-ce que c'est, alors ? demanda Kitt.

— Vous le saurez bien assez tôt, répondit l'homme en plissant les yeux.

Evie interrogea Kitt et Grace du regard mais elles semblaient aussi perplexes qu'elle. Qu'est-ce qu'il pouvait bien vouloir dire ?

— Levez-vous, monsieur Holt, ordonna Halloran. Vous êtes en état d'arrestation, soupçonné de cambriolage et de meurtre avec préméditation.

Les yeux de Holt s'ouvrirent tout grands.

— C'est ridicule. Scandaleux.

Ignorant les protestations du suspect, l'inspecteur

continua à lui lire ses droits puis il le menotta et l'emmena.

Alors que Holt et Halloran disparaissaient dans le couloir, Evie sentit son estomac se nouer.

— D'après vous, de quoi parlait-il quand il a dit que nous le saurions bien assez tôt ?

— Qui sait ? dit Grace avec un léger frisson.

— Dans une situation comme ça, un type tel que lui dirait n'importe quoi pour sauver la face, affirma Kitt. Mais s'il y a la moindre parcelle de vérité dans ses propos, cette affaire est peut-être encore loin d'être terminée.

CHAPITRE 22

Evie roulait d'autant plus prudemment sur l'A63 que la pluie tombait à seaux sur les petits essuie-glaces de Jacob. Halloran avait appelé Kitt plus d'une heure auparavant, alors qu'elles prenaient un thé ensemble chez cette dernière. Le corps de Donald Oakes avait été rejeté près de Humber Bridge. Bien que l'inspecteur principal lui ait demandé de ne pas se rendre sur les lieux car Ricci risquait d'y passer, Kitt n'avait pas pu se résoudre à rester chez elle les bras croisés.

Evie ne lui avait pas beaucoup parlé depuis le début du trajet. Elles étaient amies depuis assez longtemps pour savoir se taire quand c'était ce dont l'une ou l'autre avait besoin.

— Ça… enfin, la mort de Donald… ça tendrait à incriminer Shereen, non ? Si ce que nous a raconté Olivia comporte une part de vérité, je veux dire.

— C'est un grand « si », lui fit remarquer Evie. Ce n'est pas exactement ce qu'on peut appeler une source fiable. Et s'il y a quelque chose entre elle et Holt, il se pourrait fort qu'elle soit bien plus mêlée à tout ça que nous le pensions.

— C'est vrai, ce Holt semble extrêmement suspect, admit Kitt. Mais est-ce qu'Olivia n'est pas un peu jeune pour être le cerveau d'une affaire de cette ampleur ?

— C'est peut-être un simple pion, comme Alim. Attirer les soupçons sur Shereen pourrait n'être qu'une phase du plan de Holt. Mais il y a une différence notable entre cambrioler une librairie et assassiner deux personnes.

— C'est certain, approuva Kitt. Bien que cambriolage et meurtre soient parfois liés, comme dans *Les Propriétaires de Reigate*...

— Laisse-moi deviner, fit Evie. Un roman policier ?

— Sherlock Holmes, répondit Kitt, un peu désabusée.

Evie quitta l'autoroute pour s'approcher du pont. Quelque part dans le coin, elles devraient bientôt trouver Halloran. Et peut-être Charley.

— Si cette affaire semble échapper à toute logique, c'est peut-être parce qu'il s'agit juste d'un cambriolage qui a mal tourné, poursuivit la bibliothécaire.

— Mal tourné comment ?

— Euh, peut-être que Donald était dans le coup et que Holt lui avait promis une part, comme à Alim. Comme ça, Donald aurait pu toucher l'argent de l'assurance et un pourcentage sur la vente aux enchères en plus.

— Mais comment cela nous mène-t-il à deux cadavres ?

— Peut-être que Holt a décidé de garder tout le fric pour lui et qu'il s'est débarrassé des deux autres.

— Pour 50 000 livres ? s'étonna Evie. À la limite, je pourrais le concevoir pour 100 000. Mais est-ce que 50 000 livres est une somme suffisante pour qu'un homme déjà riche assassine deux personnes ?

— Aucune idée, avoua Kitt. À en croire certaines histoires que Halloran m'a racontées, il y a des gens qui tuent pour beaucoup moins que ça.

— Quelle pensée réconfortante, ironisa Evie.

— Par là, lui indiqua son amie en désignant des lumières bleues.

Evie mit son clignotant et se gara sur le côté. Si elles étaient venues ici dans la journée, elles auraient été un peu apaisées par le spectacle des toits et des clochers pittoresques de Hessle, la ville voisine. Réputée pour ses chantiers navals, celle-ci était également connue pour être le point de départ du Yorkshire Wolds Way, un sentier de grande randonnée de 127 km traversant une chaîne de collines crayeuses jusqu'à Filey. Depuis ces hauteurs, on avait généralement une vue imprenable sur les paysages les plus époustouflants de la région, mais pas ce soir. Pour le moment, ces étendues étaient cachées derrière un écran de pluie et de brume dont l'homogénéité n'était rompue que par la myriade de lampes jaunes illuminant Humber Bridge, avec ses hautes tours de béton s'élevant vers l'infini dans le ciel sombre de décembre.

Evie coupa le contact et se tourna vers son amie.

— Je reste convaincue que venir ici n'était pas une bonne idée. Donald était un ami.

— Je sais, admit Kitt tout en défaisant sa ceinture de sécurité. Mais j'ai besoin de le voir de mes yeux.

Evie savait par expérience qu'il était inutile de tenter de dissuader son amie. Elle la regarda ouvrir sa portière et prendre le fourre-tout posé à ses pieds. Kitt n'avait pas l'habitude de s'encombrer autant mais, quand Evie lui avait demandé ce qu'il y avait dedans, elle s'était contentée de lui répondre que c'était juste en cas d'urgence.

Evie déboucla sa ceinture à son tour puis sortit de la voiture en prenant une grande inspiration. Elle était désavantagée par rapport à Kitt, qui lui avait récemment avoué avoir déjà vu un mort, tout en refusant de préciser dans quelles circonstances. Ayant pour sa part échappé à ce spectacle, Evie ignorait comment elle allait réagir.

Marchant derrière Kitt en direction des rubans de balisage jaunes, elle parvenait à distinguer dans l'obscurité un petit groupe de policiers, dont Halloran et Charley, du côté interdit au public. Elle ne reconnaissait pas les autres. Ils n'étaient probablement pas du poste de police de York mais plutôt de celui dont dépendait ce tronçon de rivière. Hull, peut-être ?

Halloran et Charley écoutaient attentivement un grand policier efflanqué à qui Evie trouvait un air de fouine à cause de son nez fin et pointu et de ses petits yeux enfoncés. Au bout d'un moment, l'inspecteur regarda dans la direction du ruban et remarqua Kitt. Ses traits se froncèrent immédiatement, sans qu'Evie puisse vraiment dire si c'était de perplexité ou de contrariété. Suivant d'abord le regard de son supérieur, Charley garda les yeux rivés sur Evie un tout petit peu plus longtemps que nécessaire.

Moins d'une minute plus tard, Halloran s'excusa auprès de ses collègues et se dirigea vers Kitt. Charley le suivit de près mais en regardant droit devant elle, comme si Evie n'était pas là.

Evie avait oublié combien Charley semblait stricte en uniforme, avec ses cheveux noirs coiffés en chignon. Il y avait quelque chose de très séduisant dans sa faculté à être tant de choses différentes à la fois. Espiègle ou grave, selon la situation. Intelligente et gentille. Forte, mais tendre. Et belle, d'une façon qui n'appartenait qu'à elle. Sans compter que depuis qu'elle lui avait susurré quelques mots choisis l'autre nuit, Evie savait désormais combien l'accent écossais pouvait être sexy.

— Ma chérie, je t'avais demandé de ne pas venir, grogna Halloran. Tu ne peux rien faire.

— Je t'ai bien entendu. Mais je voulais être sûre. Tu en es certain ? C'est Donald ?

— Puisque nous l'avions interrogé au sujet du cambriolage, il nous a été facile de l'identifier, répondit l'inspecteur principal.

— Je ne sais pas pourquoi je suis venue. Je… je peux le voir ?

— Si c'était un ami, intervint Charley, ce n'est probablement pas une bonne idée. Mieux vaut que vous vous souveniez de lui tel qu'il était.

— Je sais pourquoi vous dites ça et je vous en remercie, répondit Kitt. Mais j'ai besoin de le voir.

Evie pivota alors vers Charley mais celle-ci détourna presque aussitôt le regard. L'ignorait-elle par souci de discrétion ? Ou bien par simple cruauté ? Evie s'efforça d'effacer cette dernière pensée de son esprit. Elle était en service et c'était probablement cela, et rien d'autre, qui justifiait son comportement. Probablement.

— Et moi ?

Evie n'était pas spécialement convaincue d'avoir envie de voir un cadavre. Mais elle ne voulait pas non plus se retrouver toute seule dans le noir et le froid à l'extérieur du périmètre de sécurité.

— Juste Kitt, répondit l'inspecteur principal.

En entendant cela, Kitt s'arrêta de marcher et se tourna vers Halloran.

— Tu ne peux pas la laisser attendre ici toute seule, Mal. C'est elle qui m'a amenée en voiture.

L'inspecteur principal soupira et fit signe à Evie de passer sous le ruban.

— Bon, allez. Mais on jurerait que vous avez envie de me faire perdre mon boulot, toutes les deux.

— Essayez de faire vite, ajouta Charley tandis qu'Evie se penchait pour passer.

Ils s'approchèrent tous ensemble du corps. À côté, quelques policiers de l'Humberside griffonnaient dans leurs carnets.

— Ces deux personnes sont avec moi, annonça Halloran à l'homme qui ressemblait à une fouine.

Les petits yeux enfoncés se posèrent d'abord sur Kitt puis sur Evie.

— Ce n'est pas vraiment conforme au protocole. Nous avons une scène de crime à protéger.

— Je suis parfaitement capable de superviser deux adultes sur une scène de crime, rétorqua Halloran.

La fouine toisa l'inspecteur de la tête aux pieds.

— Si vous le dites, monsieur.

— Vous auriez une lampe ou deux ? enchaîna l'inspecteur principal.

— Oui. La marée est en train de monter et à chaque centimètre, on risque de perdre des indices. Mieux vaudrait ne pas traîner.

— Nous arrivons dans un instant et nous allons mettre les bouchées doubles, promit Halloran.

La fouine opina du chef et s'éloigna.

Sur la droite du petit groupe, un brancard orange couvert d'une toile blanche imperméable était posé sur l'herbe. Evie jeta un œil à Kitt pour voir si elle le regardait aussi.

— C'est lui ? demanda la bibliothécaire.

— C'est bien lui, confirma Charley d'une voix douce.

Kitt se redressa un peu puis commença à s'avancer. Evie la suivit, entendant derrière elle le bruit des bottines de la policière sur les galets humides. Elle remarqua aussi que le pas de Kitt ralentissait à mesure qu'elle approchait de l'endroit où Donald était étendu. Halloran vint alors lui mettre la main sur l'épaule. Elle l'étreignit affectueusement avant de faire les derniers pas vers le corps.

Après être passé de l'autre côté du brancard, l'inspecteur principal s'accroupit et prit un coin du drap entre ses doigts. Il leva une dernière fois les yeux vers Kitt et, quand elle hocha la tête, révéla lentement ce qui se trouvait dessous.

Evie ne connaissait pas Donald aussi bien que Kitt mais elle l'avait rencontré et lui avait parlé à peine quelques jours plus tôt. Quand Halloran souleva le drap, sa réaction instinctive fut donc de regarder au-delà du corps, vers les bosquets, afin de ne pas voir quelque chose qu'elle aurait du mal à gérer. Mais en pensant à toutes les fois où Kitt avait été forte pour elle depuis qu'elles se connaissaient, elle se dit que c'était à son tour de se montrer forte pour deux. Elle vint se placer à côté de son amie, devant Donald, même si le spectacle de son visage blafard dans l'obscurité suffisait à la faire frissonner. La pluie et l'eau de la rivière avaient plaqué les cheveux gris du malheureux sur son crâne et son pantalon marron était déchiré aux revers. Ses chaussures manquaient à l'appel et ses chaussettes étaient complètement trempées.

Evie prit une profonde inspiration puis expira aussi lentement que possible. Si Halloran ne l'avait pas sortie de la rivière quelques semaines auparavant, elle aurait fini comme ça. Rejetée sur la berge, le visage inexpressif. Insensible. Elle faisait une fixation sur ses cicatrices alors que les choses auraient pu beaucoup plus mal tourner pour elle.

— Oh, Donald, fit Kitt, en posant son fourre-tout et en s'accroupissant à côté du mort.

Après l'avoir regardé une minute entière, elle se retourna vers l'eau.

— Il s'est noyé ?

— Nous n'en sommes pas sûrs, soupira Halloran. Nous attendons toujours l'arrivée du légiste, mais il a une grosse entaille derrière la tête. Cela ne nous dit hélas pas s'il était déjà mort ou inconscient quand il s'est retrouvé dans la rivière.

Kitt fixa de nouveau le visage de Donald. Evie ne savait pas trop ce qu'elle pensait mais elle semblait s'attendre à ce qu'il se réveille. Après un moment de silence, elle s'adressa carrément à lui. Si doucement qu'Evie entendit à peine les mots qu'elle prononça :

— Je ne sais pas qui vous a fait ça, mais je le trouverai.

CHAPITRE 23

Cinq minutes plus tard, hors du périmètre de sécurité, Evie et Kitt essayaient encore de se remettre du choc d'avoir vu le corps de Donald, à qui elles avaient toutes les deux parlé quelques jours plus tôt.

— Qu'est-ce que je peux faire pour aider à retrouver l'assassin de Donald ? finit par demander Kitt. Qu'importe si c'est une tâche ingrate ou mineure, j'ai juste besoin de faire quelque chose.

— Le principal suspect est en cellule en ce moment même, lui rappela Charley.

— Qui ? Holt ?

— Nous avons obtenu un mandat de perquisition et les livres étaient dans son bureau, révéla l'inspecteur.

— Tous ? demanda Kitt. Y compris celui du clan des sept ?

— Non, ce qu'il est advenu des biens sans valeur reste un mystère, mais n'est pas notre priorité en cet instant précis, répondit Halloran.

— Notre priorité, c'est que Holt nous balance tout dans les moindres détails, précisa Charley.

— Donc vous avez réussi à faire enfermer Holt ? demanda Evie à Halloran, incapable de regarder la policière en face.

— Oui, répondit Charley. Après avoir trouvé ces

ouvrages chez lui, nous avons pu l'inculper officiellement. En revanche, son avocat est le plus redoutable du coin et, franchement, ça ne nous arrange pas trop dans l'immédiat.

— Alors, vous n'avez rien pu tirer de lui ? demanda Kitt, préoccupée.

— Je ne dirais pas ça, rectifia Halloran. Quand Banks et moi avons commencé l'interrogatoire, il prétendait avoir acheté les livres à un vendeur local. Ça semblait plausible, vu qu'il avait retiré 60 000 livres en espèces sur son compte. Il aurait pu utiliser une partie de cet argent pour acquérir les fameux ouvrages.

— Mais l'inspecteur adjoint Redmond et le commandant Percival se trouvaient derrière le miroir sans tain, intervint Charley. Et, comme nous, ils ont trouvé son histoire bancale. Quand nous avons parlé au vendeur, il nous a dit que les ouvrages provenaient d'un lot beaucoup plus important pour lequel il n'avait payé que quelques centaines de livres sterling. Ce n'était qu'après le départ du client qu'il avait compris que les premières éditions s'y trouvaient.

— Donc quelqu'un vole ces livres qui valent une petite fortune puis s'en débarrasse à la première occasion dans un lot ? résuma Evie. Et tout ça, pour une bouchée de pain ?

— Et nous sommes censés croire que le vendeur n'avait pas entendu parler du cambriolage de Bootham Books ? demanda Kitt. S'il est du métier, il est inconcevable qu'une nouvelle pareille lui ait échappé. Logiquement, il aurait dû remettre aussitôt ces premières éditions à la police.

— Nous lui avons posé la question et il a presque tout

déballé aussitôt, expliqua Charley. Holt l'a payé pour dire que c'était lui qui les lui avait vendus.

À ce moment précis, quelqu'un s'éclaircit la gorge derrière le petit groupe. Le cœur d'Evie bondit dans sa poitrine. Elle était sûre qu'en se retournant elle trouverait le commandant Ricci en train de les fusiller du regard. Au lieu de quoi, elle découvrit une femme noire vêtue d'une combinaison bleue pareille à celles que portent les médecins à la télé.

— Ah, Candice, vous voilà ! s'exclama Halloran.

— Et en beauté rien que pour vous, inspecteur principal Halloran, répondit Candice en désignant sa tenue peu flatteuse de la police scientifique. Il dit que cette couleur fait ressortir l'ambre de mes yeux.

— C'est un plaisir de constater que travailler auprès des morts n'a toujours pas émoussé votre sens de l'humour, Candice.

— Je ne devrais pas vous mettre dans l'embarras comme ça, surtout devant des civiles, mais bon, pour commencer, vous n'êtes pas censé en amener. Et puis c'est tellement amusant de vous faire enrager.

Malgré les circonstances, Charley, Evie et Kitt se joignirent au rire de Candice.

— D'accord, d'accord, reprit l'inspecteur. Essayons de conserver un certain niveau de professionnalisme. Avec la marée montante, il ne va pas falloir tarder à déplacer le corps.

— Vous ne pensez qu'au boulot, vous, lança Candice en passant sous le ruban de balisage.

— Elle plaisante, tu sais ? dit Halloran à Kitt.

— Oui, j'avais compris. L'identité du vendeur que Holt a payé me préoccupe beaucoup plus que ton flirt imaginaire avec la légiste.

— Ah, tant mieux. Il s'agit d'un certain Derek Prince.

— Derek ? Le patron de Tower Street Books ?

— Nom d'une pipe ! lâcha Evie, sidérée.

— Qu'est-ce qu'il y a ? demanda Charley en regardant tour à tour Evie et Kitt. Allez, crachez le morceau, vous deux.

— C'est ce même Derek qui nous a parlé de la rumeur selon laquelle Donald et Shereen auraient orchestré le cambriolage pour toucher l'assurance, expliqua Kitt.

— Olivia a fait pareil, rappela Evie. Je me demande donc si Holt ne l'aurait pas payée aussi.

— Votre théorie n'est pas à des millions de kilomètres de la vérité, déclara Charley en se fendant de son premier sourire depuis l'arrivée des deux femmes.

— Comment ça ? demanda Kitt. Qu'a dit Holt quand Derek l'a balancé ?

— Nous avons dû lui mettre un peu la pression, répondit Charley. Lui rappeler qu'il y avait une affaire de meurtre liée à ces livres. Et c'est là qu'il a craqué et qu'il nous a tout dit.

— Le cambriolage de Bootham Books venait bien de l'intérieur, révéla Halloran.

— Olivia ? tenta Kitt.

— Bingo ! confirma l'inspecteur principal.

— Mais pourquoi ? demanda Evie. Olivia devait toucher une partie de l'argent ?

— Non, répondit Charley. Holt et Olivia avaient une liaison. Quelqu'un l'avait appris et faisait chanter Holt. Il est marié, vous ne saviez pas ?

— Non, reconnut Kitt, mais j'aurais dû m'en douter.

— Holt est assez riche, poursuivit Halloran, mais il ne dispose pas d'énormes liquidités à la banque. Parce que tout est investi, principalement dans l'immobilier.

— Alors Olivia lui a suggéré de voler les premières éditions à la librairie pour payer ses maîtres-chanteurs ? demanda Evie.

— Ce n'était donc pas pour acheter les livres qu'il avait fait un gros retrait à sa banque, en déduisit Kitt. C'était à cause du chantage.

— On lui demandait 100 000 livres en deux versements. Il avait déjà payé la première moitié et le cambriolage devait l'aider à régler la seconde.

— Mais tu as dit qu'il avait retiré 60 000 livres, s'étonna Kitt. Qu'est-il arrivé aux 10 000 restantes, dans ce cas ?

— Il s'en est servi pour payer Alim Buruk pour cambrioler Bootham Books, expliqua Halloran.

— Mais il ne l'a pas tué, c'est ça ? s'enquit Evie.

— En tout cas, il affirme que non, répondit Charley.

— A-t-il une idée de l'identité de son maître-chanteur ? demanda Kitt.

— Il s'est volatilisé, répondit l'inspecteur principal. Il envoyait ses lettres de menace par la poste. Ses courriers portaient le cachet d'Helmsley.

— Euh, ça réduit sûrement la liste des suspects, non ? supposa Kitt. Helmsley est minuscule. Il ne doit pas y avoir plus de deux mille habitants...

— Dans la ville elle-même, rectifia Halloran. Mais il y a vraiment beaucoup de hameaux alentour, sans parler des fermes sur les terres environnantes.

— Il y a quelqu'un qui vient de ce secteur-là parmi les personnes liées à l'affaire ? demanda Kitt en soupirant.

— Pas que nous sachions pour le moment, dit Charley.

— Et Holt nie vraiment toute implication dans le meurtre d'Alim ? continua Kitt.

— Holt a fini par avouer avoir organisé le cambriolage et le passage à tabac de Buruk, expliqua Halloran. Pour tenter de faire porter le chapeau à Banks, il a tout simplement engagé une femme à l'accent écossais de la même corpulence qu'elle.

— Vous allez pouvoir interroger cette femme ?

— Nous la cherchons, mais il s'agissait de toute évidence d'une professionnelle, intervint Charley. Suffisamment pour disparaître au bon moment, en tout cas. Alors ce n'est pas sur elle que nous comptons.

— En l'engageant, Holt espérait que nous aurions plus de mal à remonter jusqu'à lui pour le cambriolage et l'agression. Par contre, il continue de jurer ses grands dieux qu'il serait incapable de tuer quelqu'un et que toute cette situation n'est que le résultat d'un chantage qui a mal tourné.

Tout le monde resta silencieux un moment, Candice revint alors de son examen.

— Bien, dit-elle en ôtant ses gants en plastique. Étant donné la profondeur de la plaie, je ne vous apprendrai rien en vous disant que la cause de décès la plus probable est un coup violent à la nuque. Il est possible qu'il ait été encore en vie quand on l'a jeté dans la rivière et donc qu'il se soit noyé.

— Dans un cas comme dans l'autre, c'est une fin qu'on ne souhaiterait à personne, commenta Kitt d'une voix sans timbre.

— Nul ne vous contredira sur ce point, confirma Candice. En tout cas, il n'y a ni égratignures ni ecchymoses sur le corps. Je ne vois rien sous les ongles non plus. Il semblerait donc qu'il n'y ait pas eu de lutte.

— Qu'est-ce que ça signifie ? demanda Evie.

— Ça signifie qu'il ne s'attendait pas à être attaqué, expliqua Charley.

— Soit il n'a pas vu venir son agresseur, soit il ne s'en méfiait pas, précisa Halloran.

— On peut imaginer qu'il ne se méfiait pas de son épouse, avança Evie.

— Ni d'Olivia, renchérit Kitt.

— Tu crois vraiment qu'Olivia aurait été assez forte pour infliger une telle blessure à Donald ? demanda Evie. Elle est toute chétive.

— Une blessure comme ça ne se fait pas à mains nues, expliqua Charley. Le tueur s'est servi d'une arme.

— Je suppose que ce sont tous des suspects potentiels, dit Candice. J'ai quelque chose qui devrait contribuer à réduire la liste. Une marque sur la main, qui ressemble à de l'encre passée. J'ai clairement réussi à distinguer un « b » minuscule. Mais s'il y a autre chose, c'est trop clair pour être lisible. J'étudierai ça de plus près quand le corps sera au labo.

— La lettre « b »..., dit Halloran, songeur.

— Ce n'est peut-être rien, peut-être juste un pense-bête, continua Candice.

— Les détails de cet ordre nous apprennent parfois des choses sur les derniers agissements de la victime, répondit l'inspecteur principal. Ça vaut toujours la peine de creuser. Merci d'avoir attiré notre attention sur ce point.

— Quand Holt dit qu'il n'a rien à voir avec les meurtres, tu le crois ? demanda Kitt.

— Oui, d'autant qu'il a un alibi pour le moment où nous pensons que la perfusion d'Alim a été trafiquée. Mais maintenant que nous avons un deuxième corps lié à l'affaire, je me demande jusqu'où Holt a pu aller pour empêcher la piste de remonter jusqu'à lui.

— Il a peut-être payé quelqu'un, intervint Evie. Mais

moi, je suis allée dans cette chambre d'hôpital et j'ai parlé à Alim en personne.

— Y a-t-il une raison pour que vous jugiez utile de me rappeler que vous vous êtes substituée à la police ? demanda l'inspecteur.

— Je sais que vous pensez qu'il fallait être une vraie godiche pour aller voir Alim comme je l'ai fait.

— Une vraie quoi ? demanda Candice.

— Mais je l'ai fait avec de bonnes intentions, se défendit Evie en lançant un regard vers Charley. Et je peux vous dire qu'il est impossible d'entrer dans cette salle sans se faire remarquer. C'est une chambre qui accueille plusieurs patients. Si quelqu'un qu'Alim ne connaissait pas s'était présenté, les autres auraient sûrement entendu la conversation malgré eux et compris que quelque chose clochait. En revanche, il est possible qu'un visiteur soit passé inaperçu parce qu'il semblait normal qu'il vienne voir Alim.

— Comme un ami ou un membre de la famille, développa Halloran. Quelqu'un dont la présence n'étonnerait pas mais qui ne serait pas sa mère. Je… Oh, bon sang !

Le visage de Halloran devint livide.

— Ricci est ici, dit-il presque dans un murmure.

Les yeux d'Evie s'écarquillèrent mais Kitt resta imperturbable. Au contraire, elle se tourna vers Ricci qui approchait et lui sourit comme si elles étaient deux vieilles amies. Sauf que si tel était le cas, Evie le saurait sûrement déjà.

— Inspecteur Halloran, inspectrice adjointe Banks, êtes-vous responsables d'une scène de crime ou d'un cirque ?

— D'une scène de crime, madame, répondit Halloran.

— Alors, voudriez-vous bien m'expliquer ce que ces civiles font ici ?

Ricci portait un long imperméable sombre sur son tailleur marron. Autour de son cou, Evie distinguait un foulard en soie bordeaux très similaire au turquoise qu'elle arborait la dernière fois qu'elles s'étaient croisées.

— Je passais juste lui porter ceci, lança Kitt en montrant son fourre-tout.

— Et qu'y a-t-il à l'intérieur ? demanda Ricci.

Kitt ouvrit la fermeture éclair du sac et en tira une petite boîte Tupperware carrée.

— Mal m'a envoyé un texto pour me prévenir qu'il rentrerait tard et devait donc annuler le dîner que nous avions prévu. Je ne supportais pas cette idée. Surtout après toute la peine que je me suis donnée pour trouver la recette de ce délicieux ragoût de bœuf aux légumes et ses ravioles au romarin. Je l'avais lue dans le magazine *Good Food* il y a quelques mois, je l'avais découpée et je n'arrivais pas à remettre la main dessus. J'ai cherché la recette en ligne mais je n'ai pas vu la même. En fouillant tous les tiroirs de la cuisine, j'ai fini par la retrouver. Vous comprenez bien que je n'avais pas envie que ce soit gaspillé. Alors je lui en ai apporté une partie. En fait, j'ai même fait plusieurs portions afin que tout le monde puisse en avoir.

Kitt colla sa boîte entre les mains de Ricci en souriant jusqu'aux oreilles.

Evie se mit à contempler le bout de ses Converse, le seul endroit qu'elle pouvait fixer sans risquer d'exploser de rire. En cet instant précis, si son regard croisait celui de quiconque, elle ne pourrait plus se contenir. Kitt Hartley jouant la petite amie écervelée. Voilà encore quelque chose qu'elle n'aurait jamais pensé voir un jour.

Les yeux rivés sur le Tupperware, Ricci poussa un long soupir.

— Compte tenu des circonstances, je devrais pouvoir fermer les yeux sur cette infraction au protocole, à condition que vous quittiez les lieux sur-le-champ.

— C'est très aimable à vous, je m'en souviendrai, dit Kitt en tendant le sac à Halloran, dont le visage exprimait une certaine perplexité depuis le début de ce numéro inattendu. Il y a aussi du gâteau pour tout le monde. Au gingembre frais. J'espère que ça vous aidera à tenir le coup.

Sur ces mots, Kitt adressa un dernier hochement de tête reconnaissant à Ricci puis se mit en route pour rejoindre Jacob. Evie la suivit sans perdre une seconde. Mieux valait qu'elles déguerpissent toutes les deux avant que Ricci pose d'autres questions.

— Tu n'avais pas prévu de dîner avec Halloran, murmura Evie quand elles furent enfin hors de portée d'oreille. Tu devais passer la soirée chez toi, avec moi.

— Oui, mais s'il y a une chose que j'ai apprise depuis le début de ma courte carrière de détective, c'est qu'il vaut mieux veiller à avoir toujours un alibi sous la main. D'ailleurs, nous allons devoir chercher quelles connaissances d'Alim ont ou n'ont pas d'alibi pour le moment où il a été assassiné.

CHAPITRE 24

Evie tira un peu sur la paille de son milkshake banane et regarda une fois de plus sa montre. En milieu de matinée, Kitt lui avait envoyé un SMS pour lui proposer de déjeuner ensemble au Shake It!, un des trois bars à milkshakes de la ville. Celui-ci était situé sur Coffee Yard, la plus longue des célèbres ruelles de York, qui partait de Grape Lane, où se trouvait Daisy Chain Beauty, le salon où travaillait Evie. Kitt avait proposé qu'elles se retrouvent à 13 heures et il était maintenant 13 h 07. Même si elle avait beaucoup plus de chemin à parcourir depuis la bibliothèque, ce n'était pas son genre d'être en retard. Cela dit, ce n'était pas son genre non plus de donner rendez-vous à quelqu'un dans un bar à milkshakes. De manière générale, elle préférait les salons de thé, où elle avait plus de chances de se faire servir une tasse de Lady Grey. Evie avait répondu au texto de son amie en lui demandant pourquoi elle avait choisi cet endroit mais n'avait pas obtenu de réponse. Étant donné les révélations de la veille au soir et la détermination de Kitt à résoudre cette affaire, il n'y avait qu'une conclusion possible : d'une façon ou d'une autre, ce lieu avait un rapport avec l'affaire.

Sans la moindre explication non plus, Kitt avait demandé à Evie d'essayer de s'installer au comptoir.

C'est donc perchée sur un tabouret qu'elle cherchait autour d'elle un indice qui lui permettrait de démêler un peu tout ça.

À cause de l'étroitesse des *snickelways*, comme on appelle les ruelles qui sillonnent le centre-ville, l'établissement était lui-même tout en longueur. Sur ses murs bleu-vert, des milkshakes étaient peints au pochoir dans des teintes roses et jaunes. Tapissés de cuir rouge et blanc, les sièges donnaient dans le plus pur style *diner* américain. La clientèle, beaucoup plus jeune qu'Evie, était réunie par petits groupes autour des tables ou entassée dans les box. Dans l'ensemble, tout ici paraissait parfaitement innocent.

Evie s'apprêtait à regarder l'heure une nouvelle fois quand elle vit la porte s'ouvrir et Kitt s'engouffrer à l'intérieur, talonnée par Grace. Même depuis son tabouret de bar, il était clair qu'elles étaient en train de se chamailler. Kitt avait ce même air tendu qu'à chaque fois qu'elle se faisait violence pour garder son calme.

Elle interrompit brièvement cette conversation pour chercher Evie des yeux puis se dirigea tout droit vers le comptoir. Avec son trilby marron et son manteau d'hiver croisé, elle paraissait beaucoup plus sérieuse que le reste des clients, qui étaient presque tous en jean et pull. Grace se fondait un peu mieux dans le décor.

— Désolée pour le retard, il y a eu une complication, s'excusa Kitt en jetant un regard noir à son assistante.

— Il est seulement 13 h 09, lui fit remarquer Grace. Et nous serions arrivées plus tôt en passant par le chemin que je suggérais.

— C'est bonnet blanc et blanc bonnet, répliqua Kitt. Nous serions arrivées avec neuf minutes de retard d'une façon ou d'une autre.

— Eh bien, je ne voulais pas être laissée sur la touche comme hier soir.

— Maintenant, tu sais pourquoi nous sommes en retard, dit Kitt à Evie. Vu que Grace a insisté pour venir, il a fallu trouver quelqu'un pour la remplacer au bureau des renseignements. Ce qui n'est pas de la tarte à l'heure du déjeuner.

— Mais nous y sommes parvenues, rétorqua Grace en prenant place sur un tabouret de bar.

Kitt posa son chapeau et s'assit à son tour.

— J'en déduis donc que nous ne sommes pas ici parce que tu t'es découvert une passion pour les milkshakes, dit Evie.

— Même si je tiens à rappeler que je ne bois pas que du Lady Grey, je dois admettre qu'un milkshake n'est effectivement pas ma boisson de prédilection en plein mois de décembre.

Evie, qui ne partageait pas du tout l'avis de son amie, ne put contenir un petit rire. Pour elle, la glace et tous ses dérivés étaient tout à fait acceptables en n'importe quelle saison. Elle pouvait se régaler d'un sundae par un matin glacial de janvier si l'envie lui en prenait.

Grace baissa la voix et fit un mouvement de tête en direction des deux employés qui se tenaient derrière le bar.

— Nous sommes ici parce que la petite amie d'Alim Buruk y travaille.

— Quoi ? cria presque Evie avant de se ressaisir. Alim avait une petite amie ?

Kitt opina du chef.

— Je donne le ton, tu me suis, ordonna-t-elle soudain en sortant un journal de son sac et en se mettant à faire semblant de le lire.

Evie interrogea Grace du regard et celle-ci lui répondit d'un clin d'œil. Elle avait visiblement eu la chance d'être tenue au courant pendant le trajet.

— Excusez-moi, appela Grace. Ce serait possible de commander ? Nous sommes en pause déjeuner et nous n'avons pas beaucoup de temps.

La serveuse aux longs cheveux noirs et au visage d'ange ne répondit rien mais arriva aussitôt avec son bloc et son stylo à la main. Elle portait une robe s'arrêtant aux genoux du même bleu-vert que les murs. Elle avait aussi un petit tablier autour de la taille, et son badge indiquait « Cammie ». Comme Evie ne voyait pas ses pieds à cause du comptoir, elle l'imaginait sur des rollers comme dans les vieilles séries américaines. À sa façon de se déplacer, il était évident qu'elle n'en portait pas mais Evie n'était pas du genre à laisser la réalité l'emporter sur le rêve quand celui-ci était si amusant. Après les sombres événements des dernières vingt-quatre heures, toute échappatoire fantaisiste constituait un réconfort bienvenu.

— Qu'est-ce que vous prendrez ? demanda Cammie à Grace.

— Un milkshake au chocolat, s'il vous plaît. Avec des frites.

Cammie nota la commande sans faire de commentaire.

— Qu'est-ce que tu prends, Kitt ? demanda Grace.

Pas de réponse.

— Kitt ? répéta l'assistante.

— Comment ? Oh, pardon, j'étais totalement absorbée par cet article. Donald Oakes, de la librairie, a été retrouvé mort près de Humber Bridge, hier soir. Tu savais ça ?

— Non, pas du tout, mentit Grace. C'est affreux.

— Je sais. C'était un homme tellement charmant. Et

c'est tragique mais ce n'est pas tout. Apparemment, sa mort pourrait être liée à celle de quelqu'un d'autre. Un pauvre jeune, assassiné à l'hôpital il y a deux jours.

— Mais que fait la police ? demanda Grace avec un air scandalisé dont la fausseté n'échappa pas à Evie.

Il fallait avouer que ses camarades y allaient vraiment fort. Elle devait se mordre la lèvre pour ne pas sourire.

— Pas grand-chose, répondit Cammie en posant le poing sur sa hanche. Voilà ce qu'elle fait.

— Vous savez des choses sur ces décès ? demanda Kitt, l'air innocent.

— Je connaissais Alim, le garçon qui est mort.

— Désolée, fit Kitt. Je n'ai pas réfléchi. York est une petite ville. J'aurais dû faire plus attention à ce que je disais.

Les yeux baissés, la serveuse haussa une épaule.

— Je suis vraiment désolée, insista Kitt, en se penchant au-dessus du bar. Vous étiez proches ?

— Nous étions genre… enfin, plus ou moins ensemble, quoi. Vous savez, par intermittence.

— Toutes mes condoléances, intervint Evie, soudain consciente qu'elle pourrait se rendre plus utile qu'en acquiesçant à tout d'un geste ou d'un mot. J'ai perdu mon petit ami il y a deux mois. Je sais combien on peut se sentir triste et coupable.

— Coupable ?! s'exclama Cammie en se frappant la poitrine du pouce. Je ne me sens coupable de rien du tout. Je suis juste furieuse.

— Parce que la police n'en fait pas assez pour trouver son assassin ? demanda Grace.

— Oui, confirma Cammie. Je sais qui est le meurtrier. Je l'ai dit aux flics et ils n'en ont pas tenu compte.

— C'est étrange, s'étonna Kitt. Pourquoi n'ont-ils rien fait de vos informations ?

— Probablement parce qu'ils me prennent pour une idiote. Mais ça ne veut pas dire que j'ai tort.

— Je ne comprends pas pourquoi mettre la police sur la voie d'un suspect vous ferait passer pour une idiote, dit Kitt.

Cammie toisa la bibliothécaire de la tête aux pieds avant de parler.

— Parce que j'affirme que c'est la mère d'Alim et que la police ne veut pas toucher à cette femme.

— Sa mère ? répéta Evie, se souvenant de sa propre rencontre avec Amira Buruk et de la façon dont elle l'avait menacée pour avoir parlé à son fils.

— Je sais. Tout le monde pense que personne ne pourrait faire ça à son propre fils. Mais la mère d'Alim est l'exception qui confirme la règle. Et tous ceux qui l'ont rencontrée savent très bien ce que je veux dire.

Evie pinça les lèvres pour se retenir d'approuver Cammie. Même s'il lui paraissait inconcevable que l'on puisse tuer son propre enfant, elle avait rencontré Amira Buruk et il n'y avait pas grand-chose dont elle la croyait incapable.

— Avez-vous tenté de retourner voir la police ? demanda Grace. Parfois, ça peut aider de leur mettre un peu la pression. Ils ont sûrement envie de résoudre cette affaire aussi vite que possible.

— J'ai essayé une fois ou deux, soupira Cammie. D'habitude, je n'aime pas spécialement passer du temps chez les flics mais pour Alim, c'était normal que j'insiste un peu. Ils prétendent n'avoir aucune preuve contre elle. Moi, je dis qu'ils en ont juste une trouille bleue.

— Peut-être qu'ils ont du mal à imaginer une mère

tuant son propre fils, argua Evie. Difficile de comprendre comment quelqu'un peut en arriver là.

— Ça prouve juste que la mère d'Alim n'en a rien à foutre de personne, à part elle. Elle a toujours été comme ça et ça ne changera jamais.

— Et elle avait un intérêt à tuer son fils ? demanda Kitt.

Cammie regarda son collègue qui préparait un milk-shake un peu plus loin derrière le comptoir et baissa la voix :

— Ils ont dit aux infos qu'Alim avait participé à un cambriolage juste avant de mourir. C'est sa mère qui l'avait mis dans le coup mais quand la police l'a chopé, elle s'est mise à flipper. Elle était convaincue que son fils allait la balancer.

— Elle ne croyait tout de même pas qu'il allait témoigner contre elle, si ? demanda Grace.

— Non, elle savait qu'il aurait trop peur pour ça. Mais... euh... disons qu'Alim pouvait être vraiment adorable mais qu'il n'avait rien d'un génie du crime. Elle pensait qu'il la trahirait sans le vouloir. La dernière fois que je lui ai parlé, il m'a dit qu'elle n'arrêtait pas de lui rebattre les oreilles avec ça. Qu'il devait faire attention à ce qu'il disait aux gens et se taire jusqu'à ce qu'elle ait fini d'arranger la pagaille qu'il avait semée.

— Nom d'une pipe ! s'exclama Evie, une main sur la poitrine, en se rappelant la réaction d'Alim quand sa mère avait passé la porte, à l'hôpital. Ce n'est pas pour le plaisir de vous contredire mais j'espère presque que vous vous trompez. Je n'ose pas imaginer quelle aurait été ma vie si j'avais craint ma mère à ce point.

Cammie hocha la tête.

— Je ne vais pas essayer de vous faire croire qu'Alim

était un ange, parce que ce n'en était pas un. Mais il ne méritait pas de mourir comme ça. Au fond, il était gentil.

— Il vous traitait bien ? demanda Grace en souriant.

— La plupart du temps. Je ne devrais probablement pas vous raconter ça mais je ne pense pas que ça change grand-chose maintenant. Quand il a fait ce cambriolage pour sa mère, il a volé un ou deux trucs pour moi. Je ne l'ai pas signalé à la police parce que je me suis dit qu'ils allaient les prendre comme pièces à conviction et ce sont les derniers cadeaux qu'il m'a faits.

— Des livres rares et chers comme les autres ouvrages volés à la librairie ? demanda Kitt.

— Non, rien de cher. Des petites attentions. Une peluche et un exemplaire de mon livre d'enfance préféré.

Voilà qui expliquait la disparition de Pierre Lapin et du Clan des sept.

— Quand avez-vous vu Alim pour la dernière fois ? demanda Kitt.

— Le soir qui a suivi le cambriolage, quand il m'a apporté les choses qu'il avait volées. On s'était un peu disputés et il m'avait offert ça pour se faire pardonner, quoi.

Evie remarqua que les yeux de la jeune fille s'embuaient.

— Je suis vraiment désolée d'avoir soulevé le sujet, mentit Kitt.

— Pas grave, répondit Cammie en reniflant. D'une certaine façon, c'est bien d'avoir quelqu'un à qui en parler. Je… je vais préparer vos milkshakes… Vous vouliez ajouter quelque chose à la commande ?

— Voyons ça, je crois que j'ai encore un petit peu de temps pour une bricole, estima Kitt en examinant le menu. Je vais essayer le Christmas Caramallow avec du sucre de canne, des petits caramels, de la crème extra épaisse et une gaufre au pain d'épices en supplément.

— Vous prendrez une sauce en plus ? demanda Cammie.

— Non, merci, il ne faut pas abuser, rétorqua Kitt.

Evie se tourna vers Grace avec un rictus, et il ne lui échappa pas qu'elle se retenait de sourire, elle aussi.

— Oh, Cammie, lança Kitt en sortant sa carte de son sac à main. Tenez. Si jamais vous avez besoin de parler à quelqu'un, n'hésitez pas à m'appeler. Je me ferai un plaisir de vous écouter.

La serveuse regarda la carte avec suspicion mais la fourra malgré tout dans sa poche de tablier.

— Merci, se força-t-elle à dire avant de retourner à la machine à milkshakes pour préparer leur commande.

CHAPITRE 25

Dans le bureau du deuxième étage de la bibliothèque, Evie essayait de trouver une position confortable sur un des fauteuils à fleurs. Peu importe comment elle s'installait, elle n'était jamais à l'aise.

— Tout va bien, là-bas ? lui demanda Kitt en posant le thé sur la table.

— Comme tu vois, c'est la fête !

— Vu que tu n'arrêtes pas de danser sur ton siège, ça doit être vrai.

En entendant cela, Evie s'efforça de se tenir immobile, une gageure compte tenu de tout ce qui se passait. Après tout ce qu'elles avaient appris la veille, Halloran les avait convoquées d'urgence pour une réunion officieuse. Il devait arriver d'un instant à l'autre, probablement avec Charley. Pour Evie, la méthode ne ressemblait pas à l'inspecteur principal. D'habitude, il faisait toujours passer ses messages par l'intermédiaire de Kitt. Mais peut-être avait-il fini par aboutir à la même conclusion qu'elle. À savoir que, cette affaire se corsant davantage à chaque minute, ils auraient tout intérêt à croiser leurs informations.

— Ça me stresse, avoua Evie. Je n'ai pas véritablement parlé à Charley depuis… enfin, tu sais…

— Tu l'as vue hier soir et elle avait l'air d'aller bien, répondit Kitt en remuant son thé.

— Je n'en suis pas convaincue. Elle semblait parfois un peu distante. Nous ne nous sommes pas exactement séparées dans les meilleurs termes.

— Désolée, je n'avais pas compris ça. Pourquoi ?

Evie fit tout son possible pour répondre avec naturel.

— Je lui ai dit que ce qui s'était passé n'était qu'une aventure d'un soir.

— Et elle espérait plus que ça ?

— D'après ce qu'elle a dit, oui. Je pense.

— Eh bien, ce n'est jamais plaisant de découvrir qu'une personne qui te plaît ne ressent pas la même chose que toi. Mais si c'est vraiment ce que tu souhaites, je suis sûre que Banks peut le comprendre. C'est une adulte.

— Mouais..., fit Evie en jouant avec une de ses boucles blondes. Le truc, c'est que je pense qu'elle a vu que ce n'était pas ce que je souhaitais. Ou, du moins, que je n'en étais pas sûre.

— Donc tu as envie de la revoir ? demanda Kitt, le front plissé. Pas seulement comme deux amies, je veux dire.

— Il est trop tôt pour le dire.

La porte du bureau s'ouvrit et Grace entra, flanquée de Halloran. Si Evie s'y attendait, elle fut, en revanche, plus surprise de voir apparaître à leur suite deux hommes qu'elle n'avait jamais rencontrés, dont l'un était nettement plus âgé que l'autre. Son attention s'en détacha un moment quand Charley les rejoignit. Evie tenta aussitôt d'interpréter son comportement général. Était-elle aussi stressée qu'elle ? Elle n'en avait pas l'air.

Se rappelant soudain qu'il était impoli de dévisager les

gens, Evie gratifia Halloran, Banks et les inconnus d'un rapide sourire de salutation. Puis elle baissa les yeux sur sa tasse de thé et en but une gorgée en s'efforçant de rassembler ses idées. Elle devait rester focalisée sur l'affaire. Étant donné qu'elle avait exhorté Kitt à y participer avant de passer la nuit avec Charley, il aurait sûrement été plus facile de laisser tomber et garder ses distances. Mais ce n'était pas la bonne chose à faire. Elle s'était engagée dans l'enquête, il fallait qu'elle aille jusqu'au bout.

— Tu es sûre que la zone est dégagée ? demanda Kitt à Grace, qui avait été chargée de s'assurer que Michelle avait quitté le bâtiment avant l'arrivée de la police.

— Michelle est partie il y a une demi-heure environ, vers 19 h 30. Nous sommes à l'abri de son regard de gorgone. Pour aujourd'hui, du moins.

— Je suis désolée qu'il n'y ait pas assez de sièges pour tout le monde, j'ignorais que vous seriez si nombreux, s'excusa Kitt. Quelqu'un veut boire quelque chose ? La bouilloire est pleine.

Les visiteurs secouèrent la tête et refusèrent à mi-voix. Seule Grace se servit une tasse. Halloran en profita pour s'assurer d'un coup d'œil que la porte était bien fermée avant de se retourner vers l'assemblée.

— Je sais que vous connaissez la règle concernant la participation des civils à nos enquêtes mais, du fait d'un nouvel élément, nous sommes confrontés à une situation inédite, expliqua-t-il en pivotant vers l'homme plus âgé. Voici le commandant Noah Percival.

Même si Evie n'avait jamais rencontré Percival, elle avait entendu Halloran et Charley mentionner son nom une fois ou deux. D'après ce qu'elle avait compris, il s'agissait de leur plus haut supérieur hiérarchique. Du moins jusqu'à son départ en retraite, date à laquelle Ricci prendrait la relève. Sa présence ici signifiait donc que le nouvel élément en question devait être sacrément sérieux. Le commandant, qui avait des cheveux gris mi-longs et une barbe assortie, hocha la tête. Comme Halloran, il était grand et carré d'épaules. En les observant l'un après l'autre, Evie se dit que l'inspecteur principal ressemblerait sûrement beaucoup à son supérieur dans une trentaine d'années. Et, sachant combien il prenait son travail à cœur, il occuperait probablement des fonctions aussi importantes.

— Et voici l'inspecteur adjoint Miles Redmond.

— Salut.

Au premier coup d'œil, Evie estima que l'inspecteur adjoint Redmond devait avoir une trentaine d'années. Son épaisse chevelure blonde coupée en brosse lui donnait l'air tout jeune mais les rides de son front trahissaient son âge.

Quand Evie remarqua que Charley la regardait en train d'observer Redmond, elle se remit à fixer sa tasse de thé. Redmond ayant un physique relativement agréable, elle ne voulait pas que la policière se fasse des idées.

— Merci à toutes d'être venues dans ces mystérieuses circonstances, commença Percival. Je vous présente mes excuses pour le côté « 007 » de tout ça, ainsi que pour le fait que cette entrevue se déroule ici plutôt qu'au poste. Mais je pense que vous comprendrez pourquoi quand vous aurez entendu ce que j'ai à vous dire.

Le commandant s'arrêta un instant puis s'éclaircit la gorge avant de poursuivre :

— L'affaire de la librairie Bootham Books vient de prendre un tournant inattendu. Je pense que l'inspecteur principal Halloran vous a déjà expliqué qu'il n'est pas dans les habitudes de la police de partager des informations avec des civils. Cependant, il se trouve que vous vous avérez plus fiables que certains de nos collègues.

Evie se tourna vers Kitt. À en juger par ses yeux écarquillés, cette dernière ne semblait pas plus dans la confidence qu'elle ou Grace.

— J'ai besoin que vous me garantissiez que ce que je m'apprête à vous révéler restera entre nous, que vous ne le divulguerez à personne, encore moins à la presse, reprit Percival. Si vous ne pensez pas pouvoir respecter cet engagement, il est encore temps de quitter cette pièce.

Les trois jeunes femmes restèrent assises, fixant le commandant et attendant la suite. Même si Evie savait que les secrets n'étaient pas son fort, il lui arrivait effectivement de trop s'enthousiasmer ou d'avoir du mal à laisser passer les opportunités de plaisanterie, elle était certaine de réussir à se maîtriser pour quelque chose d'aussi important.

— Ce n'est pas de gaieté de cœur que je m'apprête à vous faire cette révélation. Il se pourrait même que je me méprenne totalement sur la situation et c'est, d'ailleurs, ce que j'aimerais croire. Mais la vérité, c'est que j'ai des raisons de penser que je ne peux plus faire confiance à un ou plusieurs des policiers qui travaillent au poste de York en ce moment.

— Certains éléments vous laissent penser qu'un policier serait impliqué dans l'affaire d'une façon ou d'une autre ? demanda Kitt.

— Je crains que oui, répondit Percival en secouant lentement la tête. J'ai eu mes premiers soupçons hier, quand Redmond, ici présent, a découvert que l'une des cartes de crédit d'Alim Buruk avait servi à faire un achat à Helmsley.

— Quelqu'un a acheté quelque chose de suspect avec ? Des articles en rapport avec le cambriolage ?

— Nous allons y venir mais ce n'est pas ce qui a éveillé nos soupçons, intervint Redmond. En fait, la carte a servi après la mort de Buruk.

Evie frissonna. N'était-il pas suffisamment affreux comme ça d'assassiner les gens sans leur faire commettre des délits ensuite ? Elle avait peine à croire qu'il existait des individus capables d'autant de cruauté et d'indifférence sur cette planète. Mais cela faisait deux mois que ses yeux ne cessaient de s'ouvrir et cette nouvelle affaire lui semblait chaque jour un peu plus sordide.

— Vous pensez que l'assassin a volé la carte de crédit d'Alim ? demanda Kitt.

— Nous n'en sommes pas certains, répondit Halloran. Mais il y a un lien. Comme nous avions minutieusement examiné les effets personnels de Buruk après sa mort, nous savions que sa carte s'était volatilisée. Nous pensions que sa mère ou lui l'avait cachée quelque part en raison de son rapport avec leurs activités criminelles. Mais maintenant il semblerait que sa carte de crédit ait plutôt un rapport avec sa mort.

— Donc vous vous demandez si elle a pu être volée par un policier ? demanda Grace.

Percival resta un moment silencieux.

— Je suis désolé. J'ai du mal à parler de ça. Un de mes propres…

— À vomir, fit Redmond.

— Exactement, mon garçon. Exactement. Je crois savoir que certaines d'entre vous ont rencontré le commandant Ricci, qui doit prendre ma relève la semaine prochaine après mon départ ?

Kitt et Evie opinèrent du chef, tandis que Grace semblait scandalisée de ne pas avoir été présentée.

— Ricci vit à Helmsley, précisa Percival en insistant bien sur chaque mot.

Evie, Kitt et Grace échangèrent un regard.

— Et c'est suffisant pour attirer les soupçons sur elle ? demanda Evie.

— Suffisant, non. Mais quand Wilkinson et moi l'avons accompagnée à l'hôpital, nous nous sommes absentés quelques minutes pour aller demander aux infirmières si Buruk n'aurait pas tenu des propos susceptibles de nous aider. Or, à notre retour, le rideau avait été tiré autour du lit d'Alim, et Ricci était derrière. Seule avec lui.

— Avez-vous cherché à savoir pourquoi elle avait tiré le rideau ? demanda Kitt.

— Je n'ai même pas eu à poser la question. Elle a dit d'elle-même que c'était pour voir si un peu d'intimité rendrait Buruk un peu plus bavard et coopératif…

— Ça semble assez plausible, estima Kitt.

— C'est vrai, concéda Percival. D'ailleurs, sur le moment, je n'ai pas cherché plus loin. En revanche, je n'ai pas pu m'empêcher de trouver son comportement étrange. Elle semblait… nerveuse, disons. Au bout de trente ans de métier, je sais quand on me ment. Et elle cachait quelque chose. Aucun doute là-dessus.

— Vous pensez que c'est Ricci qui a trafiqué la perfusion d'Alim et volé sa carte de crédit ?

— Je la crois bien trop maligne pour lui avoir volé sa carte de crédit. Par contre, il me paraît possible qu'elle ait trafiqué sa perfusion, sachant que ce serait très difficile à prouver. Sans compter qu'elle est de la maison. Puisque personne ne risquait de la soupçonner, quoi de plus simple que d'abuser de cette confiance.

— Mais pourquoi aurait-elle renoncé à lui voler sa carte après s'être donné tant de mal, selon vous ?

— Primo, nous pensons qu'elle est trop intelligente pour accomplir elle-même ce genre de tâches. Secundo, les cartes de crédit volées ont la fâcheuse habitude de se matérialiser au domicile ou sur le lieu de travail des gens. Mieux vaut éviter de les avoir en sa possession. Tertio, Ricci avait besoin d'un bouc émissaire. Et comme elle voulait s'assurer que Buruk ne parlerait pas, elle s'est chargée en personne de l'éliminer, en comptant sur son statut pour échapper aux soupçons. En revanche, elle a sûrement dû trouver quelqu'un pour prendre la carte afin de pouvoir l'accuser si les choses tournaient mal.

— Un complice, dit Grace.

— Elle est rusée, celle-là, ricana Redmond. Les malfaiteurs ont intérêt à faire gaffe.

Grace gratifia le policier d'un sourire exagérément poli.

— Et vous pensez que c'est ce même acolyte qui a effectué l'achat ? s'enquit Evie.

— C'est probable, répondit Percival.

— Vous croyez que c'est quelqu'un de chez vous ? demanda Kitt.

Percival fit non de la tête.

— Selon moi, elle a dû choisir quelqu'un avec un casier, un coupable tout indiqué pour prendre à sa place. Et si cette théorie est avérée, nous allons avoir droit à tout un cirque médiatique. La réputation de la police de York va en pâtir pendant des mois. Alors que j'ai travaillé si dur à l'établir...

— La carte de crédit a servi à acheter quoi ? demanda Grace. Quelque chose de compromettant ?

— On pourrait dire ça, oui, confirma Redmond.

— C'est une autre raison pour laquelle nous ne pensons pas Ricci suffisamment bête pour utiliser la carte elle-même, intervint Charley.

— D'après le commerçant, la carte a servi à acheter des cordes, des pelles et des sacs en plastique ultra résistants.

— Oh, pas bon signe, ça, fit Evie.

— Le genre de courses qu'on fait quand on veut enterrer quelque chose, précisa Grace.

— Comme un corps, ajouta Banks.

— Le corps de qui ? demanda Kitt. Buruk est resté dans son lit d'hôpital, non ?

— Donald Oakes, répondit Halloran avec douceur.

— Donald ? s'étonna Kitt. Mais son corps a été rejeté par l'Humber.

— Oui, mais ce n'était peut-être pas le projet initial, fit remarquer l'inspecteur. Si quelque chose ne s'est pas passé comme prévu, ils ont peut-être dû changer leurs plans et balancer le corps à la rivière.

— Le fait qu'elle soit restée un moment seule avec Buruk vous paraît suffisant pour faire d'elle notre coupable ? demanda Kitt, qui semblait avoir dû mal à se faire à cette idée.

— Croyez-moi, ça ne me fait pas du tout plaisir. J'aurais vraiment préféré qu'on trouve autre chose sur Holt. C'est un personnage tout ce qu'il y a de plus suspect. Sa relation avec cette jeune fille, le cambriolage qu'il a orchestré... et le passage à tabac de Buruk pour faire accuser Banks. Quand il a mis les pieds dans sa cellule, j'ai cru que l'affaire était classée.

— Mais vous ne trouvez rien qui le relie au meurtre, c'est ça ? demanda Kitt.

— Nous pensons que Donald Oakes a été assassiné entre 18 heures et 20 heures avant-hier soir, répondit Charley. Et Holt a un alibi pour ce créneau horaire.

— Et les commerçants qui ont vendu les articles à l'utilisateur de la carte de crédit d'Alim ? Ils vous ont fourni une description ?

— La gérante du magasin se souvient très bien du client, confirma Redmond. Un homme dans la cinquantaine avec de longs cheveux bruns et une grande barbe. Il était coiffé d'une casquette de baseball, dont elle ne se rappelle pas le logo mais de couleur bleu foncé. Elle a précisé qu'il portait des lunettes de soleil, même s'il faisait déjà nuit à cette heure-là.

— Donc on ne peut pas innocenter les Blues Brothers, lança Evie sans réfléchir.

Cet accès de désinvolture fut accueilli par une vague de regards désapprobateurs qui fit le tour de la pièce avant de s'arrêter sur Charley, dont le petit sourire en coin était à la fois presque imperceptible et immanquable.

— Passons, reprit Evie, que le sourire de Charley avait ragaillardie. Tout ça ne ressemble pas beaucoup à l'image du commandant Ricci telle que je me la représente.

— Cheveux longs, lunettes noires, casquette et barbe ? récapitula Kitt. Ça m'a tout l'air d'un déguisement idiot.

— Oui, je suppose, confirma Percival. Mais déguisé ou pas, il est probable que ce mystérieux individu soit son complice. Ce qui est sûr, c'est qu'aucun des nombreux patients, soignants et employés administratifs que nous avons interrogés n'a vu quelqu'un de semblable près de la chambre d'Alim. Ni même dans cette partie de l'hôpital.

— En fait, d'après les déclarations que nous avons recueillies, Alim n'a reçu aucune visite entre celles de Ricci et de sa mère, clarifia Halloran.

— Selon la petite amie d'Alim, nous ne devrions pas écarter la mère, dit Grace.

— Vous parlez de Cammie ? demanda Charley.

— C'est bien ça, répondit Kitt.

— Comme elle nous a dit qu'elle soupçonnait la mère, nous avons étudié cette éventualité mais nous n'avons rien trouvé. Une vraie anguille. On ne peut rien faire de plus que de garder un œil sur son compte en banque et son historique d'appels en attendant qu'elle commette une erreur.

— Nous ne pouvons pas exclure la possibilité que quelqu'un soit allé voir Alim et que personne ne s'en soit aperçu, rappela Halloran.

— J'en doute, objecta Evie. L'homme dans le lit voisin d'Alim est un peu trop curieux pour que quelqu'un soit venu et reparti sans qu'il s'en aperçoive.

Percival pinça les lèvres.

— Mon sang s'est glacé quand j'ai réalisé qu'à l'exception de la mère, seule Ricci était restée en tête à tête avec la victime à l'heure présumée du crime. Et pour couronner le tout, elle n'a pas d'alibi pour le soir où Donald a été tué.

— Vous lui avez demandé si elle en avait un ? s'étonna Kitt. Elle sait que vous la soupçonnez ?

— Non, non, non, répondit le commandant. J'ai dû m'y prendre de façon plus subtile. Je lui ai demandé ce qu'elle avait fait de sa soirée de repos, qui se trouve être celle où M. Oakes a été tué.

— Et qu'a-t-elle répondu ? demanda Grace.

— Elle a dit qu'elle était restée chez elle, seule.

— On dirait bien que les éléments à charge s'accumulent, constata Kitt.

— En effet. D'autant plus qu'il faut ajouter qu'elle

s'est montrée ouvertement hostile envers Banks à de nombreuses reprises. Rien de trop agressif. Surtout pour lui rappeler qui était la patronne. Ce qui semble d'autant plus excessif que Banks n'a jamais été du genre à remettre la hiérarchie en question.

— Une vraie petite fille modèle, c'est tout moi, ça ! s'exclama Charley, une étincelle dans le regard.

— Je n'irais pas jusque-là, Banks, plaisanta Halloran. Votre comportement au Noël du personnel l'année dernière n'a pas été tout à fait irréprochable.

— Et voilà ! feignit de s'offusquer Charley, les yeux au ciel. Respectez toutes les règles 364 jours sur 365 et on vous pendra à cause du seul où vous avez bu trop de vin chaud. Quelle injustice...

— En tout cas, le comportement de Ricci envers Banks était tout de même exagérément autoritaire, insista Percival. Et j'ai bien peur qu'il reste encore un indice incriminant Ricci. Peut-être pire que tout le reste.

— Là, ça ne sent pas bon, admit Kitt.

— Il s'agit de la marque que Candice a trouvée sur la main de Donald, révéla Halloran.

— Oui, un « b » minuscule, rappela la bibliothécaire. Je me suis vraiment creusé la cervelle pour chercher à quoi ça pouvait correspondre. J'ai fait tellement de recherches Google qu'on aurait dit que j'étais possédée par un personnage de *1, rue Sésame*.

Evie gloussa à cette idée puis se mit à dévisager son amie en essayant de déterminer à quel personnage de *1, rue Sésame* elle ressemblait le plus. Kitt était-elle Bart et elle Ernest ? Ou peut-être qu'avec sa manie de toujours vouloir enseigner des choses aux autres, elle ressemblait plus au comte Vampirouette ?

— Bon. Quand le corps a été apporté au labo, on a

découvert qu'il ne s'agissait pas juste d'un « b ». En fait, c'était « 90b » que Donald s'était écrit sur la main.

— « 90b » ? répéta Kitt. À quoi cela peut-il bien faire référence ?

— À une adresse, répondit Charley. Le commandant Ricci habite au 90b Hambleton Avenue, à Helmsley.

CHAPITRE 26

Tout le monde se tut, le temps d'encaisser cette nouvelle information.

— Doux Jésus ! finit par lâcher Grace. J'ai peine à y croire.

— J'ai une question, lança Kitt.

— Je m'y attendais un peu, répondit Halloran.

— Pourquoi Donald se serait-il écrit le numéro de porte de Ricci sur la main ? reprit Kitt, après avoir fait les gros yeux à l'inspecteur principal. Et comment l'aurait-il connu ?

— Il avait peut-être découvert que cette adresse avait un rapport avec le cambriolage de son magasin, suggéra Redmond.

— Et la personne domiciliée à cette adresse l'aurait... tué parce qu'il l'avait repérée ? hasarda Evie.

— Donc la seule raison que Ricci aurait eue de tuer Donald – et probablement Alim –, c'est que c'est elle qui faisait chanter Holt ? demanda Kitt. C'est bien la théorie actuelle ?

— C'en est une parmi d'autres, confirma Percival. Depuis que Redmond m'a rapporté que le numéro de porte de Ricci était écrit sur la main de Donald, je me demande si quelque chose à cette adresse pourrait nous en apprendre plus sur le chantage, les meurtres, ou les deux. Bien sûr, si nous fouillons officiellement la propriété, ce sera parti pour le grand jeu : Ricci saura que nous la soupçonnons. Alors j'ai commencé à réfléchir à un moyen de nous faire inviter chez elle, avec certaines d'entre vous, afin d'y fouiner un peu. Mais, pour l'instant, toutes les idées que j'ai trouvées étaient cousues de fil blanc.

— Holt ne nous a pas fourni une liste d'éventuels maîtres-chanteurs ? demanda Kitt. Peut-être que l'un d'entre eux est lié à Ricci d'une façon ou d'une autre.

— Ce même M. Holt dont je crois savoir que vous avez participé à l'arrestation, dit Percival.

— Ce que nous devons au travail d'investigation de Grace, précisa Kitt en souriant à son assistante qui se redressa alors sur son siège.

— Nous vous en sommes reconnaissants, déclara le commandant. Mais M. Holt n'a hélas pas pu nous éclairer sur l'identité de ce maître-chanteur. Même s'il affirme lui avoir déjà versé la moitié de la somme.

— Mais s'il l'a rencontré pour lui remettre l'argent, il sait forcément qui c'est, intervint Evie.

— Malheureusement, non, répondit Percival. Le maître-chanteur lui a fait déposer l'argent à un endroit précis à une heure donnée. Et il l'a aussi averti qu'il le tuerait s'il traînait sur place pour essayer de l'identifier.

— Sacrebleu ! s'exclama Evie.

L'expression surprit Percival et Redmond, mais les autres se contentèrent de regarder la jeune femme avec un mélange d'amusement et de lassitude.

— Euh... oui, bon, reprit le commandant. Holt nous a effectivement fourni une liste de personnes susceptibles de vouloir le faire chanter mais celle-ci ne nous a pas permis de réduire la liste des suspects.

— Il a tant d'ennemis que ça ? demanda Grace.

— Il a passé ces six derniers mois à s'occuper de ce qu'il appelle des « opportunités de placement ». À savoir quelques propriétés et quelques start-up avec lesquelles presque tous les investisseurs ont perdu leur argent. Ça, c'est sans compter les personnes qui pourraient être contrariées par sa liaison extraconjugale si elles en découvraient l'existence. Nous nous intéressons donc aussi à sa femme et à ses trois filles. La seule chose que Holt a pu nous dire sur son maître-chanteur, c'est qu'il lui a demandé de laisser l'argent derrière une tombe dans une église du village de Rosedale Abbey.

— Pittoresque petit endroit, commenta Kitt. Mais existe-t-il un rapport entre Ricci et Rosedale Abbey ?

— Pas que nous sachions pour le moment, répondit Percival. Mais en voiture, ce n'est pas très loin d'Helmsley. Et il se pourrait que son complice habite dans ce coin-là.

Le silence tomba une nouvelle fois sur la pièce. Cela faisait beaucoup d'éléments à assimiler.

— En supposant que vous ayez raison au sujet d'Helmsley et que Ricci soit vraiment impliquée, nous ne devrions pas transmettre cette information à l'IOPC et leur confier l'affaire ? demanda Kitt.

— Ma première idée a été de prévenir l'IOPC et leur proposer d'aider une unité anticorruption à surveiller Ricci, répondit le commandant. Mais je me suis souvenu que c'étaient eux que Ricci avait appelés en premier quand elle semblait soupçonner Banks d'avoir agressé Buruk. Et, avec le recul, la promptitude avec laquelle elle s'est tournée vers eux m'a amené à me demander…

— À vous demander quoi ?

— Si on pouvait leur faire confiance.

— Vous voulez dire que Ricci pourrait avoir des complices corrompus au sein du service anticorruption ? l'interrogea Kitt, incrédule.

— Je ne sais pas. Mais j'ai hésité à prendre le risque. Elle a gravi les échelons très rapidement. Plus vite que n'importe quel autre policier de ma connaissance. C'est même pour ça que j'ai pensé que ce serait une excellente candidate à ma succession quand je partirais en retraite. Elle répondait à tous les critères. Mais après ce que nous avons découvert, il se pourrait qu'elle n'ait pas toujours respecté les règles pour arriver là où elle en est aujourd'hui. On l'y a peut-être aidée.

— Ce que je ne comprends pas, c'est quel serait son mobile, avoua Kitt. Pourquoi ferait-elle ça ? Elle a besoin d'argent ?

— Je me suis posé la question aussi, répondit Percival. Si elle est endettée, elle est censée le déclarer. Parce que c'est une situation qui rend plus vulnérable à la corruption. Mais nous avons vérifié ses finances, et elles sont tout ce qu'il y a de plus sain.

— Alors pourquoi, dans ce cas ? demanda la bibliothécaire. Elle a tout pour elle. Ça n'a aucun sens.

— Elle a tout pour elle, hein ? répéta le commandant. Il est très inhabituel que quelqu'un de son âge grimpe aussi vite les échelons. Selon moi, il s'agit probablement d'un stratagème pour monter encore plus haut.

— Mais de quelle façon ? demanda Grace.

— Je ne connais pas son plan à long terme, reconnut Percival. Mais elle a résolu de grosses affaires à chacun des échelons de sa carrière. Sauf qu'elle a toujours travaillé dans des villes beaucoup plus grandes que la nôtre. Peut-être a-t-elle craint qu'aucun dossier à sa hauteur ne se présente durant ses premiers mois de service dans notre petite bourgade tranquille. Dans ce cas, il se pourrait qu'elle ait décidé d'en créer un de toutes pièces.

— Mais comment l'enquête en cours pourrait-elle la faire bien voir de sa hiérarchie ? demanda Evie.

— Je ne sais pas trop si l'idée est qu'elle soit bien vue ou que je sois mal vu, poursuivit le commandant. La presse parle beaucoup de cette affaire et, malgré tous nos efforts, nous tournons en rond. Mais, bien entendu, si c'est quelqu'un de la maison qui est derrière tout ça, il est logique que nous n'arrivions à rien.

— Mais Ricci ne pouvait pas savoir que Holt allait commanditer un cambriolage pour payer sa dette, fit remarquer Grace.

— Non, je ne pense pas qu'elle ait pu planifier toutes les variables. Par contre, je crois qu'elle a pu tenter de le faire chanter pour voir comment il réagirait. Elle s'est peut-être renseignée sur les finances de Holt pour s'assurer qu'il n'aurait pas de quoi payer l'intégralité de la somme exigée. Il y avait peu de risques qu'un individu aussi louche que lui fasse appel à la police pour régler ses problèmes. Je crois qu'elle a soigneusement choisi sa victime.

— Donc, afin de détourner l'attention de sa personne après le cambriolage, Holt s'est débrouillé pour faire accuser Banks du passage à tabac de Buruk, résuma Kitt. Le fait qu'il ait mis sur pied une affaire qui passionne les médias n'était-il pas suffisant pour Ricci ? Pourquoi prendre le risque de tuer Alim en plus ?

— Récemment, avec un certain soutien civil, la police de York a arrêté un tueur en série, rappela Percival. Et ceci s'est produit sous mon commandement.

— Et vous pensez que Ricci essaie de se mesurer à ça ? demanda Evie.

— C'est une théorie, admit-il. Peut-être qu'elle attend que je m'efface pour accomplir son premier coup d'éclat ici. Il ne lui restera plus qu'à résoudre miraculeusement l'affaire en désignant le coupable, comme elle l'a fait partout ailleurs auparavant.

— Ça me paraît un peu excessif, comme façon d'optimiser ses perspectives de carrière, estima Kitt.

— Je suis bien d'accord, acquiesça Percival. Quitte à faire autant d'efforts, autant mettre les bouchées doubles dans le boulot pour atteindre le sommet de la hiérarchie. Mais il y a de généreuses primes à prendre à chaque échelon. Bien que je n'aie jamais compté mes heures, je ne peux pas me plaindre d'avoir été mal payé et, pourtant, elle gagne autant à la quarantaine que moi à la soixantaine. Et elle est encore loin d'être allée au bout.

— Surtout si elle se fait de l'argent de poche sur le dos de gens comme Holt, intervint Grace. Nous étions si près de conclure, M. Holt et moi. Après le fugace instant magique que nous avons vécu ensemble à la salle des ventes, je penserai toujours à lui comme à mon grand amour envolé.

Sa tirade terminée, la jeune fille poussa un long soupir théâtral.

— Quoi ? fit Percival.

— Ce n'est rien, répondit Kitt. Veuillez pardonner mon assistante. Il faut toujours qu'elle en fasse des tonnes, je ne sais pas pourquoi.

Halloran reprit le contrôle de la conversation.

— Maintenant que nous enquêtons sur Ricci, il est d'autant plus important de veiller à ce qu'elle n'apprenne pas que vous nous aidez sur cette affaire.

— Et bien qu'elle reste notre principale suspecte, ajouta Percival, nous ne pouvons pas écarter les autres pistes. D'autant qu'elle va vouloir être tenue au courant des avancées de Halloran, Banks et Redmond. Sans compter qu'il est logique d'envisager l'affaire sous tous les angles possibles et Ricci n'est pas la seule à ne pas avoir d'alibi pour le meurtre de Donald.

— Shereen Oakes a déclaré qu'elle était seule chez elle ce soir-là, précisa Redmond.

— Je sais que nous pensions que Shereen avait un mobile, ajouta Kitt, mais il reposait surtout sur une information que nous tenions d'Olivia et de Derek. Et vu qu'ils ont tous les deux aidé Holt pour son cambriolage, nous ne pouvons plus les considérer comme des sources fiables.

— D'autant que cette histoire de liaison n'est pas la seule raison pour laquelle nous la soupçonnons, révéla Charley. Donald avait une assurance-vie.

— Mais si Shereen avait tué Donald, elle serait sûrement aussi mêlée au cambriolage d'une façon ou d'une autre, répondit Evie sans regarder la policière dans les yeux. Or, nous savons que c'est Holt qui est derrière.

— Peut-être qu'elle a tout de même joué un rôle, intervint Halloran. Puisque nous ne négligeons aucune piste, serait-il possible que ce soit Shereen qui fasse chanter Holt ?

— Est-ce qu'il n'est pas plus probable que ce soit une personne ayant un lien quelconque avec Holt ? demanda Evie.

— Mais c'est bien le cas de Shereen, rétorqua l'inspecteur.

— Par le biais d'Olivia, rappela Kitt. Elle pourrait

avoir découvert sa relation avec Olivia et s'en servir pour le faire chanter.

— Il serait même possible que ce soit elle qui ait donné l'idée du vol des premières éditions à Olivia, développa l'inspecteur. Elle pourrait l'avoir manipulée de manière à passer pour la victime du cambriolage dont elle serait en fait l'instigatrice.

— Et le numéro de porte sur la main de Donald ? rappela Grace. Il n'incriminerait pas plutôt Ricci ?

— Pas nécessairement, la détrompa Kitt. Je ne dis pas que c'est ce que je crois mais imaginons que ce soit Shereen. Dans ce cas, vu tout le mal qu'elle se serait donné pour cacher ce qui se passait, elle aurait très bien pu suivre Ricci pour voir où elle habitait.

— Quand nous l'avons interrogée avec son mari au magasin, elle n'en a pas dit du bien du tout, rappela Evie. Ricci leur avait posé des questions sur Alim et elle était sur la défensive.

— Donc elle a peut-être suivi Ricci. À moins qu'elle ait confié cette tâche à un complice. À l'homme qui a acheté les outils à Helmsley, par exemple.

— Puis elle aurait écrit le numéro de porte de Ricci sur la main de la victime pour lui faire porter le chapeau, proposa Halloran.

— Il ne faudrait peut-être pas négliger non plus l'hypothèse d'une incroyable coïncidence, ajouta Grace. Par exemple, que la marque sur la main de Donald ne soit pas une adresse mais la taille d'articles de lingerie qu'il voulait offrir à Shereen pour Noël ou quelque chose du même ordre ?

— Non, répondit Kitt. Il est totalement impossible que Shereen porte un bonnet B.

En entendant Redmond ricaner bêtement, Percival se hâta de changer de sujet.

— L'individu qui se trouve derrière tout ça a déjà essayé de faire accuser un membre de mon équipe et il y a de bonnes chances qu'il recommence avec quelqu'un d'autre. J'espère sincèrement que vous avez raison au sujet de Shereen. Cela signifierait que Ricci n'y est pour rien. Et Wilkinson non plus.

— Wilkinson ? s'étonna Evie, prenant conscience pour la première fois que le jeune policier n'était pas parmi eux. Vous ne pensez tout de même pas qu'il est dans le coup ?

— Il a travaillé en très proche collaboration avec Ricci toute la semaine passée, expliqua Percival. Nous ne pouvions pas prendre le risque de le faire venir. Et, pour être honnête, à partir de maintenant, nous ne pouvons présumer de l'innocence de personne. Si l'un des nôtres est impliqué, tout le monde peut l'être.

Le commandant regarda longuement et fixement les trois civiles.

— Il va donc falloir renoncer, au moins temporairement, à toute envie d'accorder le bénéfice du doute à quiconque en dehors des personnes ici présentes.

Evie vit Kitt faire une drôle de moue. Elle savait que son amie ne voulait pas croire que Shereen puisse avoir joué le moindre rôle dans la mort de son mari. Mais elle avait aussi promis à Donald de retrouver son assassin. Et, visiblement, rien ne comptait plus à ses yeux que de faire justice.

— D'accord, répondit la bibliothécaire. Que pouvons-nous faire pour vous ?

CHAPITRE 27

Evie sourit en apercevant Kitt sous l'arche de la porte de Bootham, beaucoup plus absorbée par l'exemplaire du *Faucon maltais* qu'elle tenait dans une main que par le sandwich qu'elle tenait dans l'autre.

— Tu tires le maximum de ta pause déjeuner à ce que je vois, lança Evie en arrivant à portée de voix.

— Pour le moment, je suis obligée de faire plusieurs choses à la fois pour pouvoir poursuivre mes recherches liées à l'enquête tout en gardant mes formes, répondit Kitt.

— Et lire un polar fait partie de ces recherches, c'est ça ? lui demanda Evie avec un sourire espiègle.

— J'essayais seulement d'étudier une affaire deux fois moins compliquée que la nôtre pour voir si je trouvais des tuyaux. En tout cas, aujourd'hui, c'est la dernière fois que je dois me soucier de mes obligations de bibliothécaire pour organiser mes activités de détective.

— Bon sang de bois ! Tu ne quittes… tu ne démissionnes pas de la bibliothèque, quand même ?

— Ne dis donc pas de bêtises ! répondit Kitt. J'ai juste demandé à prendre une semaine de congés, c'est tout.

— Waouh ! Sans préavis, je suis sûre que Michelle a adoré.

— Comme ça fait cinq ans que je ne prends pas tous

mes congés, elle est bien obligée de faire avec. Et puis, un de mes amis vient d'être assassiné. Je crois que même elle n'oserait pas me reprocher d'avoir besoin de quelques jours de repos.

— En effet, approuva Evie en tapotant le bras de Kitt.

— Je ne supportais plus de rester coincée à aider des étudiants à trouver un livre ou un journal en sachant que j'aurais pu chercher celui qui a fait ça à Donald.

— J'imagine.

— Bien entendu, Grace est contrariée parce qu'elle ne peut pas faire comme moi. Et tu sais combien elle tient à participer à tout. Je lui ai promis de l'intégrer autant que possible dans l'enquête mais tu sais aussi combien elle s'emballe facilement.

— Oui, confirma Evie. Tiens, puisqu'on parle d'elle, tu fais quoi ce soir ?

— Rien de spécial, j'ai annulé tous mes engagements pour me consacrer à l'affaire. Pourquoi ?

— Ruby est passée au salon il y a une heure.

— Oh ? Elle devait arriver tout droit de la bibliothèque, alors. Elle est encore passée pour essayer de me convaincre de venir me faire tirer le tarot chez elle. Une fois de plus. J'ai refusé catégoriquement, bien sûr. Pourquoi est-elle passée au salon ?

— Euh, pour la même chose. Elle voulait que je vienne me faire tirer les cartes chez elle. Mais, contrairement à toi, j'ai cédé.

— Oh, Evie, tu ne devrais pas l'encourager.

— Je sais, mais elle a tellement insisté. Et ça devient vraiment difficile de dire non au bout d'un moment parce que… euh, parce qu'il est évident que personne ne l'attend chez elle.

— Nous avons des choses bien plus importantes à faire en ce moment.

— Elle ne le sait pas. Elle a peut-être lu des articles sur les meurtres dans les journaux mais elle ignore à quel point l'affaire est devenue sordide. Les flics corrompus et tout ça. Et puis, je crois qu'elle souffre un peu de la solitude.

— D'ailleurs, je fais mon possible pour qu'elle se sente la bienvenue à la bibliothèque. Mais, pour l'instant, j'ai besoin de me concentrer sur l'enquête… Attends une seconde. Quel rapport avec Grace ?

— Ben, je l'ai invitée aussi.

— Donc ça va être Grace, Ruby et toi dans une pièce en train de faire des trucs avec des cartes de tarot ?

— C'est une manière de formuler les choses.

— Aïe, aïe, aïe ! Alors je viens aussi. Toutes les trois, sans surveillance, je n'ose pas imaginer les bêtises dont vous seriez capables.

— Je me disais bien que ça risquait de te faire changer d'avis. Pour l'instant, nous ferions peut-être bien d'aller rendre visite à Shereen avant la fin de notre pause déjeuner.

— Oui, sûrement, confirma Kitt en commençant aussitôt à remonter High Petergate.

— Est-ce que la trame du *Faucon maltais* ressemble à notre affaire ? demanda Evie.

— Pas du tout, à moins qu'on ne se soit pas encore aperçu qu'une statuette noire fabriquée par les chevaliers de Malte au XVIe siècle avait aussi été volée à la librairie.

— Ça semble improbable. Je trouve juste que ça fait un moment que tu n'as pas fait de parallèle avec un bouquin. J'étais persuadée que tu allais résoudre l'affaire en un claquement de doigts grâce à un roman sur une histoire de chantage qui part en vrille.

— Il en existe beaucoup trop pour ne serait-ce qu'espérer accomplir un tel exploit.

— Ah, dommage, déplora Evie.

Mais son amie n'avait pas encore terminé.

— Rien que dans l'œuvre d'Agatha Christie, on a *Le Secret de Chimneys*, *Un, deux, trois...*, *La Fête du potiron*, *Drame en trois actes*... La liste ne s'arrête pas là, et c'est sans compter sur les adaptations pour la télévision qui prennent souvent des libertés et n'hésitent pas à ajouter un petit chantage par-ci par-là pour faire bonne mesure.

— D'accord, je vois ce que tu veux dire. Dans les romans policiers, les gens courent souvent après l'argent facile.

— En fait, le chantage n'est presque jamais une histoire d'argent.

— Ah bon ? Alors pourquoi faire chanter quelqu'un, dans ce cas ?

— Pour dissimuler des motivations encore plus sombres. Ou pour incriminer quelqu'un. Voire pour détourner l'attention d'autre chose : bigamie, meurtre antérieur ou circonstances d'un décès accidentel, par exemple. Dans les rares cas où c'est pour l'argent, c'est généralement plus par désespoir que par désir de mener grand train.

Evie jeta un regard en coin à son amie.

— Je croyais que ça faisait des années que tu avais lu l'intégrale d'Agatha Christie. Tu sembles te souvenir des moindres détails.

— Disons que j'ai peut-être relu un ou deux des meilleurs plus récemment. Quand j'ai commencé à jouer les détectives.

— Un ou deux ?

— D'accord, peut-être une petite douzaine.

Evie secoua la tête.

— Mais tu viens de me faire penser à quelque chose, Evie. Nous ne devrions peut-être pas nous attarder sur les mobiles de chantage aussi évidents que l'argent. Le commandant Percival tenait peut-être quelque chose en suggérant que Ricci aurait pu orchestrer ces crimes pour booster sa carrière.

— C'est une idée qui fait froid dans le dos.

— Et qui est quand même un peu tirée par les cheveux, non ?

— J'ai été amenée à revoir ma définition de « tiré par les cheveux », ces derniers temps.

— Ça peut se comprendre.

Les deux femmes s'arrêtèrent devant Bootham Books.

— J'en rediscuterai avec Mal cet après-midi, dit Kitt. Il pourrait peut-être jeter un œil aux affaires que Ricci est censée avoir résolues dans le passé pour voir s'il y a des éléments suspects. Ça nous permettrait au moins de déterminer si elles reposaient sur un même mode opératoire.

— Tout ce qui peut nous aider à en finir au plus vite avec ce cauchemar me convient, répondit Evie.

Après un hochement de tête, Kitt observa la porte de la librairie.

— Je n'arrive pas à croire qu'elle ait déjà rouvert alors que la rivière vient juste de rejeter le corps de son mari.

— Rien que ça, c'est déjà louche, commenta Evie. Même si je sais que ce n'est pas ce que tu as envie d'entendre.

— Ce que j'ai envie d'entendre ou non n'a aucune importance pour le moment. Un détective amateur ne peut pas se payer le luxe d'arranger les faits à sa convenance ou de ne voir que le bon côté des gens. Percival nous a bien recommandé de ne faire confiance à personne.

Sur ces mots, Kitt inspira profondément et poussa la porte de la boutique.

CHAPITRE 28

— Oh, bonjour, ma belle, fit Shereen tandis que Kitt passait le seuil et qu'Evie fermait la porte derrière elles.

Kitt s'avança vers le comptoir et prit Shereen dans ses bras.

— Je suis désolée. Je ne sais pas vraiment quoi dire, à part que je suis désolée.

— Rien que de vous voir, c'est déjà un réconfort, dit Shereen.

Mais elle avait du mal à se concentrer, elle avait beau poser le regard sur Kitt, c'était comme si elle ne la voyait pas vraiment. Il était évident qu'elle avait l'esprit ailleurs. Mais était-il accaparé par son chagrin ou par ses efforts pour cacher sa part de responsabilité dans la disparition de son mari ?

Pendant que Kitt prenait Shereen dans ses bras, Evie s'efforça de se souvenir de ce que leur avait conseillé Percival pour ce passage chez Bootham Books. Refusant de mettre des civils en danger de mort, il avait bien spécifié que ce serait lui qui, avec son équipe, irait creuser du côté d'Amira Buruk. En revanche, il était convaincu qu'elles pouvaient aider sans prendre trop de risque concernant Shereen. Selon lui, il ne faisait aucun doute qu'elle laisserait échapper quelque chose beaucoup plus facilement avec une amie qu'avec un policier. Quelque chose d'inconscient qu'elle ne percevrait même pas comme un indice l'incriminant. Elles avaient pour instructions de rester vigilantes jusqu'à la fin de leur visite et de chercher autour d'elles tout ce qui pourrait avoir un rapport avec l'enquête ou leur paraître étrange. Percival avait aussi demandé à Kitt d'évaluer le comportement général de Shereen. Il voulait savoir si, en dehors de ce qui était attribuable au deuil, elle lui semblait différente d'avant. Et si oui, en quoi.

— Comme je ne savais pas si vous alliez ouvrir, j'ai décidé de passer au cas où, mentit Kitt.

— J'ai essayé de rester tranquille à la maison hier. Je ne savais pas quoi faire de moi. Je n'aurais pas pu passer une journée de plus comme ça. Je prendrai des congés après les funérailles. Mais, en attendant, je me sens bien incapable de rester enfermée toute seule chez moi. En sachant qu'il ne va pas rentrer.

— C'est tout à fait compréhensible.

— Je compatis sincèrement, Shereen, ajouta Evie.

La libraire lui répondit d'un hochement de tête et d'un demi-sourire. Evie se demanda un instant si parler de la mort de son ex serait une bonne façon d'établir une connexion, comme elle l'avait fait avec Cammie. Mais, dans ce cas précis, le parallèle ne lui parut pas franchement approprié. Elle était sortie avec Owen pendant deux ans et ce n'était pas rien. Seulement, d'après Kitt, Shereen et Donald étaient ensemble depuis vingt-cinq ans. Il n'y avait donc pas de comparaison possible.

— Pouvons-nous vous aider d'une façon ou d'une autre ? demanda Kitt en parcourant la boutique des yeux.

Son regard s'arrêta soudain sur une bibliothèque basse plaquée contre le mur à côté du comptoir.

Evie soupira intérieurement. Alors qu'elles étaient

censées rester concentrées sur Shereen, Kitt était en train de repérer le prochain ouvrage qui allait rejoindre sa pile de lectures. Evie dut se retenir de lever les yeux au ciel.

— Si vous y tenez, vous pouvez m'aider à chercher une nouvelle vendeuse ? répondit Shereen.

— Oh, vous vous séparez d'Olivia, alors ? fit Kitt, la tête penchée sur le côté.

— Il a vraiment fallu que je me fasse violence pour lui parler. Mais je l'ai fait. Je l'ai appelée pour lui dire de ne pas se donner la peine de revenir.

Le visage cramoisi, la libraire poursuivit d'une voix aussi puissante que suraiguë :

— Sans elle, Donald serait toujours… toujours… parmi nous.

Quand des larmes se mirent à rouler sur ses joues, Shereen se confondit en excuses et prit un mouchoir dans une boîte posée sur le comptoir.

— Je suppose que votre inspecteur vous a dit ce qu'elle a fait.

L'amertume dans la voix de Shereen ne refroidit pas Kitt.

— À vrai dire, les policiers n'ont pas le droit de partager leurs informations, y compris avec leurs conjoints.

À ces mots, le cerveau d'Evie se figea. Si elles s'étaient trouvées dans n'importe quelle autre situation, elle aurait aussitôt taquiné son amie pour s'être présentée comme la « conjointe » de Halloran. Hélas, elle savait bien que ce n'était ni l'endroit ni le moment. Mais, surtout, quelque chose qui l'intéressait plus encore qu'embêter son amie venait d'attirer son attention. Un marteau était posé sur le comptoir, à côté de la caisse enregistreuse. Candice avait dit que la cause probable de la mort prématurée de

Donald était un traumatisme dû à un coup violent. Un coup de marteau, par exemple.

— Dans les grandes lignes, Olivia avait une aventure avec un homme marié, expliqua Shereen, le souffle court. Et quand quelqu'un a fait chanter ce type à cause de cette relation, elle lui a suggéré de voler nos articles les plus chers pour payer la somme.

Evie vit les yeux de Kitt s'écarquiller comme si elle entendait cela pour la première fois.

— C'est incroyable ! s'exclama-t-elle.

Evie interpella Kitt du regard puis posa longuement les yeux sur le marteau avant de les rediriger vers son amie. Kitt fit discrètement non de la tête, avec un petit geste de dédain pas très en phase avec ses velléités d'objectivité.

— Quelle trahison, dit-elle ensuite à Shereen comme si Evie ne lui avait jamais montré le marteau. Mais comment cela a-t-il bien pu aboutir à la mort de Donald ?

— Je ne sais pas. Mais la police dit que ça ne peut pas être une coïncidence si Donald est mort deux semaines après le cambriolage. Et je n'y connais rien à ce genre de choses, c'est vrai, mais j'ai tendance à partager cet avis. Ce doit être le même individu qui est derrière la mort de Donald et celle du jeune à l'hôpital.

— Et personne ne sait qui est le maître-chanteur de l'amant d'Olivia ?

Afin d'éviter de fixer le marteau en parlant, Evie posa le regard sur une autre partie du comptoir et y remarqua un tas de papiers. Que faisait un document à l'en-tête d'une compagnie d'assurance au sommet de la pile ? Le formulaire de déclaration du cambriolage, peut-être ? Ou le contrat d'assurance-vie de Donald…

— Les enquêteurs m'ont dit qu'ils étaient sur plusieurs pistes, répondit Shereen, détournant ainsi l'attention d'Evie des documents. Pour moi, ça veut dire qu'ils n'en ont pas la moindre idée.

Kitt fit une drôle de moue.

— Oh, je suis désolée, ma belle. J'oublie toujours votre inspecteur. Je devrais faire attention à ce que je dis.

— Pas besoin de vous excuser, la rassura Kitt. Ni de vous autocensurer, d'ailleurs. Après ce que vous venez de vivre… Et j'ai moi-même eu l'occasion d'en vouloir à la police une ou deux fois ces derniers mois. C'est différent quand une affaire vous touche personnellement. On a le sentiment que tout ce qu'ils font est insuffisant.

— Exactement, approuva la libraire. Mais j'ai passé toute la journée à réfléchir et je commence juste à comprendre que, quoi qu'ils fassent, ils ne me ramèneront jamais mon Donald. Rien ne le fera revenir.

— Par contre, ses assassins peuvent être punis, répondit Kitt. Je sais qu'on peut avoir l'impression que la police ne fait pas toujours le maximum. Pourtant, je vous jure que, d'après ce que j'ai pu constater, les enquêteurs prennent leur travail très au sérieux. Ils font tout ce qui est en leur pouvoir pour appréhender les coupables.

Kitt tapota la main de Shereen, qui sembla avoir du mal à la regarder en face.

— Eh bien, j'espère, dit la libraire, les yeux rivés sur le comptoir. Quand il m'a envoyé ce message, j'aurais dû comprendre qu'il n'était pas sorti avec ses copains. Ça n'arrive jamais en semaine. Il est toujours trop fatigué pour ça.

— Vous ne pouviez pas deviner ce qui allait se passer juste parce qu'il avait décidé d'aller boire un verre après le travail, lui assura Kitt. Vous n'avez pas à vous en vouloir.

— Mais je le savais, insista Shereen. Je savais que

quelque chose clochait. La formulation de son message. C'était plus formel que le ton habituel de Donald. Je savais que quelque chose clochait mais je n'ai rien fait. J'aurais dû l'appeler... J'aurais dû...

— Shereen, l'interrompit Kitt, la seule personne à blâmer pour la mort de votre mari, c'est son assassin.

La libraire hocha la tête et n'ajouta plus rien, trop occupée à attraper des mouchoirs pour s'essuyer les yeux et les joues.

Kitt regarda de nouveau la petite bibliothèque adossée au comptoir.

Peut-être n'était-ce finalement pas les livres qui l'intéressaient. Peut-être était-ce ce meuble qui la chiffonnait. Et peut-être qu'elle y avait pensé durant toute sa discussion avec Shereen. Pendant que cette dernière finissait de se sécher les yeux, Evie s'en approcha pour l'inspecter de plus près. Elle ne lui trouvait rien de particulier. Qu'est-ce que Kitt pouvait bien regarder ? Elle prit un livre sur la plus haute étagère, feignit de s'intéresser à ce qui était écrit en quatrième de couverture et le remit en place. Ce faisant, elle remarqua quelque chose sur le mur, juste derrière l'emplacement initial de l'ouvrage.

Elle pivota sur elle-même, le souffle coupé.

— Kitt... Je crois que tu devrais venir voir ça.

Quand son amie s'avança en grimaçant, Evie remarqua l'expression indéchiffrable qui traversa le visage de Shereen.

— Regarde, fit Evie, en montrant ce qui était incontestablement une minuscule tache de sang sur le mur jaune.

— Shereen, d'habitude, cette étagère n'est pas là, déclara Kitt. J'ai remarqué ça dès que je suis entrée. C'est vous qui l'avez déplacée ?

— Non, répondit la libraire. Je pensais que c'était Donald qui avait fait ça avant de... avant... vous savez. Et sans vendeuse, aucune chance que je puisse la remettre à sa place. Ce n'est pas un bon endroit pour elle, ici. Je ne sais pas ce qui lui est passé par la tête. Il lui arrivait de réorganiser un peu la boutique de temps en temps.

Sans ajouter un mot, Kitt se positionna d'un côté du meuble et fit signe à Evie de le prendre de l'autre. Kitt ne sembla avoir aucun mal à le bouger.

— Oh, vous n'êtes pas obligées de..., commença à dire Shereen avant d'être interrompue.

Evie venait de réussir à déplacer son côté.

— Oh mon Dieu ! s'écria Kitt.

— Quoi ? fit Shereen. Qu'est-ce qu'il y a ? Vous vous êtes fait mal ? Avec les arêtes de ces fichus machins, on a vite fait de se blesser. Ça m'a déjà valu quelques égratignures et quelques échardes.

Kitt fit non de la tête.

— Derrière l'étagère. Des éclaboussures de sang.

Evie grimaça et se pencha par-dessus l'étagère pour regarder le mur derrière. Kitt disait vrai, il était constellé de taches rouges.

— Du sang ? répéta Shereen d'une voix faible. Ce n'est pas celui de mon Donald, si ?

— Je ne peux pas en être certaine, répondit Kitt. Mais à mon humble avis, c'est ici qu'il est mort, à la librairie. Avant d'être emmené à la rivière. Il faut appeler la police. Nous sommes sur une scène de crime.

CHAPITRE 29

À l'approche de chez Ruby, Kitt poussa un énième soupir.

Pendant tout le trajet en voiture jusqu'au village périurbain d'Orpington, Grace s'était montrée en pleine forme. Des heures après avoir eu le compte rendu de l'après-midi, elle faisait toujours une fixation sur le sang que les deux autres avaient trouvé chez Bootham Books. Contrairement à elle, Kitt était restée peu causante et Evie n'avait pas eu besoin de lui demander pourquoi. Elle savait que son amie voulait confronter ses théories à celles de Halloran. Elle voulait savoir si le fait que Donald ait probablement été tué dans sa librairie incriminait encore davantage Shereen. Écouter Ruby lui tirer le tarot ne comptant donc pas parmi ses priorités du moment, elle avait tout tenté pour y échapper. Mais Evie avait fini par la convaincre que si elle n'était pas là, Grace et Ruby risquaient de faire revenir un esprit malveillant, ou pire encore. Et même que son absence pourrait mettre l'humanité en péril.

Evie savait qu'il y avait certainement mieux à faire que de céder aux demandes d'une vieille médium autoproclamée. Mais, au fond, elle était plutôt curieuse de voir ce qui allait ressortir de cette séance. Au sujet de l'affaire, bien sûr, mais aussi d'autres aspects de sa vie.

Ruby lui avait donné son adresse. Cependant, en arrivant dans sa rue, les trois jeunes femmes n'en eurent aucun besoin pour deviner quelle était sa maison.

Des volutes de fumée s'échappaient d'une cheminée trapue tandis que, quelque part, des carillons jouaient une petite mélodie dans les fortes brises de décembre. Dans la lueur jaune des lampadaires, Evie pouvait distinguer que toutes les autres résidences avaient des haies bien taillées et des pelouses tondues avec soin, alors que le jardin de Ruby tenait davantage de la jungle. Du lierre grimpait sur la clôture et le long des murs. Le sol était plus couvert de mousse que de gazon. Et d'immenses bambous pointaient dans toutes les directions, masquant l'allée menant à la maison. Ruby avait disposé d'étranges décorations de jardins fantasmagoriques en des tas d'endroits inattendus. Du moins, c'était l'impression que cela donnait dans le noir. Un gros champignon ici. Une petite fée en pleurs là.

— Aïe ! fit Kitt.

— Quoi ? demanda Evie que cette petite jungle rendait un peu nerveuse. Qu'est-ce qu'il y a ?

S'il y avait eu des araignées anormalement grosses à York, ce serait probablement ici qu'elles vivraient.

— Je me suis cogné le pied sur cette foutue fée, expliqua Kitt en inspirant entre ses dents et boitant vers l'entrée, où une intimidante statue en pierre à tête de taureau montait la garde.

Elle s'apprêtait à frapper quand la porte s'ouvrit d'un coup sur Ruby, affublée d'une longue robe noire en satin.

— J'ai senti que vous étiez proches.

— Vous nous avez vues par la fenêtre, rétorqua Kitt.

Estimant le ton de son amie trop sec pour être poli, Evie lui lança un regard assez noir pour l'amener à tenter de se rattraper avec un pauvre sourire.

— Ça fait plaisir de vous voir, Ruby, se reprit la bibliothécaire d'une voix un peu plus douce. Pouvons-nous entrer ?

— Oui, entrez, entrez, répondit la vieille femme, que les mauvaises manières de son invitée n'avaient visiblement pas effarouchée.

Depuis toutes ces années qu'elles se connaissaient de la bibliothèque, peut-être était-elle juste habituée à son scepticisme.

Evie prit une grande respiration puis pénétra dans la maison, suivie de Kitt et de Grace. Pendant que Ruby refermait la porte, Evie scruta la pièce dans un étonnement silencieux. C'était l'un des endroits les plus curieux qu'elle ait jamais vus et sachant à quoi ressemblait son propre salon, c'était en toute connaissance de cause qu'elle était parvenue à cette conclusion. Les murs semblaient avoir été passés à la chaux des siècles plus tôt et jamais refaits depuis. Ils avaient pris une étrange teinte moutarde et la peinture s'écaillait dans les coins. De grosses boules de cristal étaient posées près de la fenêtre, une étagère était chargée de fioles et de pots biscornus, et des plumes d'oiseau étaient entassées sur un petit bureau dans un coin. Evie étant Evie, elle mourait d'envie de toucher toutes ces choses pour mieux saisir leur essence et comprendre à quoi elles servaient. Bien que Noël approche à grands pas, il n'y avait pas l'ombre d'une guirlande ici. En revanche, des étoiles en osier étaient suspendues à la fenêtre et la cheminée était couverte de lierre agrémenté de glands, de pommes de pin et de branches de houx. Un chat roux bien gras était étalé de toute sa longueur devant un bon feu. Par le froid qu'il faisait en ce soir de décembre, Evie appréciait la chaleur du lieu en dépit de son étrangeté.

— Asseyez-vous, asseyez-vous, proposa Ruby en désignant un canapé et deux fauteuils. Je nous ai servi de mon vin de pissenlit maison.

— Génial, fit Kitt, d'une voix dégoulinante d'ironie.

Après avoir vu les drôles de liquides que contenaient les fioles du salon, Evie n'était pas particulièrement pressée non plus de goûter une mixture concoctée par cette femme. Kitt ne lui avait-elle pas dit un jour que Ruby fabriquait ses alcools dans sa baignoire ? Plutôt moyen question hygiène...

Dès qu'elles furent toutes assises, les yeux d'Evie se rivèrent sur le jeu de cartes posé sur la table basse. Il avait été placé sur un tissu violet foncé et tourné face contre la table, de manière à ne pas dévoiler ses belles illustrations.

— Comme nous n'avons pas toute la nuit devant nous, la croix celtique prendrait sûrement un peu trop de temps, déclara Kitt. Mieux vaut s'en tenir à un tirage à trois cartes.

Tout le monde se tourna vers elle.

— Comment tu connais tout ça ? lui demanda Evie.

— Hé, je ne savais pas que tu tirais aussi les cartes, ma belle ! lui lança Ruby avec un sourire entendu.

Evie était persuadée que cette remarque allait agacer Kitt, et elle ne se trompait pas.

— J'ai lu quelques livres sur l'histoire et la philosophie du tarot, se justifia-t-elle en reniflant et en se redressant sur son fauteuil. Ça ne veut pas dire que j'en crois un traître mot.

— Eh bien, on va commencer par un tirage à trois cartes et on verra après. Mais si on s'en tient là, ce ne sera pas très approfondi.

Evie sourit. Kitt espérait précisément que ce soit bref.

— Bon, qui est la demandeuse ?

— Comment ça ? s'enquit Evie.

— Qui pose la question ? précisa Ruby. Qui veut faire un voyage au cœur de savoirs ancestraux ? Qui veut...

— Merci, Ruby, l'interrompit Kitt. Nous voyons ce que vous voulez dire. Selon moi, puisque c'est Evie qui a organisé cette rencontre, il me paraîtrait naturel que ce soit elle qui pose la question.

Ayant ouvert la bouche sans réussir à parler avant Kitt, Grace se rabougrit sous l'effet de la déception.

— Evie peut commencer mais il me semblerait plus juste qu'on le fasse à tour de rôle, fit-elle remarquer.

— Qu'est-ce que je dois faire, alors ? demanda Evie. Je n'ai jamais fait ça de ma vie, moi.

Ruby fixa Evie de son regard le plus perçant.

— La première chose à faire, c'est de penser à une question.

Evie se tourna vers Kitt et Grace, puis de nouveau vers les cartes. Elle avait une boule dans la gorge. Quelle question pourrait-elle poser pour faire avancer l'affaire ? Voire pour démêler en même temps toutes les pensées confuses qui s'entrechoquaient dans sa tête depuis sa nuit avec Charley ? Elle ne voyait pas comment englober ces deux points à la fois. D'autant qu'il était impossible de poser certaines questions sans que Ruby et Grace devinent ce qui s'était passé entre elle et l'inspectrice adjointe Banks.

Aussi tentée soit-elle de poser une question d'ordre personnel, Evie estima qu'elle analyserait probablement mieux sa situation sentimentale une fois le coupable sous les verrous. Le meilleur choix était donc de se limiter à l'enquête.

— Qui est l'auteur des meurtres commis dans le

cadre de l'affaire Bootham Books ? demanda Evie avant de regarder Ruby. Ça va, ça ?

— Ça ira, répondit la vieille femme. Maintenant, ramasse les cartes et mélange-les. Tu dois rester concentrée pendant que tu le fais. Garde cette question – et uniquement cette question – dans ta tête et dans ton cœur pendant que tu bats les cartes.

Les sourcils froncés, Evie prit le paquet de cartes et suivit les instructions de Ruby. Se concentrer sur une seule chose n'avait jamais été son fort. Elle fit cependant de son mieux puis exécuta les étapes suivantes selon les recommandations de Ruby. Elle sépara les cartes en trois tas puis les mélangea entre eux de manière à n'en former de nouveau qu'un seul.

Ruby retourna trois cartes l'une après l'autre. Leurs illustrations étaient particulièrement ornementées et leurs couleurs, intenses. Avec des jaunes très lumineux et des ombres noires comme le charbon.

Grace sursauta en voyant le tirage.

— Le Diable ?! s'exclama-t-elle en désignant la première des trois cartes. Ça ne peut pas être bon, ça.

— Les cartes ne sont pas bonnes ou mauvaises en soi, sourit Ruby. Ce ne sont que des suggestions quant à la façon de réagir face aux leçons de la vie.

— Alors qu'est-ce que ça veut dire, dans ce cas, le Diable ? demanda Evie.

Kitt attendait sans mot dire, peu disposée à donner son avis, même si Evie aurait parié toute sa collection de nappes rétro que sa meilleure amie connaissait parfaitement la signification de cette carte.

— Cette première carte représente le passé récent, expliqua Ruby. Et le diable symbolise la tentation. Quelqu'un s'est vu offrir une voie rapide et facile vers la réussite. Une voie entraînant des souffrances pour autrui. Mais cette personne l'a choisie malgré tout.

Un raccourci vers la réussite ? Ruby devait parler de Ricci. Le commandant Percival avait dit qu'elle avait gravi les échelons plus vite que quiconque à sa connaissance. C'était même un des points qui avaient attiré les soupçons sur elle.

— Et la carte du milieu, alors ? s'enquit Grace. Les Amoureux.

Evie étudia la carte. On y voyait un homme et une femme nus, debout côte à côte. C'était l'amour tel que le monde se le représentait, ou se l'était représenté pendant très longtemps. En dépit de nombreux progrès depuis une vingtaine d'années sur ce sujet, beaucoup de gens trouvaient encore bizarre que deux personnes du même sexe puissent s'aimer. Et ses parents en faisaient indéniablement partie. Tout comme, probablement, ses oncles et ses tantes. Pourtant, elle n'avait pas trouvé bizarre d'être avec Charley. En tout cas, pas de façon négative. Cela lui avait paru beaucoup plus naturel qu'elle ne l'aurait cru. Mais il était trop tard. Elle avait dit à Charley qu'il ne se passerait plus rien entre elles, que c'était terminé. Avec un peu de chance, cela la ferait rire quand elle y repenserait dans quelques mois. Une anecdote que ses futurs petits amis la supplieraient sûrement de leur raconter.

— Dans ce contexte, poursuivit Ruby, tirant Evie de ses pensées, les amoureux signifient que le coupable des crimes de l'affaire Bootham Books doit faire un choix entre deux voies en matière d'amour ou de relations en général. Il se pourrait même que ce soit ce choix qui l'ait poussé à commettre ces forfaits. La carte des Amoureux ne fait jamais référence à un choix simple. Il s'agit toujours d'une décision entraînant des conséquences durables.

Evie et Grace échangèrent un regard perplexe. Après ce que Dennis leur avait dit dans le bus l'autre jour, Ruby n'avait probablement pas besoin d'être médium pour lire leurs pensées en ce moment même. Cela dit, autant qu'elles sachent, Ruby n'avait pas été informée de l'aventure présumée de Shereen. Et Kitt avait bien insisté sur le fait qu'il ne fallait rien dire de plus sur l'enquête que ce que Ruby aurait pu lire dans la presse locale. Elles gardèrent donc le silence.

Si certaines personnes étaient susceptibles d'avoir à prendre ce genre de décision dans cette affaire, ça ne semblait pas être le cas de Ricci. Holt jouait les victimes, mais s'il ne s'agissait que d'une ruse dont on ignorait encore la finalité ? Cela ne faisait pas photo, Shereen était celle à qui cette carte correspondait le mieux. L'épouse d'un homme aujourd'hui décédé. La personne qui, selon la rumeur, aurait participé à un simulacre de cambriolage pour toucher l'argent de l'assurance. Certes, le profil de Shereen ne collait pas avec ce que Ruby avait dit sur la carte du Diable, mais peut-être que Ricci et Shereen avaient joué toutes les deux un rôle ? S'il était si difficile de tout attribuer à un seul individu, peut-être était-ce parce que plusieurs personnes étaient mêlées à l'affaire.

— La dernière carte, sur le tas de l'avenir, est le dix d'Épée..., commença Ruby.

— Oui, mais je ne crois pas vraiment qu'il soit nécessaire d'être une experte en tarot pour en comprendre le sens, l'interrompit Kitt, sortant enfin de son mutisme.

— Je t'en prie, répondit Ruby avec un large sourire en désignant la carte.

— Très bien, soupira Kitt en levant la carte de sorte que tout le monde la voie bien.

Kitt avait beau faire mine de s'exécuter à contrecœur, Evie la connaissait depuis trop longtemps pour ne pas voir qu'elle prenait plaisir à étaler sa science. Transmettre son savoir était la raison de vivre de Kitt Hartley. Et quand elle faisait semblant de ne pas vouloir, c'était le plus souvent de la comédie.

— Nous voyons ici un homme étendu à plat ventre sur le sol avec dix épées plantées dans le dos. Je vais donc prendre le risque de supposer que cette carte fait référence à la trahison, c'est bien ça ?

Malgré le ton sec de Kitt, Ruby opina du chef avec enthousiasme.

— Oui, mais pas seulement, ma belle. Elle montre aussi la gravité de la trahison. Elle indique que cette personne doit être très proche des gens de Bootham Books. Un des leurs, quelqu'un qui a toute leur confiance. Mais à tort.

En pleine réflexion, Evie se mâchouillait la lèvre supérieure. Pouvait-il s'agir d'Olivia ? Allait-elle trahir Shereen une fois de plus ? Si oui, cela accréditerait la théorie selon laquelle Holt serait derrière tout cela d'une façon ou d'une autre. Mais comment ? Et, surtout, pourquoi ? Pourquoi quelqu'un irait-il simuler un chantage au sujet d'une liaison censée rester secrète ?

Peut-être la carte faisait-elle référence à Ricci, qui supervisait l'enquête du cambriolage. La personne à qui Donald et Shereen auraient dû pouvoir faire confiance… À moins que cette carte ne concerne Shereen elle-même ? Un personnage central de l'affaire, qui pouvait passer pour la victime, tout en ayant la possibilité de manipuler pratiquement tous les aspects de l'histoire à mesure qu'elle se déroulait.

Shereen, Ricci et Holt. L'un d'entre eux était le Diable. Et à la lueur de la cheminée de Ruby, Evie se prit à rêver d'un peu de magie de Noël. D'un petit miracle qui leur permettrait de démasquer et arrêter le tueur avant qu'il ne fasse d'autres victimes.

CHAPITRE 30

Après cette expérience quelque peu surréaliste, Evie était impatiente de s'accorder une petite heure de télé avant de se mettre au lit. Elle était sur le point de piquer du nez sur son canapé quand on sonna à la porte. La pendule du salon indiquait 22 h 30. Qui pouvait bien passer à cette heure-ci ? Cela dit, il lui était déjà arrivé de se présenter chez Kitt beaucoup plus tard que ça encore. Mais si quelque chose de capital s'était produit depuis qu'elles étaient parties de chez Ruby, sa meilleure amie lui aurait sûrement téléphoné.

Evie bondit de son canapé et éteignit la télé. Apercevant son reflet dans un miroir au dos de la porte du salon, elle poussa un cri en remarquant qu'elle portait encore ses pansements siliconés. On sonna une deuxième fois. Paniquée, elle les arracha et s'en débarrassa dans le premier réceptacle venu, à savoir un mug souvenir du Jour de la Victoire orné d'un portrait de Churchill, posé sur la commode.

— Désolée, Winston, vous aiderez bien une jeune femme en détresse ? dit-elle en s'assurant que ses pansements étaient bien dissimulés.

Cela fait, elle replaça ses cheveux devant ses cicatrices et alla ouvrir. Une silhouette masculine était en train de s'éloigner.

— Inspecteur adjoint Redmond ? appela-t-elle tout en s'entourant de ses bras à cause du froid.

Le policier se retourna et lui sourit.

— Ah, vous êtes là !

— Oui, désolée, je ne m'attendais pas à de la visite... comme vous pouvez le constater, répondit-elle en désignant sa tenue.

— Pas de souci, gloussa Redmond. Je viens de finir mon service et, en rentrant chez moi, je me suis dit que j'allais passer vous inviter à sortir avec moi.

— À sortir avec vous ? s'étrangla Evie, les yeux exorbités.

— Euh, ce n'est pas une initiative personnelle, comprenez-moi bien. J'en ai reçu l'ordre.

— L'ordre ? Mais de qui ?

— De Percival. Je ne sais pas comment il s'y est pris mais il a réussi à nous faire inviter chez Ricci demain soir.

— Chez Ricci ? fit Evie, en se promettant d'arrêter de répéter tout ce que disait Redmond comme un perroquet décérébré. Je sais que Percival cherchait un moyen d'y aller, mais est-ce vraiment une bonne idée ? Si elle se met à soupçonner ce que nous faisons, ce sera fichu.

— C'est un risque, reconnut Redmond. Mais, entre vous et moi, cette histoire monte vraiment à la tête du commandant. Son pot de départ en retraite a lieu samedi et il tient absolument à ce que tout ça soit réglé d'ici là. L'idée de nous laisser sous le contrôle d'un supérieur corrompu le rend dingue.

— Je peux comprendre, dit Evie. C'est donc une course contre la montre.

Redmond acquiesça de la tête.

— Il y a autre chose. L'autre jour, en faisant parler Ricci de la pluie et du beau temps, Percival a appris qu'elle comptait se faire construire une terrasse.

— OK..., dit Evie. C'est un message codé que seuls les policiers peuvent comprendre ?

— Vous ne savez pas que les criminels ont une fâcheuse tendance à enterrer ce qu'ils ne veulent pas qu'on trouve sous leur terrasse ? demanda Redmond.

— Maintenant que vous le dites, il me semble être tombée sur un épisode de la série *Brookside* vers 1993, oui...

— D'après Halloran, votre amie Kitt soutient que la fiction et la réalité ne sont pas toujours si différentes que ça. Eh bien, dans certains cas, elle a raison.

— Pourtant, Halloran ne perd jamais une occasion de la contredire.

— L'inspecteur principal prend son travail très à cœur et ce n'est pas moi qui le lui reprocherais. Mais peut-être que Mlle Hartley sait le détendre un peu, hein ?

Ne souhaitant pas s'étendre sur la vie amoureuse de son amie, Evie se contenta d'un hochement de tête poli. Il était certes tentant de se rallier à son avis mais, pour être honnête, après cette longue journée, elle aurait préféré que Redmond ne soit pas passé la voir. En outre, il y avait quelque chose chez lui qu'elle ne sentait pas. Sans trop chercher à expliquer cela, elle décida d'écourter leur entretien.

— Quelle raison Percival a-t-il donc invoquée pour nous permettre d'aller traîner chez Ricci ? Comment s'est-il procuré les invitations ?

— Il lui a dit que ce serait malpoli de sa part de ne pas nous inviter à sa crémaillère car c'était la tradition chez nous. Et que, son pot de départ étant samedi, mieux vaudrait ne pas trop tarder.

— C'est vraiment la tradition ?

— Non, pas du tout. Mais comme elle n'est avec nous que depuis quelques semaines, elle ne peut pas le savoir.

— Un peu risqué comme mensonge. Espérons qu'elle ne pose pas la question autour d'elle.

— Avec un peu de chance, elle sera trop occupée à préparer sa fête.

— Et elle a accepté tout de suite ?

— Non, elle s'est d'abord montrée réticente. Ce qui n'a fait que renforcer nos soupçons, bien sûr.

— Il se pourrait juste qu'elle n'ait pas très envie de faire visiter sa maison à ses futurs subalternes. A-t-elle eu le temps de défaire ses cartons, au moins ?

— J'en doute, même si je vois ce que vous voulez dire. Le moment est peut-être mal choisi pour elle. Mais, étant donné tout ce que nous savons, il est plus probable qu'elle redoute juste qu'on découvre certaines choses.

— Et je suis donc censée aller à cette crémaillère avec vous ? Ça fait partie du plan ?

— Percival trouve que ce serait mieux. Votre amie va y aller avec l'inspecteur Halloran et elle a laissé entendre qu'elle aimerait bien que vous y soyez aussi. Pour ouvrir l'œil, comme nous tous, à l'affût de tout ce qui pourrait vous paraître bizarre.

— Je ne sais pas. La première fois que j'ai rencontré Ricci, elle ne s'est pas franchement montrée amicale. Il serait peut-être impoli de ma part de me présenter chez elle alors que nous nous sommes pratiquement crêpé le chignon, non ?

— L'inspecteur va préparer le terrain. Il va lui faire croire que j'ai le béguin pour vous… Et, avec votre air angélique, je suis sûr qu'elle n'aura aucun mal à le croire.

— Euh… c'est gentil, merci.

En prononçant ces mots, Evie pensa un instant à toutes les choses pas si « angéliques » que ça qu'elle avait faites dans sa vie. Dont certaines l'autre soir, avec une des collègues de cet homme.

— Alors, vous voulez bien y aller avec moi ? Pour l'enquête, je veux dire.

— Si c'est pour l'enquête, répondit Evie avec un sourire, je suis sûre que je supporterai d'être vue en compagnie d'un fringant policier le temps d'une soirée.

Pour la plus grande surprise d'Evie, cette remarque fit rougir Redmond, qui s'éclaircit la gorge avant de répondre :

— Bon. Maintenant que vous connaissez notre super plan, je vous laisse vous reposer pour ce soir. Je passerai vous chercher samedi.

— J'ai ma propre voiture, s'empressa de préciser Evie, se souvenant soudain que Charley serait probablement là-bas et pourrait souffrir de les voir arriver ensemble. Je vous retrouverai sur place.

— Ce serait plus crédible si nous arrivions ensemble, expliqua Redmond. Ça donnerait l'impression que les choses évoluent un peu entre nous.

— Bonne remarque, reconnut Evie, incapable de trouver une parade.

— Donc je passe vous prendre à 19 heures ?

— Entendu, confirma Evie en souriant. 19 heures.

Redmond opina du chef et remonta l'allée en direction de sa voiture. Evie le regarda faire en essayant de se convaincre que Charley était assez pro pour deviner que son arrivée avec Redmond faisait partie de sa couverture. Puis elle referma lentement la porte de sa maison en se demandant quand elle serait capable de fermer celle de ses sentiments pour l'inspectrice adjointe Banks.

CHAPITRE 31

Evie fut agréablement surprise par le comportement purement professionnel de Redmond durant tout le trajet jusqu'à Helmsley. S'il avait fait jour, ils auraient pu passer ces 50 minutes à parler du charme pittoresque des villages situés entre leur point A et leur point B : une splendide maison géorgienne signée de l'architecte local Thomas Atkinson ; le paysage vallonné des Howardian Hills ; ou la porte ornementale de Sproxton Hall qui, selon Kitt, avait été construite en hommage à l'amiral Nelson.

Mais comme c'était une soirée sombre et brumeuse, ils durent trouver d'autres sujets et, étant donné la nature de leur mission, la conversation s'orienta naturellement vers l'affaire. Ils passèrent donc une nouvelle fois en revue toutes les étapes de l'enquête. Redmond s'intéressait particulièrement à ce que Kitt et elle avaient découvert lors de leur tournée des librairies, puis en interrogeant Holt. Il se montra aussi très attentif à la description des exploits de Halloran quand, tel Indiana Jones, il s'était mis à bondir de siège en siège à la salle des ventes. Il n'en perdit pas une miette. Et il partit dans de tels fous rires qu'Evie eut un peu peur de finir dans un fossé.

Même si les détails étaient macabres, Evie préférait encore cela à des bavardages personnels. Elle s'en voulait de ne pas arriver à se montrer un peu plus chaleureuse avec Redmond. Après tout, c'était un policier qui faisait ce qu'il pouvait pour résoudre l'affaire. Mais pour une raison qu'elle ne parvenait pas à s'expliquer, elle ne se sentait pas à l'aise en sa compagnie. Il manquait totalement de naturel. Il prenait le temps de réfléchir avant chacune de ses phrases. Et elle n'aimait pas beaucoup la façon dont il la regardait chaque fois qu'ils étaient arrêtés à un feu ou un carrefour. Peut-être était-il seulement tendu à cause de leur mission secrète chez sa patronne. Il ne fallait pas oublier que ses collègues et lui en avaient vraiment bavé toute la semaine. Quoique pas autant que Charley.

Redmond entra dans l'allée indiquée sur l'écran du GPS et un spot s'alluma devant la maison en pierre blanche. Comme toutes les habitations de cette portion de rue, ce n'était pas à proprement parler un manoir, mais tout de même une demeure de belle superficie. Selon Evie, il devait y avoir au moins quatre chambres. Étant donné qu'il s'agissait du numéro « 90b », elle s'était attendue à quelque chose de plus petit, voire à une maison de ville mitoyenne. Mais vu son aspect plutôt récent, il y avait de fortes chances qu'elle ait été construite sur un terrain disponible entre deux propriétés existantes.

— Bon, je crois que nous savons où est passé tout le pognon qu'elle a gagné, maintenant, commenta Redmond. Ça coûte combien, une maison comme ça, dans le coin ?

— Je préfère ne même pas essayer de deviner, répondit Evie en secouant la tête.

Sa gorge se serra quand elle remarqua le numéro inscrit en noir à côté de la porte.

— 90b, lut-elle à haute voix.

— Un peu lugubre, hein ?

— Ricci est au courant pour le numéro écrit sur la main de Donald ?

— Non. Nous ne l'avons pas noté dans le rapport. Nous avons juste parlé d'un « b », comme nous l'avions cru au début.

— Je crois que nous ferions bien d'entrer, déclara Evie en inspirant profondément.

— Vous n'êtes pas obligée, vous savez ? lui rappela Redmond. Moi, c'est mon métier. Mais ce n'est pas le vôtre. Vous nous rendez seulement service. Je peux vous déposer dans un pub en ville et repasser vous chercher dans deux heures, il n'y a qu'à demander.

— Merci, dit Evie, souriant à cette attention et se sentant coupable une fois de plus de ne pas trop accrocher avec lui. Merci, mais je ne peux pas laisser tomber Kitt, ni Ch… Banks, ni Halloran. Dans la mesure de mes moyens, je tiens à aider.

Redmond opina du chef sans ajouter un mot. Il défit sa ceinture et sortit de la voiture, imité par Evie.

Ils se dirigèrent ensemble vers la porte, le gravier crissant sous leurs pas. Marcher sur des surfaces irrégulières avec des escarpins vintage n'était pas chose aisée, mais c'étaient les chaussures qui allaient le mieux avec la jupe crayon noire qu'Evie portait, et son chemisier blanc à minuscules cœurs rouges.

Redmond frappa à la porte. Evie sentit son estomac se contracter. Un instant plus tard, la porte s'ouvrit et Ricci apparut, un verre de vin à la main.

— Ah, voilà les tourtereaux ! s'exclama-t-elle, tout sourire. Entrez.

Halloran avait visiblement réussi à lui faire gober que Redmond avait le béguin pour Evie.

— Cette robe vous va à ravir, madame, dit le policier.

Ricci baissa les yeux sur sa robe de satin bleue. Evie

trouva que la douceur du satin atténuait les traits anguleux de son visage.

— Elle est un peu trop habillée pour l'occasion, mais je n'ai pas encore eu le temps de déballer toute ma garde-robe. Voilà pourquoi vous avez droit à la tenue que j'ai portée lors de mon dîner de promotion au grade de commandant. Elle ne reprendra pas l'air de si tôt, alors autant en profiter.

Redmond y alla de son petit ricanement habituel et s'avança dans le hall d'entrée. Evie le suivit. On distinguait vaguement la musique qui filtrait du salon à travers les cloisons. Quelque chose dans le genre crooner des années 1950, ce qui mit immédiatement du baume au cœur d'Evie. La voix profonde de Dean Martin était exactement ce qu'il lui fallait pour garder la tête froide.

— Veuillez pardonner le côté dépouillé de mon intérieur, s'excusa Ricci. Je ne suis pas installée depuis longtemps et tout est encore dans des cartons.

— Déménager, c'est affreux, commenta Redmond.

— Ce n'est pas moi qui vous contredirais, confirma Ricci en tournant à gauche vers le salon. Avancez, vous avez un peu de retard à rattraper.

Quelques personnes se tenaient au centre de la pièce. Evie repéra Kitt et Charley près de la cheminée.

— Le vieux Percival avait déjà trop bu, poursuivit la maîtresse de maison. Halloran a dû l'emmener prendre l'air dans le jardin. Je leur ai conseillé de ne pas s'éterniser. Le froid est mordant.

Evie et Redmond se regardèrent.

— Ça ne va pas du tout, estima l'inspecteur adjoint. Halloran est loin d'être assez blagueur pour tirer le meilleur du patron quand il est chargé. Il ne connaît pas les meilleures anecdotes sur lui ni rien. Je file de ce pas les retrouver dans le jardin.

— Sûr ? demanda Ricci, la bouche pincée. Il fait vraiment froid. Ça fait peut-être déjà assez de monde dehors pour le moment. La soirée est censée se passer à l'intérieur, en fait.

Ricci avait-elle une raison de ne pas avoir envie que ses invités sortent ? se demanda Evie. Elle avait sûrement déjà vu des policiers endurer des choses plus terribles qu'une soirée de décembre frisquette, non ?

— J'ai encore mon manteau, rappela Redmond. Ce ne sera pas long.

— Bon, céda Ricci. Si c'est absolument nécessaire… Pour arriver à la porte de derrière, il faut repasser par le hall puis traverser la cuisine sur la gauche.

— Pigé, fit Redmond.

— Pendant ce temps, je vais monter votre manteau à l'étage, Evie, proposa Ricci.

— Oh, merci, répondit la jeune femme avant de déboutonner son vêtement et de le lui remettre.

Après un bref sourire, Ricci disparut dans le hall derrière Redmond.

Evie se retourna donc vers la fête puis s'avança vers Kitt et Charley.

Elle ne voyait cette dernière que de dos, mais cela lui suffit à remarquer que le gilet qu'elle portait sur une chemise blanche ajustée et son jean slim épousaient parfaitement sa silhouette. La tension dans son ventre laissa place à de petites palpitations. Cette sensation la faisait encore sourire au moment où elle s'approcha de son amie.

— Je vois que tu as ton heure de retard habituelle, lui lança Kitt avec un sourire entendu. Tu as donc quelques verres de retard aussi.

— En chemin, Redmond m'a expliqué qu'il trouvait plus poli de ne pas arriver à l'heure à ce genre de soirée.

Et comme j'étais à la merci de mon chauffeur… Bref, pour une fois, ce n'est pas ma faute.

Une expression traversa le visage de Charley. De la douleur ?

— Bon, tu es ici, maintenant, dit Kitt. Je vais te servir un verre de vin.

— Merci, du blanc, s'il te plaît, répondit Evie avant de se tourner vers Charley. Comment ça va ?

— Bien.

Était-ce son imagination ou Charley lui avait-elle répondu de façon un peu trop désinvolte ?

— Juste bien ?

— Juste bien. On ne peut pas demander mieux en de telles circonstances.

Evie opina du chef sans trop savoir à quoi Charley faisait référence. Au fait qu'elles soient peut-être sur le point de prouver que sa nouvelle patronne était une meurtrière ou à des choses plus personnelles ?

En entendant son vibreur, Kitt tendit son verre à Evie puis fit aussitôt glisser son doigt sur l'écran de son portable. Un instant plus tard, ses yeux s'arrondirent.

— Où est Ricci ?

— En haut, partie ranger mon manteau.

— Dès qu'elle redescend, nous devons entamer une conversation avec elle, sur n'importe quel sujet.

— Que se passe-t-il ? demanda Charley, les sourcils froncés.

Après avoir regardé par-dessus ses épaules pour s'assurer que personne ne prêtait attention à elles, Kitt tendit son téléphone à Evie et Charley.

Terre retournée dans le jardin. Occupez Ricci.

— Nom d'une pipe ! s'exclama Evie un peu plus fort qu'elle l'aurait voulu.

— Tout va bien ? demanda Ricci, quelques pas derrière le petit groupe.

— Oui, répondit Evie. Je... je...

Elle lança un regard de détresse à Kitt.

— J'étais en train de la taquiner au sujet du béguin que l'inspecteur adjoint Redmond a pour elle, intervint aussitôt son amie.

— Ah, oui, fit Ricci. Halloran a mentionné qu'il avait un gros, gros faible pour vous. Apparemment, il a du mal à parler d'autre chose depuis que vos chemins se sont croisés.

— Je vais me chercher un verre de vin, signala Charley, soudain très raide.

Elle devait pourtant savoir que sa relation avec Redmond était une couverture. Halloran ne l'aurait tout de même pas laissée dans l'ignorance. Alors pourquoi se comportait-elle comme si Evie avait fait exprès de la blesser ?

— Je viens de finir la bouteille pour servir Evie, prévint Kitt.

— Juste après le hall, dans la salle à manger, il y a un petit frigo, vous y trouverez les blancs, expliqua Ricci. Les rouges sont là-bas aussi, mais sur la table.

— Merci, répondit Charley avant d'y aller.

Après l'avoir suivie des yeux un moment, Evie remarqua que Ricci la dévisageait et cessa brusquement.

— Donc, commandant Ricci...

— Je vous en prie, appelez-moi Sofia.

— Oh... Sofia ? fit Evie en sourcillant légèrement.

Ricci posa son verre de vin sur la tablette de la cheminée et observa tour à tour Kitt et Evie.

— Écoutez, pendant que je vous tiens toutes les deux,

je voulais vous dire que je regrette que nous soyons parties du mauvais pied.

— Vraiment ? s'étonna Kitt.

— Je sais parfaitement de quoi j'ai dû avoir l'air à vos yeux lors de notre première rencontre. C'est difficile à expliquer. Disons simplement qu'être une femme dans la police n'est pas toujours facile, particulièrement à un poste élevé. On passe son temps à prouver qu'on a le charisme nécessaire. Et ce jour-là, à la bibliothèque, comme je n'étais pas encore à l'aise avec mes nouvelles fonctions, j'ai fait un peu de zèle. Je maintiens ce que j'ai dit au sujet des affaires de la police mais je n'aurais pas dû l'exprimer comme je l'ai fait.

— Bien, dit Kitt. C'est très noble de votre part de nous présenter vos excuses. Par ailleurs, je tiens à ce que vous sachiez que nous ne ferions jamais exprès de semer la pagaille dans une enquête. Vous avez peut-être remarqué que j'ai une grande admiration pour les policiers.

— Enfin, surtout pour un policier, la taquina Evie.

— Tu es bien placée pour parler, rétorqua Kitt avec un regard entendu.

Evie rougit. Elle savait que Ricci penserait qu'on parlait de Redmond alors qu'en réalité ses pensées allaient ailleurs.

Posé sur la cheminée à côté du verre de vin de Ricci, le sac à main d'Evie se mit à son tour à vibrer.

— Vous permettez ? fit Evie en ouvrant le sac et en en tirant son téléphone. C'est… c'est peut-être Redmond.

— Qui vous enverrait un SMS depuis le jardin ? s'étonna Ricci. Les portables encouragent vraiment la paresse.

Le message provenait bien de Redmond.

Faites venir Ricci dans le jardin tout de suite. Aussi vite que possible.

CHAPITRE 32

Si on le lui avait demandé plus tard, Evie aurait été incapable de dire quels termes précis elle avait employés pour expliquer à Ricci qu'elle devait sans plus tarder venir dans le jardin. Elle avait dû lui dire que les hommes voulaient lui montrer quelque chose. Ou peut-être qu'ils avaient une surprise pour elle. En tout cas, cela avait fonctionné. En approchant de la porte de derrière et du jardin, où Halloran, Percival et Redmond les attendaient avec Dieu savait quoi, Evie se mit à trembler.

— Vous avez froid ? lui demanda Ricci. Je suis sûre d'avoir là-haut un cardigan que je pourrais vous prêter. Ou je peux monter chercher votre manteau, si vous voulez.

— Non, merci, refusa Evie, essayant de se reprendre. On va voir. Je suis sûre que ça va aller. Si j'ai vraiment trop froid, je retournerai tout simplement à l'intérieur.

Redmond, Percival et Halloran se tenaient à côté d'un trou fraîchement creusé.

Ricci fixa le monticule de terre brune, l'air horrifié.

— Qu'avez-vous fait à mon jardin ! s'écria-t-elle.

— L'état de votre jardin est désormais le cadet de vos soucis, madame, répondit Halloran en brandissant un sachet en plastique transparent contenant un marteau.

À la lumière de la puissante ampoule suspendue au-dessus de l'entrée, Evie distingua des éclaboussures rouges sur la tête argentée de l'outil. Était-ce le sang de Donald Oakes ?

Le visage du commandant Percival était l'image même de la fureur.

— Je peux à peine parler, grommela-t-il. J'avais des réserves quant au fait de nommer quelqu'un d'aussi jeune que vous à un poste de cette envergure, mais vos états de service étaient tellement irréprochables, si impressionnants, que j'ai fini par céder. Je me suis porté garant de vous et voici comment vous nous remerciez. Meurtre. Chantage. Trahison.

— Je n'ai jamais vu cet objet, déclara Ricci d'un ton dur et assuré. Je ne comprends pas ce qui se passe ici.

— Étant donné ce que nous avons trouvé d'autre dans votre jardin, je pense que vous savez exactement ce qui se passe, la contredit Percival, les dents serrées.

— Quoi ? fit Ricci, s'avançant de deux pas vers Halloran.

— La carte de crédit de Buruk est ici également. Ainsi qu'une seringue vide et un foulard turquoise que je crois vous avoir vue porter – maculé de sang.

— C'est… c'est impossible, bredouilla Ricci avant que ses traits se durcissent. C'est vous qui les avez mis ici, n'est-ce pas ? Vous êtes entrés secrètement et vous avez caché ces objets chez moi parce que j'avais suspendu Banks. Ou peut-être juste parce que vous avez du mal à être sous les ordres d'une femme. Mais oui, c'est ça.

— Plutôt que de nous exposer d'autres théories fumeuses, je pense que vous feriez mieux d'engager un avocat, lui conseilla Halloran.

— Vous n'êtes pas sérieux ? demanda Ricci, une expression incrédule sur le visage.

Redmond, qui n'avait pas encore dit un mot, s'avança avec une paire de menottes.

— Sofia Ricci, vous êtes en état d'arrestation, soupçonnée des meurtres de Donald Oakes et Alim Buruk. Vous avez le droit de garder le silence mais ne pas mentionner un point dont vous voudriez vous servir devant la cour pourrait nuire à votre défense.

Redmond se tut un instant avant de poursuivre :

— Les menottes seront-elles nécessaires ?

Ricci fit non de la tête.

Se sentant soudain envahie par le froid, Evie se frotta les bras. Jetant un œil par-dessus son épaule, elle découvrit Charley plantée sur le seuil de la porte de derrière. Ses yeux pareils à deux petites fentes sombres et les poings serrés. Chaque souffle sortant de sa bouche semblait forcé et créait un gros nuage de buée dans l'air de décembre. Une seconde plus tard, elle se retourna et repartit à toute vitesse à l'intérieur de la maison.

— Je ferais mieux d'aller voir si Charley va bien, dit Evie à Kitt avant de filer la rejoindre.

Mais la policière avait disparu.

— Charley ? appela Evie une première fois avant de recommencer encore et encore. Charley !

Puis elle remarqua que la porte d'entrée était restée ouverte, soumise aux bourrasques hivernales et laissant s'échapper toute la chaleur. Une fois dehors, elle aperçut Charley dans sa voiture mais, à sa façon de se tenir, elle n'était visiblement pas en état de conduire.

— Charley, attends ! cria Evie en courant vers le véhicule puis en frappant à la vitre.

Banks démarra, la regarda et secoua la tête.

— Charley, s'il te plaît, la supplia Evie, frappant à sa fenêtre du plat de la main.

La vitre s'abaissa.

— Qu'est-ce que tu veux ? demanda la policière avec un regard sombre.

— Je veux m'assurer que tu vas bien, évidemment.

— Eh bien non, je ne vais pas bien. Et c'est pour ça qu'il faut que je m'en aille d'ici.

— Mais tu as trop bu pour conduire.

— Non, pas du tout. Juste trois gorgées de vin.

— Alors je viens avec toi.

— Je n'en ai pas besoin.

— Je ne dis pas que tu en as besoin. Mais je me disais que tu en avais peut-être envie.

Charley déglutit puis fixa Evie d'un air dur.

— Tu devrais retourner à l'intérieur, Evie. Tu devrais retourner voir tes amis.

— Mais tu es mon amie.

— Nous nous connaissons à peine.

— La formulation est intéressante, ironisa Evie en souriant.

Charley ferma les yeux une seconde.

— OK, nous sommes amies, dit-elle aussitôt après. Mais c'est tout. J'ai accepté ça, pas vrai ? J'ai juste besoin de partir et d'évacuer mon stress.

— Mais Charley..., commença Evie.

La policière ne voulait visiblement plus rien entendre. Elle remonta sa vitre, fit gronder le moteur et partit comme une fusée dans la nuit.

CHAPITRE 33

S'efforçant d'ignorer les légers relents de sueur ambiants, Evie se faufila entre les vélos elliptiques et les bancs de musculation en direction d'une double porte, tout au fond du gymnase de Foss View. Selon le jeune homme de l'accueil, c'était là que se trouvait la petite salle de frappe. Comme il était plus de minuit, l'endroit était désert, ce qui mena Evie à s'interroger sur l'utilité d'un club de sport ouvert 24/24. Qui pouvait bien venir faire de l'exercice ici à minuit ?

Elle eut sa réponse en poussant la porte, et c'était exactement celle qu'elle espérait.

Charley déversait toute sa rage sur un des sacs suspendus au plafond. En l'entendant haleter et gémir, Evie dut faire appel à tout son self-control pour ne pas laisser son esprit revenir à la nuit qu'elles avaient passée ensemble.

Elle s'avança vers Charley et attendit. Au bout d'une vingtaine de secondes, la policière arrêta de cogner et leva les yeux.

— Qu'est-ce que tu fais ici ? demanda-t-elle, l'air contrarié.

— Je voulais juste vérifier que tu allais bien.

Charley se renfrogna encore plus. Elle prit une serviette sur un banc mural et s'essuya le visage et la poitrine.

— Et comment tu m'as trouvée, pour commencer ? s'enquit-elle, encore essoufflée.

— C'est le seul gymnase de Fossgate ouvert toute la nuit, répondit Evie en haussant les épaules. Je me suis dit qu'il y avait une chance que je t'y trouve. Ça ne fait pas une semaine que je suis détective et je réussis déjà un coup comme ça.

— Je ne savais pas que tu étais aussi membre de ce club.

— Je ne le suis pas. J'ai dit au gars de l'accueil que j'aimerais essayer le matériel pour voir si j'avais envie de m'inscrire.

— Et il t'a laissée entrer comme ça ?

— Je crois qu'il s'en foutait, pour être honnête. À cette heure-ci, je ne pense pas que son patron risque de passer.

— Bon, tu as vu, je vais bien. Tu peux repartir, maintenant.

Le ton de Charley n'était pas agressif, simplement distant. Ce qui revenait au même pour Evie.

— Charley, nous devrions être en train de faire la fête. Nous avons attrapé le coupable – enfin, la coupable – de l'histoire.

— Faire la fête ? Pour célébrer quoi ? Que ma patronne est une meurtrière qui a essayé de me faire tomber pour coups et blessures ?

Tout en éclatant d'un rire incrédule, la policière s'engouffra dans une porte qui, à en croire l'inscription rudimentaire imprimée sur une feuille A4, menait aux vestiaires.

Evie soupira et lui emboîta le pas. Charley sortit un sac d'un des casiers. Ne trouvant aucun endroit pratique pour poser ses vêtements, elle entra dans une des cabines et posa son sac sur un banc. Contrairement à ce qu'aurait cru Evie, elle laissa la porte ouverte.

Evie s'arrêta juste devant et la vit enlever son tee-shirt, révélant un petit crop-top noir. Elle suivit des yeux les courbes de son corps ferme jusqu'à la cicatrice qu'elle lui avait montrée moins d'une semaine plus tôt et eut aussitôt envie de l'embrasser de nouveau. Elle déglutit, essayant de ravaler cette pensée par la même occasion. Charley ouvrit son sac et en tira un débardeur propre.

— Vu sous cet angle, je comprends que tu ne sois pas d'humeur à faire la fête, concéda Evie. Mais, même si ça n'en a pas l'air, c'est une victoire.

— Tu n'es pas capable d'accepter que, pour le moment, j'ai juste besoin d'être en colère ? s'emporta Charley, les poings sur les hanches. Cette salope a failli foutre ma carrière en l'air. Si tu savais tous les sacrifices que j'ai dû faire pour arriver où j'en suis.

— Mais on l'a eue. On l'a arrêtée. Pour toi. C'est fini, maintenant.

— Ce n'est pas parce que quelque chose est fini que la douleur disparaît.

— Je suis très bien placée pour le savoir ! s'emporta Evie, les larmes aux yeux.

Cette explosion inattendue fit sursauter Charley. Evie montrait du doigt son visage, ses cicatrices. Le corps tout entier de la policière sembla se détendre d'un coup. Avant même qu'Evie ait eu le temps de cligner des paupières pour chasser ses larmes, Charley avait franchi le fossé qui les séparait et l'enveloppait de ses bras. Elle se mit alors à déposer de petits baisers sur son front puis continua en descendant le long de sa joue.

— Je ne voulais pas dire ça. C'est juste que j'en veux tellement à Ricci.

Evie pensa d'abord que cet élan d'affection était purement amical. Mais quand elle sentit le corps de la policière plaqué contre le sien, une vague de chaleur déferla en elle. Respirant profondément, elle se mit à sourire en s'emplissant de l'odeur enivrante de Charley. Elle la garda longtemps en elle avant de souffler.

— Je sais que tu ne ferais jamais exprès de me blesser, répondit Evie en enlaçant Charley. Je sais que je suis en sécurité avec toi.

Alors que ces paroles sortaient de sa bouche, Evie prit conscience de leur absolue sincérité et se demanda si c'était pour cette raison que Charley l'attirait tant. Avec ses ex masculins, elle n'avait jamais réussi à être totalement détendue, quelle que soit l'intimité de la situation. Elle s'était toujours sentie nerveuse, même quand ces hommes n'avaient rien de particulièrement menaçant ou intimidant. Il y avait une gêne inavouée, la sensation de ne pas pouvoir se dévoiler réellement. Mais Charley n'était pas comme eux. Elle ne prenait pas sa vulnérabilité pour de la faiblesse. Elle ne s'attendait pas à ce qu'elle se comporte de façon puérile du matin au soir sous prétexte qu'elle avait un sens de l'humour assez olé-olé. Elle la laissait être ce qu'elle voulait sur l'instant. Et Evie avait envie de lui rendre la pareille.

Lentement, elle se mit à caresser les cheveux de Charley, dont les muscles se contractèrent soudain. La policière recula, perplexe, mais Evie continua à jouer avec ses mèches tout en s'approchant d'elle, le regard plongé dans ses yeux noirs.

— Mais… je croyais…

— Chut !

Elle l'embrassa sur le coin de la bouche puis enchaîna sur le nez et revint à ses lèvres. Cette fois, Charley s'abandonna au baiser d'Evie. Elle lâcha un petit gémissement et la serra plus fort contre son corps.

Elles s'écartèrent et se dévisagèrent un moment, pantelantes. Charley se tourna vers le miroir du vestiaire puis de nouveau vers Evie, dont elle contempla le corps avec un sourire.

En voyant son expression, Evie ne put s'empêcher de sourire elle aussi.

— Qu'est-ce qui se passe dans ta tête, là ?

Charley ne répondit pas. Elle plaça doucement ses deux mains sur les épaules d'Evie et la fit pivoter face au miroir. Puis elle se glissa derrière elle et entreprit de déboutonner son manteau d'hiver.

— Qu'est-ce que tu...

— Fais-moi confiance, lui murmura Charley à l'oreille en s'arrêtant avant le dernier bouton. Je vais te montrer comme tu es magnifique.

Evie ne savait pas trop à quoi s'attendre mais vu le sourire de Charley, elle avait très envie de le découvrir. Elle fit oui de la tête, le signe qu'attendait Charley pour défaire le dernier bouton de son manteau et l'enlever. Elle le posa sur le banc, puis enchaîna aussitôt avec son chemisier. À chaque bouton, Evie sentait monter en elle la sensation étrange et intense d'être à la fois plus légère et plus lourde. Charley la dévorait des yeux dans le miroir en dévoilant son soutien-gorge en dentelle rouge.

— Mon Dieu, murmura Charley en admirant son reflet en soutien-gorge, jupe et talons.

L'instant d'après, les mains de Charley étaient sur la fermeture éclair de la jupe, qui tomba aussitôt sur le sol. Evie avait peine à croire qu'elle la laissait faire tout ça, mais elle était trop curieuse de voir où cela la mènerait pour chercher à l'interrompre. Elle baissa les yeux et poussa son vêtement sur le côté du bout du pied.

— Regarde le miroir, lui dit Charley.

Lentement, Evie reposa les yeux sur son reflet.

— Tu es superbe, murmura Charley. Superbe.

Evie fixa alors la femme qui la fixait en retour. Dans ce grand miroir, quand elle se regardait tout entière, ses cicatrices attiraient bien moins l'attention. En ce moment même, le contraste entre sa lingerie rouge et son teint de pêche les faisait même pratiquement oublier. Comme le galbe de ses mollets, ainsi perchée sur ses escarpins. Quand elle était nue devant ses ex, Evie éprouvait toujours une sensation de froid. Elle était convaincue qu'ils se disaient que certaines parties de son corps étaient trop flasques, ou qu'elle était trop pâle. À cet instant, elle ne ressentait rien de tel. La façon dont Charley la regardait ne laissait aucun doute. Elle voyait de la beauté en elle. Et pour la première fois, lui sembla-t-il, Evie la vit aussi.

Elle sourit d'abord à son reflet, puis à Charley.

— Bien sûr, c'était encore une ruse pour me voir en petite tenue ? dit Evie en plongeant ses yeux dans les siens.

— Tu ne vas pas me blâmer ? Qui ne voudrait pas s'abreuver à ton corps à chaque occasion ?

Charley ferma la porte de la cabine et s'appuya d'une main dessus. Elle se retrouva ainsi penchée au-dessus d'Evie, à la façon des garçons dans les couloirs de la fac dans les films américains.

— Qui ne voudrait pas te plaquer contre une porte et embrasser jusqu'à la moindre parcelle de ton corps ?

À cette suggestion, Evie sentit ses poumons se vider. Regardant Charley dans les yeux tout en essayant de reprendre son souffle, elle s'entendit dire :

— J'ai très envie que tu le fasses.

Charley pencha la tête sur le côté comme si elle se méfiait d'un piège.

— Vraiment ?

Evie hocha la tête.

— Écoute, Charley, c'est nouveau pour moi. Je ne peux pas te dire que je suis prête à l'afficher publiquement ni même que cela mènera à quelque chose. Mais je pense énormément à toi. Et ce que je peux te dire, c'est que là, aujourd'hui… j'ai envie de toi. C'est à toi de décider si c'est suffisant pour le moment.

Les yeux de Charley parcoururent le corps d'Evie de la tête aux pieds puis firent le chemin inverse.

— C'est tout ce que j'avais besoin d'entendre.

Sans une hésitation, elle agrippa Evie des deux mains et la poussa contre la porte de la cabine. Le choc lui coupa la respiration, puis le petit rire qu'elle émit ensuite fut absorbé par la bouche de Charley. Evie avait oublié combien ces lèvres étaient douces. Elle se mit à mordiller celle du bas. Charley gémit et Evie l'embrassa avec plus de passion encore.

Fidèle à sa promesse, Charley promena sa bouche dans le cou d'Evie. Tout son corps s'arqua en voyant leurs reflets dans le miroir. Elle avait une vue parfaite de la nuque de Charley en train de descendre toujours plus bas sur ce corps qu'elle avait cru indigne du moindre baiser.

CHAPITRE 34

— Je ne sais pas ce que c'est, dit Kitt, mais mieux vaudrait que ça te passe avant l'arrivée de Grace.

— De quoi tu parles ? demanda Evie, qui se délectait de l'odeur du popcorn chaud mélangée au fumet de la soupe carotte-coriandre servie en ce samedi midi.

Telles étaient les délices auxquelles on avait droit en allant boire un café au City Screen, un bar lounge très classe dépendant d'un cinéma, situé juste à côté de Coney Street.

Son impressionnante baie vitrée offrait une vue panoramique sur l'Ouse. Evie s'installa à une des tables basses les plus proches de la fenêtre, d'où on pouvait contempler les bouillonnements de la rivière jusqu'à Lendal Bridge sans trop se tordre le cou. Depuis sa mésaventure d'octobre, c'était le genre de décor qu'elle avait préféré éviter mais, à présent, le spectacle de ce long ruban argenté ne la dérangeait plus.

— Je parle du drôle de sourire qui ne t'a pas quittée depuis que nous sommes arrivées. Qu'est-ce qui se passe ?

Evie grimaça. Était-elle prête à le formuler à haute voix ? Elle l'avait déjà plus ou moins révélé à Kitt une fois et cela n'avait pas posé le moindre problème. Il n'y avait donc aucune raison qu'elle soit surprise d'apprendre ce qui s'était passé entre elle et Charley la veille au soir. Pourtant, les mots restaient coincés dans sa gorge.

— Quand Halloran et toi m'avez déposée à la maison hier soir, je suis allée voir Charley.

— Et ? fit Kitt, l'air d'avoir déjà compris.

— Je l'ai retrouvée au club de sport et nous… enfin, tu vois, quoi. Nous avons fait des choses, poursuivit-elle en sentant un sourire s'épanouir sur ses lèvres.

— À la salle de sport ? s'étonna Kitt. Des rapports sexuels dans un lieu public. Très téméraire…

— Euh, je n'y ai pas pensé en ces termes sur le moment, reconnut Evie. Et nous étions seules dans les vestiaires. Ce n'était donc peut-être pas si téméraire que ça.

— Alors, c'est le début de quelque chose ?

— Oui. Je ne sais pas de quoi, mais de quelque chose.

À ce moment-là, Grace arriva vers elles d'un pas décidé.

— Désolée, j'ai dû régler un ou deux trucs à la bibliothèque avant de venir, dit-elle en jetant un regard noir à Kitt. Je ne sais pas si tu es au courant mais il nous manque une personne, cette semaine.

— Sérieusement, à t'entendre, on dirait que sans moi tout va s'écrouler, rétorqua Kitt en levant les yeux au ciel avec un petit sourire narquois.

— On n'arrive pas à tout faire, confirma Grace. J'ai eu bien trop de travail ces derniers jours pour penser à remettre de l'ordre dans le coin des revues, par exemple.

— Oui, eh bien, on verra ça demain. Je viens de passer une des semaines les plus épuisantes de ma vie. Je n'ai pas l'énergie pour ça.

— D'accord, pas grave. Déjà que je n'ai pas été invitée à votre petite sauterie d'hier soir…

— Tu n'as aucune connexion avec Ricci. C'était déjà bien assez suspect comme ça que nous y allions !

— Par contre, tarder autant à me raconter tous les détails de l'arrestation de Ricci, c'est de la pure cruauté.

— Nous ne connaissons pas tous les détails de l'arrestation de Ricci, répondit Kitt. L'inspecteur adjoint Redmond et le commandant Percival s'en sont occupés pendant que Halloran nous reconduisait à York, Evie et moi. Les dernières nouvelles que j'aie eues remontent à un coup de fil de Mal juste après minuit. Après m'avoir déposée, il est passé au poste et il a décidé de rester pour participer à l'interrogatoire. Et, si j'ai bien compris, il a aussi fait pas mal de paperasse.

— Bon, et Redmond ? demanda Grace en se tournant vers Evie. Il t'a raconté quelque chose ?

— Non. Je n'ai pas eu de ses nouvelles. Il m'a seulement emmenée à ce truc parce que c'était le plan de Percival.

— Oui, c'est ça, bien sûr. Si j'étais un mec à qui le patron ordonnait d'emmener un sosie de Marilyn Monroe à une fête, je resterais strictement professionnel aussi.

— Je ne crois pas être tout à fait le portrait craché de Marilyn, s'esclaffa Evie. Et je pense que Redmond avait déjà bien assez à faire au poste.

Charley était-elle allée au travail ce matin ? se demanda soudain Evie. Quand elles étaient reparties chacune de leur côté en quittant le gymnase, Charley avait promis de la rappeler dès qu'elle se serait reposée, ce dont elle avait grand besoin. Mais Evie n'avait pas encore eu de nouvelles.

— Bonjour, mesdemoiselles, fit une voix grave.

Se retournant d'un seul mouvement, Evie, Kitt et Grace découvrirent l'inspecteur principal Halloran et l'inspectrice adjointe Banks. Charley adressa aussitôt un petit sourire à Evie qui ne put s'empêcher de le lui rendre.

— Comment avez-vous su que nous étions ici ? demanda Kitt.

— Nous... euh, nous avons nos méthodes, se contenta de répondre l'inspecteur principal.

— Vous avez géolocalisé mon téléphone ? insista Kitt en lui faisant les gros yeux.

— Je ne ferais jamais une chose pareille, cela constituerait une utilisation frauduleuse du système, nia Halloran, impassible.

— Mais...

— Kitt, écoute, nous avons un problème, l'interrompit Halloran.

— Que se passe-t-il ?

L'inspecteur principal balaya les nombreux clients du regard.

— Je ne peux pas donner tous les détails ici. En fait, ce serait génial s'il restait quelques habitants de York à ne pas trop en savoir sur l'affaire au moment où nous attraperons le coupable.

— Je ne comprends pas, vous ne tenez pas la coupable ? s'étonna Grace. Vous ne l'avez pas arrêtée hier soir ?

— Je ne sais pas, répondit Halloran.

— Mal, tu n'es pas en train de dire que..., commença Kitt.

— Nous ne tenons peut-être pas la bonne personne. Nous étions en train d'éplucher de vieux dossiers sur Holt quand l'un d'entre nous a fait une découverte déconcertante.

— Il y a environ six mois, expliqua Charley, un policier a perdu une très grosse somme d'argent qu'il avait investie dans un projet immobilier de Holt.

— Et de qui s'agit-il ? demanda Evie.

— De l'inspecteur adjoint Redmond, répondit Charley à mi-voix.

— Quoi ? fit Evie, sentant son cœur s'emballer.

Elle était assise à côté de lui la veille au soir. Dans sa voiture. Avait-elle sans le savoir fait la causette avec un meurtrier ? Un double meurtrier, en fait ? Ce ne serait sûrement pas la première fois mais…

— Nom d'une pipe ! s'écria Evie. Hier, dans la voiture, Redmond n'a pas arrêté de me faire parler de ce que nous avions appris sur l'affaire. Je pensais qu'il voulait nous aider à la résoudre. Mais maintenant, je me demande s'il n'essayait pas plutôt de savoir s'il était repéré.

— Avez-vous averti Percival ? demanda Kitt.

— Non, répondit Halloran. Il n'a quitté le poste qu'à 3 heures du matin. N'oublions pas que son pot de départ est dans quelques heures seulement. Je ne peux pas lui parler de ça. Vu le nombre d'éléments à charge contre Ricci, c'est peut-être une fausse alerte. Bref, ce qu'il faut que nous fassions maintenant, c'est innocenter Redmond.

— Donc vous ne l'avez pas encore arrêté ? demanda Grace.

Charley secoua la tête.

— Pour cela, il faudrait monter un dossier contre lui, comme nous l'avons fait pour Ricci. Qu'il ait fait des affaires avec Holt il y a six mois ne suffit pas pour lui coller deux meurtres sur le dos.

— En revanche, c'est tout de même un peu bizarre

qu'il ne l'ait jamais mentionné, avança Kitt. Qu'est-ce qu'on fait, alors ?

— Oui, c'est bizarre, mais il se peut qu'il en ait eu honte, ou peur d'être écarté de l'affaire. Pour m'en assurer, je vais retourner voir Holt. Il a été libéré sous caution mais à la stricte condition de se prêter à tout interrogatoire éventuel. Je vais prendre une déposition concernant ses interactions avec Redmond et la façon dont celui-ci a réagi quand il a perdu l'argent.

— Compte tenu du comportement discutable que j'ai eu lors de l'arrestation de Ricci hier soir, expliqua Charley, il a été décidé que j'éplucherais les dossiers sur Holt pour y chercher de nouveaux éléments. Il nous faut vraiment rassembler le plus d'informations possible avant le pot de départ de Percival en fin d'après-midi. Avec un peu de chance, nous parviendrons à blanchir Redmond. Sinon, nous aurons toujours la possibilité de l'arrêter là-bas. Discrètement. Étant donné le peu de temps dont nous disposons, nous avions espéré que vous pourriez étudier aussi les dossiers. Mais il vous faudra signer une clause de confidentialité.

Evie opina du chef avec conviction, mais Kitt et Grace étaient loin d'être aussi enthousiastes.

— Vous nous laissez la paperasse ? s'enquit la bibliothécaire.

— Je ne sais pas comment j'ai pu espérer autre chose, geignit Grace. On ne me confie jamais les trucs intéressants.

— Soit vous furetez dans les dossiers avec Banks, soit vous restez dans la voiture pendant l'interrogatoire, mais ce sont vos deux seules options. Vous ne pourrez pas parler directement à Holt.

— Je lui ai déjà parlé, lui rappela Grace. Nous sommes pratiquement de vieux amis.

— Le temps presse, rappela Halloran. Nous devons régler ça vite fait et de façon professionnelle... Alors, vous décidez quoi ?

CHAPITRE 35

Assise près de la vitrine du Teddy Bear Tea Room, sur Stonegate, Evie sourit à Charley qu'elle regardait parcourir sa énième feuille A4, surlignant une phrase par-ci par-là. En bas, les rues grouillaient de monde faisant leurs emplettes de Noël. Pourtant, depuis une heure, seules une famille et un couple avaient pris une rapide pause ici, et tout ce petit monde était déjà reparti. On entendait le personnel de cuisine discuter dans le couloir de la salle principale, mais il n'y avait personne d'autre, ce qui permettait à Evie d'admirer sa nouvelle amoureuse tout à sa guise.

— Qu'est-ce que tu regardes ? demanda Charley sans lever les yeux de son document.

— Comment sais-tu que je t'observe ?

— Vision périphérique ultrapuissante, un de mes nombreux superpouvoirs, répondit Charley, relevant enfin les yeux et posant la main sur la joue d'Evie. Tu as du mal à te concentrer ?

— Nous ferions mieux de surveiller notre comportement, nous ne sommes pas seules, dit Evie en désignant du regard l'énorme ours en peluche bleu posé sur la troisième chaise autour de leur table.

— Tu as raison, s'esclaffa Charley. Une petite âme innocente comme ça…

— Tu n'étais pas obligée de m'offrir un nounours, tu sais ?

— Oui, je sais. Mais quand j'ai vu ton visage s'illuminer quand nous sommes entrées, je n'ai pas pu résister. Et puis nous ne pouvions tout de même pas laisser Hamilton III sur son étagère.

— Oh, quand elle va découvrir que tu encourages ça, Kitt va être folle.

— Je suis sûre qu'en la poussant un peu elle serait la première à admettre que ton côté enfantin contribue beaucoup à ton charme. Par contre, juste par curiosité : je comprends qu'on puisse appeler un ours en peluche Hamilton, mais pourquoi Hamilton III ?

— Tu es en train de demander une explication rationnelle à une femme de 33 ans qui aime les ours en peluche ? Et dire que c'est moi qu'on traite de farfelue !

Charley rit de nouveau mais, cette fois, Evie se joignit à elle.

— Tu crois que Kitt, Grace et Halloran s'en sortent ?

— Je ne sais pas, répondit Charley en consultant sa montre. Ils sont sûrement arrivés, maintenant. Avec un peu de chance, on ne devrait pas tarder à avoir de leurs nouvelles.

— Tu penses que Halloran a vraiment demandé à Kitt et Grace de l'attendre dans la voiture ?

— Bien sûr que oui, répondit Charley sans sourciller.

— Je te parie un repas au Lamb and Lion que Kitt, au moins, a réussi à le convaincre d'assister à sa conversation avec Holt.

— Pari tenu. J'espère que tu as les moyens.

— Tu sous-estimes à quel point ces deux-là peuvent te rendre dingue quand elles s'y mettent. On finirait par accepter n'importe quoi pour avoir la paix.

— On verra bien.

— Du succès avec la paperasse ?

— Oui, un peu. Je suis tombée sur les coordonnées bancaires de Redmond sur plusieurs documents. Nous avons donc la preuve qu'il a entretenu un peu plus que de brèves relations avec Holt.

— On dirait que tu as eu plus de chance que moi. Pour l'instant, j'inspecte des profils de clients de Holt. Et je n'ai pas encore trouvé celui de Redmond. Ni celui d'aucune autre personne liée à l'affaire, d'ailleurs. Je me demande même à quel point ces documents sont fiables. Est-ce que Holt te paraît du genre à être très à cheval sur la tenue de ses registres ?

— Je ne sais pas, il n'est pas impossible qu'il se force à l'être. Ne serait-ce que pour les apparences et pour mieux plumer ses pigeons ? Tu serais fascinée par tout ce que les gens sont capables de faire pour dissimuler leurs activités illicites.

— Pas autant que je l'aurais été il y a deux mois.

— Je sais, acquiesça Charley. Je sais que tu en as bavé. Mais je vais tout faire pour prendre soin de toi, maintenant.

— Tu en as bavé aussi, répondit Evie en posant la main sur celle de la policière. Et il me semble que je pourrais bien m'habituer à veiller sur toi aussi.

Les deux femmes se sourirent puis se remirent à la tâche. Evie tournait des pages et des pages de photos de profil et de listes d'investissements. Elle n'arrivait pas à savoir si les personnes sur les clichés lui paraissaient ternes parce qu'elles l'étaient vraiment ou parce que les documents étaient imprimés en dégradés de gris. Certains lui donnaient envie de bâiller rien qu'à les regarder…

Après une gorgée de thé, elle tourna une nouvelle

page et, là, sa main se pétrifia en l'air. Elle crut qu'elle allait recracher sa boisson ou s'étouffer avec mais elle finit par l'avaler et tendit lentement le bras pour tapoter celui de Charley.

La policière leva les yeux de sa lecture.

— Qu'est-ce qui ne va pas ?

— J'ai trouvé le profil de Miles Redmond.

— Il y a quelque chose d'important dessus ?

— Regarde.

Evie tourna le document vers elle. De sorte qu'elle puisse voir la photo.

Charley ouvrit grands les yeux, puis Evie y vit passer la même ombre que la veille au soir. Sans un mot, Banks sortit son téléphone de sa veste et composa un numéro.

— Chef, je mets le haut-parleur afin qu'Evie puisse entendre, OK ?

Elle appuya sur une touche.

— Que se passe-t-il ? fit la voix de Halloran au bout du fil.

— Êtes-vous toujours avec Holt ?

— Oui.

— Avez-vous une photo du commandant Percival sous la main ?

— Qu'est-ce qu'il y a, Banks ? Nous n'avons pas le temps de lui préparer une surprise pour son pot de départ.

— Non, chef, insista Charley, se couvrant le visage de la main. Je voudrais que vous montriez une photo du commandant Percival à Holt et lui demandiez s'il le reconnaît.

— Pourquoi ?

— Vous comprendrez quand il vous répondra, chef. Pouvez-vous nous garder en ligne ?

— Entendu.

Après un certain nombre de petits bruits, Charley et Evie entendirent de nouveau la voix de Halloran :

— Monsieur Holt, pouvez-vous me dire si vous reconnaissez cet homme ?

Il y eut un silence, puis Holt dit :

— Oui, bien sûr. C'est un de mes clients. Miles Redmond.

— Oh bon sang ! firent les deux voix parfaitement synchronisées de Kitt et de Grace, qu'Evie aurait pu reconnaître entre mille.

— Tu me dois un resto, murmura-t-elle.

Charley leva les yeux au ciel.

— Banks ? fit l'inspecteur principal à l'autre bout du fil. Est-ce que ça veut dire ce que je crois que ça veut dire ?

— Chef, le compte au nom de Redmond a subi une perte de 100 000 livres après l'investissement proposé par Holt. Notre meurtrier n'est pas Redmond, chef, c'est le commandant Percival. Dans les registres clients de Holt, c'est sa photo qui figure à côté du nom de Redmond. Je ne sais pas comment mais c'est lui qui est derrière tout ça.

— Son pot de départ doit commencer à peu près maintenant, rappela Halloran. Je rentre de Helmsley aussi vite que possible, mais vous serez sur place avant moi. Banks, c'est vous qui allez devoir l'arrêter.

CHAPITRE 36

À la seconde où Halloran raccrocha, les deux femmes se ruèrent vers la moto que Charley avait garée devant Parliament Square. Celle-ci n'était pas conçue pour transporter un passager, mais Evie tenait tout de même à l'arrière avec Hamilton III sous le bras. Fidèle à sa promesse de la protéger, la policière avait insisté pour lui laisser le casque. Ravie d'avoir un prétexte pour se plaquer contre Charley, Evie ne lâchait pas pour autant Hamilton III, dont la fourrure bleue dansait dans le vent tandis qu'elles fonçaient sous un ciel crépusculaire.

Le pot de départ du commandant Percival se tenait au dernier étage de l'hôtel Ryedale, un immeuble récent, très chic, surplombant la rivière. Venues à moto, Charley et Evie n'avaient nulle part où laisser Hamilton III. Ce fut donc avec un gros ours en peluche bleu sous le bras qu'Evie fut contrainte de traverser le hall en marbre luisant, orné de grands vases dorés remplis de lis blancs.

Pas étonnant qu'on la dévisage. Mais c'était la première fois depuis son accident qu'elle attribuait les regards de travers à autre chose qu'à ses cicatrices. Soudain, elle se sentit respirer plus facilement.

Maintenant qu'elle y pensait, elle n'avait pas fait la moindre fixette sur ses cicatrices depuis la veille au soir. Juste avant ses… comment Kitt avait-elle appelé cela, déjà ? … ses rapports sexuels dans un lieu public. Certains trouveraient sûrement que six semaines ce n'était pas si long, mais pendant tout ce temps, de douloureuses pensées liées à ses blessures l'avaient harcelée sans répit. Peut-être qu'en prenant l'habitude de se concentrer sur autre chose, elle allait enfin pouvoir laisser sa malheureuse expérience et ses cicatrices derrière elle.

Charley appuya sur le bouton d'appel de l'ascenseur puis observa le compte à rebours des étages sur le cadran numérique.

— Comment allons-nous faire ? demanda Evie, s'efforçant de ne pas laisser transparaître son anxiété dans sa voix.

Cela n'aurait peut-être pas été aussi difficile si Kitt, Halloran et Grace avaient été là, eux aussi. Mais il n'y avait qu'elles deux. Et si Percival leur opposait une quelconque résistance, Evie ne savait pas trop comment cela risquait de finir. Charley était forte, son travail exigeait un entraînement intensif. Mais la puissance brute des hommes pouvait se révéler difficile à égaler. Evie ne pouvait qu'espérer que Percival les suivrait sans faire d'histoires, le moment venu.

— Je ne sais pas encore, il faut que je me prépare mentalement, avoua Charley en frappant le mur du plat de la main.

— Je peux faire quelque chose ?

Charley regarda Evie et cessa de froncer les sourcils.

— Tu es ici, avec ce foutu nounours ridicule. Ça suffit.

Simulant l'indignation, Evie mit sa main devant sa bouche puis se hâta de couvrir les oreilles d'Hamilton III.

— Il t'entend, tu sais ?

Charley se fendit d'un sourire forcé en secouant la tête

puis un bruit de carillon indiqua que l'ascenseur venait d'arriver au rez-de-chaussée. Les deux femmes entrèrent dans la cabine. Charley appuya au moins trois fois sur le bouton du douzième étage, et les portes se fermèrent.

— Quoi qu'il puisse se passer là-haut, je suis là, lui assura Evie. Ne l'oublie pas.

— Je n'oublierai pas. Mais je ne peux pas te promettre que ça va être beau à voir. Je n'ai pas la moindre idée de la façon dont Percival va réagir quand nous allons le confronter aux faits. Je n'arrive pas à croire qu'il ait pu faire tout ça.

— Moi non plus.

— Tu te rends compte que les charges contre Ricci n'étaient sûrement qu'un coup monté ? Il n'y a probablement pas un mot de vrai dans toutes les histoires qu'il nous a racontées sur elle. Et, bien sûr, il a dû se débrouiller pour ne jamais croiser Holt au poste. Il nous a tous manipulés.

— Je sais, c'est à peine croyable. Mais il reste une chance que tout se déroule dans le calme. Il n'aura probablement pas envie de se donner en spectacle devant tous ses invités.

— C'est possible, répondit Banks, les lèvres pincées, tandis que l'ascenseur tintait en s'arrêtant.

Les portes s'ouvrirent directement sur la fête, et Evie découvrit les dizaines de personnes de tous âges venues célébrer la carrière d'un homme qui avait foulé aux pieds toutes ses valeurs. Tout le monde était tourné vers une petite estrade, sur laquelle se tenait le commandant Percival. Vêtu d'un élégant costume gris et d'une cravate rouge, il était en train de prononcer son discours d'adieu.

Charley se dirigeait vers l'assistance quand Evie repéra

quelque chose du coin de l'œil. Une forme sombre et floue à la périphérie de son champ de vision. Elle se tourna alors vers une pièce située sur sa gauche. À l'intérieur, une large silhouette vêtue de noir était penchée au-dessus de la table où se trouvaient les verres de champagne. Celle-ci lui disait quelque chose. Sa façon de se tenir, de se déplacer...

Soudain, Evie agrippa le bras de Charley.

— Amira Buruk est ici, murmura-t-elle.

— Où ça ? demanda la policière, les yeux écarquillés.

Evie lui indiqua la salle où elle se trouvait. Comme elle leur tournait le dos, ce n'était pas facile à dire, mais elle semblait en train d'écrire quelque chose.

Charley se dirigea droit vers elle.

— Madame Buruk, arrêtez ce que vous êtes en train de faire et retournez-vous.

Evie déglutit en regardant la femme obéir. Les traits durs de son visage carré la pétrifièrent autant que la première fois. Mme Buruk n'avait nullement l'air troublé. Une coupe de champagne et une carte dans les mains, elle se tenait comme si elle était parfaitement à sa place au pot de retraite de Percival.

— Puis-je vous aider, inspectrice... Banks, c'est bien ça ?

— Que faites-vous ici, madame Buruk ? Cet événement est réservé aux membres de la police et à la famille. Autant que je sache, vous n'avez aucun lien de parenté avec quelqu'un de chez nous.

— Je voulais juste remettre cette carte à votre commandant.

— Je la lui donnerai de votre part. Et maintenant, je vous recommande de quitter ces lieux immédiatement.

— Non, je tiens à la lui donner moi-même, insista Mme Buruk, abandonnant toutes manières. Après tout ce qu'il a fait pour mon fils.

Charley la scruta de la tête aux pieds.

— Je ne peux pas vous laisser approcher du commandant sans vous fouiller.

— Vous n'avez pas le droit de me fouiller.

— Bien sûr que si. Levez les bras, madame Buruk.

— Mes bras ne bougeront pas, cracha la femme.

— Si vous refusez d'obtempérer, c'est les menottes aux poignets que vous allez repartir.

Après avoir vainement tenté d'intimider Charley d'un regard menaçant, Amira Buruk posa son verre de champagne et sa carte sur la table puis leva les bras en soupirant.

En la palpant, la main de Charley s'arrêta au niveau de la poche intérieure de sa veste noire. Evie se couvrit la bouche en la voyant en sortir un long couteau de cuisine.

— Pouvez-vous m'expliquer ce que vous faites avec ceci sur vous ?

— C'est le couteau que j'avais pour la vente de gâteaux caritative à laquelle j'ai participé cet après-midi, déclara Mme Buruk avec un sourire narquois. Nous en avions besoin pour couper les parts.

Banks regarda Amira Buruk droit dans les yeux.

— Qu'avez-vous entendu dire et, surtout, par qui ?

La femme lui répondit par un petit sourire amer. Charley se tourna vers Evie.

— Va vite dire à un des vigiles que l'inspectrice adjointe Banks a besoin de son aide.

Abandonnant Hamilton III sur la table, Evie courut chercher le vigile qui se tenait près de l'ascenseur.

— La police est toute ma vie, entendit-elle dire Percival au micro.

Il était encore en train de prononcer son discours. Il continuait à passer pour le policier modèle auprès de tout le monde. Sauf d'Amira Buruk qui, elle, savait visiblement qu'il était responsable de la mort de son fils. Le tenait-elle de la source inconnue qu'elle avait mentionnée à l'hôpital ? Evie frissonna à l'idée qu'un policier puisse être à la solde de Mme Buruk et lui fournisse toutes les informations qu'elle demandait.

Quand elle revint avec le vigile, Banks avait déjà passé les menottes à Mme Buruk.

— Elle avait un couteau. Je l'ai arrêtée mais il ne faut pas que cela s'ébruite jusqu'à ce que quelqu'un de chez nous la conduise au poste. Je ne voudrais pas gâcher le moment de gloire du commandant.

Aussi incroyable que cela puisse paraître, Charley avait réussi à prononcer ces mots malgré ce qu'elle s'apprêtait à faire.

— Nous avons une pièce sécurisée au premier étage de l'hôtel, répondit le vigile. Je vais l'y escorter et la garder jusqu'à ce qu'on puisse la transférer au poste.

L'homme prit Mme Buruk par le bras et la fit sortir de la pièce. Elle n'opposa aucune résistance et ne fit aucun commentaire. Elle ne semblait pas le moins du monde effrayée non plus. Evie avait le désagréable pressentiment que cette femme allait s'en sortir impunément.

— Allez, dit Charley. Nous avons une mission à mener à bien.

Evie regarda Hamilton III, toujours assis sur sa table. Il était loin de passer inaperçu, mais si elle le laissait ici, il risquait de disparaître pour toujours. Elle le prit donc à deux mains derrière son dos pour suivre la policière dans le hall principal. Avec un peu de chance, les gens penseraient qu'il s'agissait d'un cadeau décalé pour Percival.

— Privé des importantes et difficiles missions auxquelles j'ai consacré ma vie professionnelle, je risque fort de devenir une de ces personnes qui se mettent à jouer aux boules, déclara Percival. Si je laisse à mon épouse le soin de décider, je crains que ce ne soit la danse de salon. Dieu m'en préserve.

La salle éclata de rire, et quelques personnes poussèrent même des cris et des sifflements.

— Non, continua Percival, blague à part, je sais que c'est un des métiers les plus durs qui soient. Je l'ai exercé pendant trente ans...

Charley commença à se faufiler derrière l'assistance, s'approchant lentement de la scène. Evie la suivait, osant à peine respirer de peur que Percival ne les aperçoive. D'autant qu'elle n'avait aucune idée de la manière dont Charley avait prévu de procéder.

Banks se posta sur la gauche de l'estrade. Les pieds solidement ancrés au sol, elle se tint de manière à paraître plus imposante et regarda fixement Percival tandis qu'il poursuivait son baratin.

— J'exprime ici mon respect indéfectible pour vous tous, qui perpétuez les valeurs de la profession. Conserver la confiance des citoyens exige une grande intégrité.

À ce stade, Percival balaya le public du regard et sursauta en voyant Charley. La policière le fixait de ses yeux noirs, sans sourire, sans sourciller, sans bouger.

Evie le vit flancher. Sa bouche était ouverte mais plus aucun son n'en sortait. Il regarda de nouveau Banks et une expression de douleur apparut sur son visage. Il avait compris.

Quelques membres de l'assistance regardèrent dans la

direction de Banks pour voir ce qui détournait l'attention de l'orateur.

— Bon, fit enfin Percival avec un rire nerveux. Je crois que j'ai radoté assez longtemps et que nous méritons tous un bon verre.

Sur ces mots, il leva sa coupe de champagne et dit :

— Alors santé à tous !

— Santé ! répéta la foule.

Puis les tintements de verres, les cris et les applaudissements laissèrent bientôt place à un brouhaha plus tranquille.

Surveillant Percival presque d'aussi près que Charley, Evie remarqua que ses mains tremblaient. Après avoir vidé d'un trait ce qu'il restait de son verre, le commandant descendit de la scène pour aller voir la policière. Il se racla la gorge.

— Inspectrice adjointe Banks, que puis-je faire pour vous ?

— Je pense que vous le savez, monsieur.

Son ton était d'une douceur inattendue. Evie pensait qu'elle se montrerait impitoyable, mais elle en avait de toute évidence décidé autrement.

— C'est terminé.

Avec un effort notoire, le commandant réussit à la regarder dans les yeux.

— Et si nous allions sur le balcon ?

— Après vous, monsieur, répondit-elle en lui faisant signe de passer devant.

Elle voulait bien essayer de rester discrète mais tout de même pas au risque de le perdre de vue.

Le commandant souriait et renvoyait de petits signes aux gens qui le saluaient en chemin. Charley et lui étaient sur le point de passer la porte du balcon quand s'approcha une femme en robe noire à sequins, ses longues tresses grises rassemblées en un chignon haut.

— Où vas-tu, Noah ?

— Marion, fit-il d'une voix étranglée. Je... j'ai des choses de dernière minute à régler avec l'inspectrice adjointe Banks, ici présente.

Marion posa sa main sur sa hanche.

— Noah Percival, tu es un menteur. Tu m'avais promis que ta carrière dans la police prenait fin aujourd'hui.

Ce devait être l'épouse du commandant. Une boule se forma dans la gorge d'Evie en pensant à ce qu'elle allait ressentir en apprenant la vérité sur son mari. En découvrant que, pendant tout ce temps, elle avait vécu avec un assassin. Evie ne pouvait même pas imaginer ce qu'elle éprouverait. Elle aurait voulu épargner une telle douleur à cette femme, mais c'était la terrible réalité. Les faits étaient indéniables. Percival avait usurpé l'identité d'un autre policier, fait accuser deux membres de son équipe, tenté d'extorquer de l'argent à Holt et tué deux personnes. Evie en ignorait peut-être la cause, mais sa culpabilité ne faisait pas le moindre doute. Et elle savait aussi que Charley ne laisserait jamais Percival échapper à la justice.

— C'est le cas, ma chérie, répondit-il en attirant Marion vers lui pour la serrer dans ses bras et l'embrasser sur le front. Tout sera bientôt fini, je te le promets. Je t'aime, tu sais ?

— Bien sûr, idiot, confirma Marion, l'air perplexe, les yeux plongés dans ceux de son mari.

Sur ces mots, Percival lâcha sa femme et lui adressa un sourire triste avant de pousser la porte du balcon, talonné par Charley et Evie.

À cette hauteur, il faisait encore plus froid. Un vent glacial fouettait l'angle de l'immeuble.

Le commandant s'approcha du bord du balcon, posa les mains sur la rambarde, et contempla la ville.

— Noah Percival, vous êtes en état d'arrestation, soupçonné des meurtres d'Alim Buruk et Donald Oakes, annonça Charley avant d'enchaîner sur la lecture de ses droits.

L'homme resta silencieux jusqu'à ce qu'elle ait fini, puis se retourna face à elle.

— Je tiens à ce que vous sachiez que je n'ai rien voulu de tout ça, déclara-t-il, les larmes aux yeux.

— Je l'espère bien ! rétorqua Charley d'une voix grave et menaçante.

— Je voulais juste que Marion et moi ayons une bonne retraite. Elle s'est montrée tellement patiente pendant toutes ces années. Elle a toujours dû se contenter de ce qui restait une fois le travail terminé. Je voulais lui offrir plus que ça. Alors quand j'ai perdu tout cet argent avec l'investissement hasardeux de Holt, je n'arrivais pas à y croire. C'était tout ce que nous avions jamais eu. Et il s'en foutait. Il s'en foutait royalement.

— Je pense que vous devriez garder ces déclarations pour votre déposition, monsieur, dit Charley en avançant d'un pas vers le commandant.

Percival se précipita alors contre la balustrade.

— N'approchez plus ! cria-t-il avant de passer les jambes par-dessus le parapet.

— Monsieur, vous n'avez pas besoin de faire ça, tenta de le dissuader Charley.

— Je n'ai jamais voulu que tout ça se produise.

— Dans ce cas, pourquoi avez-vous utilisé l'identité de l'inspecteur adjoint Redmond pour confier votre argent à Holt ?

— Étant donné le taux qu'il me promettait, je me doutais qu'il devait y avoir quelque chose de pas tout à fait net dans l'affaire. Alors je me suis servi du nom de Redmond, au cas où. Il m'a suffi d'une fausse pièce d'identité pour ouvrir un compte en banque. Ce n'était qu'une précaution. Il ne devait pas y avoir de blessés. Tout ce que j'avais l'intention de faire, c'était de m'assurer que le Miles Redmond que j'incarnais fasse un généreux virement vers mon compte épargne quand je prendrais ma retraite. Ensuite, j'aurais clôturé ce compte et ç'aurait été fini. Personne n'aurait jamais rien su. Mais Holt m'a berné. Et j'ai tout perdu.

— Monsieur, descendez de la rambarde, vous nous expliquerez beaucoup mieux tout ça une fois au poste, essaya de nouveau Charley.

Mais Percival semblait n'entendre que les voix de ses propres démons.

— Je ne voulais pas tuer Buruk. Je savais que Holt serait obligé de faire quelque chose d'illégal pour obtenir l'argent et j'ai été soulagé quand il a choisi de cambrioler la librairie. Cela me paraissait relativement innocent par rapport à pas mal de coups qu'il aurait probablement été capable de monter. Mais il m'a forcé la main pour le passage à tabac d'Alim, quand il a cherché à vous faire accuser. Alim allait balancer Holt et ce ne serait ensuite plus qu'une question de temps avant qu'on remonte jusqu'à moi. Même avec le soin que j'avais pris à détourner les soupçons vers Ricci, je savais que vous me trouveriez.

— Pourquoi avez-vous tenté de piéger Ricci ? demanda Charley. Pourquoi pas Redmond, vu que vous l'aviez déjà impliqué ?

— Redmond est un brave garçon mais il ne pourrait jamais passer pour le cerveau d'une affaire criminelle. Et puis, il travaillait avec nous depuis des années. Ricci était nouvelle. L'affaire coïncidait avec son arrivée. Je me suis dit que ça paraîtrait plus crédible. D'autant plus qu'elle vous avait prise en grippe et avait essayé de vous faire porter le chapeau pour le passage à tabac. Mais je vous jure que je ne m'attendais pas à ce que tout ça aille si loin. Je voulais seulement ma juste rétribution pour toutes ces années de travail. Hélas, la situation n'a cessé d'empirer.

— Écoutez, dit Charley, vous aviez tout perdu, vous ne voyiez plus d'issue, le jury compatira.

— Je ne voulais pas tuer Oakes. Je tiens à ce que vous le sachiez. Il faudra que vous le disiez à Marion.

— Vous le lui direz vous-même.

— Je suis allé à la librairie avec une cagoule et je l'ai menacé. Mon but était de créer un personnage – un suspect fictif – à qui attribuer la mort d'Alim. Je me suis servi d'un marteau pour qu'on pense que c'était le même individu qui avait agressé Alim et Donald. Mais ce crétin de Oakes a essayé de s'enfuir et quand je l'ai rattrapé, il s'est mis à tirer sur ma cagoule. Il allait voir mon visage. Il allait tout comprendre. Alors je l'ai frappé. Plus fort que je le voulais. Et il ne s'est pas relevé.

Les yeux d'Evie s'embuèrent. Percival avait commis des actes impardonnables mais, a priori, toujours par désespoir. Il y avait quelque chose de profondément triste dans la vacuité de tout cela. Personne n'avait besoin de mourir. C'était juste un immense gâchis.

— Monsieur, insista Charley d'un ton plus ferme. Descendez de la rambarde. Nous pouvons trouver des solutions.

— Non, non, refusa le commandant en secouant la tête. Il ne me reste plus rien, maintenant.

Sur ces mots, Noah Percival s'élança du bord et un cri de terreur retentit.

CHAPITRE 37

— Noooooon ! hurla Charley.

Elle bondit vers la rambarde et, l'instant d'après, son corps tout entier la heurta violemment. Elle poussa un cri de douleur et resta pliée en deux, courbée au-dessus du vide.

Laissant tomber Hamilton III par terre, Evie fonça vers elle. À son plus grand étonnement, elle constata alors que Charley avait réussi à agripper le poignet de Percival. Elle le serrait des deux mains mais ses doigts étaient déjà tout blancs.

— Lâchez-moi ! cria Percival à la policière. Lâchez-moi, Banks. C'est tout ce que je mérite. Vous le savez. Je le sais. Allez, lâchez-moi !

Evie essaya d'attraper son autre main mais il s'empressa de l'éloigner, ce qui fit balancer tout son corps. Charley poussa un nouveau cri de douleur.

— Laissez-moi mourir, supplia Percival. Laissez-moi mourir, par pitié. Je ne peux pas continuer à vivre. Pas après ce que j'ai fait. Lâchez-moi.

Charley serrait les dents, les joues dégoulinantes de larmes.

— Laissez-moi mourir, par pitié, laissez-moi mourir, continuait à implorer le commandant.

Incrédule, Evie vit alors les doigts de Charley se desserrer et le poignet de l'homme glisser de deux ou trois centimètres.

— Non, Charley ! s'écria-t-elle en agrippant à son tour le poignet de Percival.

— Il veut mourir, répondit la policière à travers ses larmes. Il le mérite, non ? C'est la deuxième fois que je lui sauve la vie aujourd'hui. Tu crois qu'Amira Buruk l'aurait épargné ?

— Mais tu n'es pas elle. Écoute, Charley, je sais qu'après tout ce qu'il t'a fait endurer rien ne serait plus facile que de lâcher sa main. Mais ton travail ne consiste pas à choisir la facilité. Ta nature n'est pas de choisir la facilité. Ta nature est d'être juste.

Charley tourna lentement la tête vers Evie.

— Si tu le lâches, si tu le laisses mourir, tu le regretteras. Je le sais. Parce que je sais qui tu es. Ni toi ni moi ne serions capables de vivre avec une chose pareille sur la conscience.

Charley plissa fort les paupières comme si elle se concentrait sur quelque chose.

— Fais-moi confiance, insista Evie. Il faut que tu me fasses confiance.

Charley rouvrit les yeux et son visage se crispa. Puis utilisant le rebord comme levier, elle commença à hisser Percival. Evie agrippa aussitôt l'autre bras du commandant, qui fit son possible pour se dégager. Mais Evie lutta de toutes ses forces et continua à tirer sans répit. Le corps de Percival pendait toujours partiellement par-dessus le balcon et, malgré tous leurs efforts, il n'avançait plus d'un centimètre.

— Evie ! s'écria Kitt, quelque part derrière elles.

— Kitt ! répondit-elle. À l'aide ! C'est Percival !

La seconde d'après, son amie était à côté d'elle, aussitôt suivie de Grace.

— Nom de Dieu ! fit Kitt en voyant Percival.

— Mais qu'est-ce qui s'est passé ? s'étrangla Grace.

— C'est une assez longue histoire, répondit Charley. Mais peut-être qu'on pourrait finir de ramener cet homme de ce côté avant de bavasser, non ?

En se penchant, Kitt parvint à agripper la ceinture de pantalon du commandant, et Grace le dos de sa chemise.

— Halloran n'est pas avec vous ? demanda Evie. Son aide ne serait pas de trop.

— Il est en train de monter. En attendant, faisons de notre mieux. Un... deux... trois...

Les quatre femmes tirèrent et tirèrent encore jusqu'à ce qu'elles entendent le bruit sourd du corps de Percival retombant sur les dalles du balcon. Aussitôt, le commandant se recroquevilla sur lui-même et éclata en sanglots. Evie et Charley étaient pliées en deux, haletantes.

Evie n'aurait su dire si cinq minutes ou cinq secondes s'étaient écoulées avant que la porte du balcon s'ouvre brutalement sur Halloran et Redmond.

— Que s'est-il passé ? demanda Halloran, se précipitant vers Kitt et lui posant doucement la main dans le dos. Tout le monde va bien ?

— Percival a essayé de faire un saut en chute libre de douze étages. Moi, ça va, résuma Charley. Je lui ai lu ses droits. Où étiez-vous passés ?

— J'étais déjà un peu en retard à la fête, expliqua Redmond. Mais, en plus, quand je suis arrivé, j'ai dû gérer une crise au premier étage.

— Moi pareil, ajouta Halloran.

— Oh, non ! fit Charley. Amira Buruk ?

— Apparemment, elle a échappé à son gardien, précisa Halloran.

— Quoi ?! s'écria Charley. Elle se promène librement ?

— Nous allons la retrouver, la rassura Halloran. Quant au vigile qu'elle a attaqué, il est en chemin pour l'hôpital mais ses blessures sont superficielles.

— Bon sang ! pesta Charley, exaspérée. Dire que je la tenais…

— Vous aviez d'autres chats à fouetter, lui rappela Halloran, les yeux rivés sur Percival.

— Il paraît que vous avez essayé de me faire porter le chapeau, lança Redmond au commandant tout en lui passant les menottes.

— Je suis désolé. Je suis tellement désolé, sanglota-t-il.

Avec l'aide de Halloran, Redmond releva Percival et le raccompagna à l'intérieur.

Tout en s'essuyant les joues, Charley ne lâchait pas le commandant des yeux.

— Holt va-t-il témoigner contre lui ? s'enquit-elle.

— Et pas qu'un peu ! lui confirma Halloran. Il serait prêt à n'importe quoi pour négocier avec nous. Une belle ordure.

— Je vous rappelle que vous parlez de l'homme qui a failli devenir mon fiancé, lança Grace avec un sourire ironique.

— S'il vous a offert une bague, il faudra tout de même que je vérifie si elle ne figure pas sur les listes de biens volés de nos banques de données, plaisanta Halloran.

— Heureusement que j'étais là pour aider à ramener le commandant par-dessus le balcon, gloussa Grace. J'étais sûre que si je suivais Kitt, quelque chose de dingue allait se produire. Elle mène une vraie vie d'aventurière, vous savez ?

— Grace, répondit Kitt, tu ne crois pas que j'en ai

assez bavé aujourd'hui ? Tu ne veux pas m'épargner tes railleries ?

— Secrètement, tu adores ça. Tu sais bien que tu ne pourrais pas vivre sans moi, que ton existence serait insipide sans Grace Edwards.

L'assistante conclut théâtralement sa tirade les mains sur les hanches à la façon des superhéros sur les affiches de films.

Kitt ferma les yeux et secoua la tête.

— Percival affirme que Holt lui a fait perdre beaucoup d'argent, dit Charley.

— Holt ignore comment Percival a découvert son aventure avec Olivia. Cela dit, s'ils se montraient toujours aussi discrets qu'au pub sur la route de Wetherby, je ne pense pas qu'il ait eu à se donner beaucoup de mal.

— Que va-t-il arriver à Ricci, maintenant ? demanda Kitt.

— Eh bien, si ce que nous croyons est vrai, si elle a bien été victime d'un coup monté de Percival, elle va être relâchée, répondit Halloran. Elle a toujours tout nié avec véhémence. Et sa version de la visite d'Alim à l'hôpital diffère grandement de celle de Percival et Wilkinson. Selon Ricci, c'est lui qui est resté seul avec Buruk.

— Voilà pourquoi il n'a pas invité Wilkinson à participer à notre enquête secrète, conclut Kitt. Mis à part le suspect, il était le seul à savoir ce qui s'était véritablement passé à l'hôpital.

— Je préfère ne pas penser à la manière dont Percival aurait fait taire Wilkinson en apprenant que Ricci avait contesté cette partie de l'histoire, dit Halloran. Ricci nie également avoir eu l'intention de faire construire une terrasse.

Kitt secoua la tête.

— Dire que, pendant tout ce temps, nous avons cru qu'il nous aidait à résoudre l'affaire… Alors que c'était lui qui tirait les ficelles. Quand il nous a demandé d'aller chez Bootham Books pour voir si nous repérions quelque chose de suspect, il savait pertinemment que je remarquerais l'étagère. Il l'a placée là délibérément pour dissimuler les éclaboussures de sang puis il nous a conduits à utiliser cet indice contre Ricci.

— Selon elle, le foulard maculé de sang que nous avons trouvé dans son jardin avait disparu depuis quelques jours, déclara Halloran. Percival le lui avait sûrement volé un peu plus tôt.

— Et l'homme qui a utilisé la carte de crédit d'Alim à Helmsley, alors ? demanda Grace.

— Il se pourrait que ce soit un complice de Percival, intervint Charley. Cependant, il me semble beaucoup plus probable que Kitt ait vu juste dès le départ en supposant que c'était un déguisement. D'ailleurs, Percival a aussitôt dénigré cette théorie. Il n'y avait sans doute pas de complice. C'était sûrement lui, affublé d'une moustache ridicule. Nous en saurons plus dans les heures qui viennent.

— Je l'espère, dit Kitt. Mais avant de quitter ce balcon et de rentrer au chaud, j'ai une dernière question.

— Laquelle ? demanda Evie.

— Qu'est-ce que c'est que ce truc ? dit-elle en montrant du doigt l'ours d'Evie qui s'était retrouvé par terre dans la pagaille.

— Ce truc, c'est Hamilton III. Et toi, tu es très malpolie, répondit Evie.

Puis elle alla ramasser son ours pour l'asseoir sur une chaise en paille près des portes.

Kitt fusilla Charley du regard.

— Tu l'as emmenée au Teddy Bear Tea Room, c'est ça ?

— Ça se pourrait bien, oui.

— Aïe, aïe, aïe ! fit Kitt en se dirigeant vers la sortie. C'est le début d'une pente savonneuse.

Evie se retourna vers Charley et lui passa la main dans les cheveux.

— Je suis vraiment fière de toi, dit-elle en s'approchant pour l'embrasser intensément.

Elle avait l'impression que son cœur allait bondir hors de sa poitrine et, si elle était tout à fait consciente que certains pourraient se retourner et les voir, cela ne l'arrêta pas. Dans la magie du moment, elle planait bien au-dessus de tout ça.

— Hum, hum.

À la fin de leur baiser, Evie et Charley trouvèrent Halloran planté sur le pas de la porte.

— Désolé de vous interrompre, Banks, mais savez-vous que le dernier arrivé au poste paie sa tournée ?

— Ne soyez pas si puéril, chef.

L'inspecteur principal ricana et disparut à l'intérieur. Dès qu'il fut hors de portée d'oreille, Charley se retourna vers Evie.

— Attrape ton ours et fonce vers l'escalier. S'il arrive avant nous, on va en entendre parler pendant des siècles.

Evie s'empara d'Hamilton III en gloussant, prit la main de Charley et se précipita dans le bâtiment. À l'abri du froid.

CHAPITRE 38

Des champs embrumés défilaient derrière la fenêtre tandis que le train de Middlesbrough roulait en cahotant vers la petite ville de Thirsk. C'était là qu'Evie descendrait, laissant Kitt parcourir une petite cinquantaine de kilomètres supplémentaires. Il s'était écoulé une semaine depuis les terribles événements de l'hôtel Ryedale et elles rentraient dans leurs familles pour Noël. Evie aurait pu prendre Jacob, mais elle avait toujours préféré faire le trajet avec son amie. Après les récents événements, c'était encore plus vrai cette année.

— Est-il vraiment nécessaire que l'ours soit assis avec nous ? demanda Kitt. Il y a des porte-bagages au-dessus de nos têtes, tu sais ?

— Hamilton III n'est pas un bagage, répondit Evie.

— Bon, tant que tu ne t'attends pas à ce que je lui fasse la conversation, fit Kitt.

— Tu parles bien à Iago, rétorqua Evie en indiquant de la tête la cage de transport pour chat posée sur la table entre elles deux.

— Iago est un être vivant, même s'il a un sale caractère… hein, mon chouchou ? rétorqua Kitt en regardant les yeux jaunes de l'animal la fixer à travers les barreaux de la cage.

Il lui répondit par un sifflement de mécontentement.

Un petit sourire aux lèvres, Evie contempla le paysage, le menton dans les mains.

— Nom d'une pipe, ces deux dernières semaines, c'était quelque chose !

Et en effet... Selon Charley, tous les policiers de York avaient poussé un gros soupir de soulagement quand le commandant Ricci leur avait pardonné son arrestation injustifiée. Bien entendu, elle avait tenu à ce qu'il soit officiellement établi que c'était bien Noah Percival qui avait fait chanter Holt, et assassiné Alim Buruk et Donald Oakes. Une paire de lunettes de soleil semblable à celle de son complice supposé ayant été retrouvée dans une poubelle devant chez lui, il n'avait eu d'autre choix que d'avouer que c'était lui qui avait fait tous ces achats suspects à Helmsley pour tenter d'incriminer Ricci.

Tirée de ses pensées par une reprise haut perchée de « I Saw Mommy Kissing Santa Claus », Evie remarqua que le fourre-tout de Kitt se trémoussait au rythme de la musique.

— C'est pas vrai !

Kitt sortit de son sac le sapin de Noël dansant que Grace lui avait offert et le laissa sur la table jusqu'à la fin de son numéro.

— Pourquoi tu as apporté ce truc ? lui demanda Evie en riant.

— Si tu travaillais avec Grace, tu saurais depuis longtemps qu'il y a un stade où on accepterait n'importe quoi pour avoir la paix. Elle m'a fait tout un cinéma pour que je l'emporte chez moi et que j'en « profite » pendant les fêtes.

— Mais qu'est-ce qui peut bien se passer dans sa tête, nom d'une pipe ?

— Le trajet jusqu'à Thirsk ne suffira pas à répondre

à cette question. En tout cas, ça fait plaisir de te voir sourire. J'espère que tu vas pouvoir apprécier Noël après tout ça.

— Je vais faire de mon mieux. Tu as dormi ?

— J'ai eu des nuits agitées mais j'ai quand même réussi à trouver le sommeil. Et toi ?

— Pas vraiment. Ce serait sûrement plus facile s'ils avaient attrapé Amira Buruk.

— Je te comprends. Qui aurait pu se douter qu'il existait des gens encore plus difficiles à enfermer que Jarvis Holt ?

Evie gloussa. Elle n'avait pas été surprise d'apprendre que Holt avait négocié l'abandon des charges qui pesaient sur lui en échange de son témoignage contre Percival. Après une semaine à lui faire croire qu'elle lui rendrait visite en prison pour revivre leurs « bons moments ensemble », Grace avait été déçue de devoir abandonner ses efforts. Evie, elle, était convaincue qu'il n'existait pas de situation dont cet homme ne puisse se sortir. En revanche, Percival ne vivrait pas assez longtemps pour purger sa peine s'il n'obtenait pas de libération anticipée. Vu qu'il était responsable de deux meurtres, c'était probablement normal. Ce qui n'empêchait pas Evie d'en éprouver une certaine tristesse. Avant les événements effroyables de ces dernières semaines, Percival avait mené une carrière tout à fait honorable.

— Souris, ma belle, lui lança Kitt. Au moins, ce pauvre Wilkinson est tiré d'affaire, hein ?

— C'est déjà ça. Mais nous n'avons jamais trouvé quel membre de la police informait Amira Buruk.

— Tu sous-entends que ce pourrait être lui ?

— Non, répondit Evie, que cette idée fit même un peu rire. Je dis juste qu'il reste peut-être quelqu'un à qui nous ne pouvons pas faire confiance dans la police de York.

— Ce point obsède Mal aussi. Alors je vais te faire la même réponse qu'à lui : Amira Buruk est du genre à raconter tout ce qui lui passe par la tête. Elle a probablement inventé cette histoire de taupe pour vous faire douter. Je ne serais pas surprise qu'elle n'ait jamais existé.

— Si tu as raison, comment a-t-elle découvert pour Percival ?

— Je ne sais pas, admit Kitt. En faisant suivre Holt, par exemple... ou nous... Si ça se trouve, elle a mis des micros chez Holt. En fait, je la crois à peu près capable de tout.

— Je préfère me dire que Ruby lui a tiré le tarot, répondit Evie à qui toutes ces idées faisaient froid dans le dos.

— Oh non, pas ça ! Hier, à la bibliothèque, elle s'est mise à établir des liens entre les cartes qu'elle avait tirées et les informations parues dans la presse au sujet de Percival. Elle n'est restée qu'une heure mais impossible de travailler tant qu'elle était là.

— Je parie que tu as adoré ça, gloussa Evie. Mais, pour être honnête, il y avait des parallèles entre l'affaire et ses prédictions.

— Oui, de façon très imprécise, concéda Kitt avec un sourire forcé. Voilà pourquoi, même si elle me suppliait, je ne l'autoriserais jamais à me prédire mon avenir avec Mal.

— Ça peut se comprendre. Mais je suis sûre que Halloran est content de t'avoir près de lui pour le réconforter en ces temps difficiles. Je suis surprise que tu ne l'aies pas invité à rencontrer tes parents pour Noël.

— Est-ce qu'il t'arrive d'écouter ce qu'on te dit ?

s'énerva Kitt. Je t'ai déjà expliqué que nous prenions notre temps.

Evie éclata de rire en voyant à quelle vitesse Kitt avait mordu à l'hameçon.

— Et toi, d'ailleurs ? Comment tu te sens à l'idée de rentrer chez toi ?

— Un peu anxieuse.

— Tu n'es pas obligée d'en parler à ta mère si tôt, tu sais ? De Charley et toi, je veux dire. Rien ne t'empêche d'attendre un peu.

— C'est bien ça le truc, fit Evie en haussant les épaules. Je n'ai aucune envie d'attendre.

— Je dirais que c'est très bon signe.

— Je pense que oui. Bizarrement, c'est un peu comme si j'avais toujours attendu ce moment.

— Donc tu vas parler à ta mère de cette nouvelle personne dans ta vie ?

Evie soupira et sourit, les yeux rivés sur le paysage. Elle aperçut le cheval blanc de Kilburn, une silhouette en calcaire gravée à flanc de colline au XIXe siècle. Il n'était qu'à quelques kilomètres de Thirsk ; elle se savait donc presque à la maison chaque fois qu'elle le voyait. Les mouvements du train lui donnaient toujours l'impression que l'animal s'était libéré et se déplaçait à sa guise. Elle le regarda passer au petit galop, libre et sauvage. Totalement lui-même, dans l'instant présent, sans peur de l'avenir.

— Oui, répondit-elle. Je pense que je vais le faire.

Remerciements

Je voudrais ici exprimer ma reconnaissance envers mon agent, Jo Swainson, qui continue à me guider dans mon travail d'autrice avec une grâce et une bonne humeur appréciées à leur juste valeur. Je me sais très chanceuse de te connaître et de travailler avec toi.

Merci de tout cœur à mon éditrice, Therese Keating, qui m'a aussi bien gratifiée de ses sincères encouragements que d'un regard plus critique lorsqu'il le fallait. C'est-à-dire de tout ce dont un écrivain a besoin pour être à son meilleur.

Je suis également reconnaissante à mes lecteurs spécialisés : Hazel Nicholson pour ses conseils sur le fonctionnement de la police, John Leete pour m'avoir expliqué les rouages du milieu hospitalier, et Matthew Tyson pour son savoir encyclopédique en matière de voitures anciennes. Un immense merci à vous tous de m'avoir permis d'apporter plus d'authenticité à mon récit.

Merci aussi à ceux qui ont lu quelques chapitres ou passages en cours d'écriture et qui m'ont encouragée à persévérer. Ann Leander, Claudine Mussuto et Dean Cummings. Être entourée d'esprits aussi créatifs que les vôtres est un immense cadeau que je chéris et chérirai toujours comme un trésor.

J'ai également une chance infinie de recevoir le soutien plein et entier de ma famille et de mes amis. Merci maman, papa, Elaine, Sheena, Steven, Phil, Barbara, Ray, Christine, John, Tom, Gigi, Janet, Peter, Katie, Katell, Jackson, Maria, Louisa, Ian, Nigel, Matt et Esther pour toutes les fois où vous m'avez demandé comment se passait l'écriture mais sans trop insister quand je vous faisais des réponses volontairement floues.

Enfin, merci à mon mari, Jo, pour sa patience vis-à-vis de mes habitudes d'écriture, son aptitude à m'aimer avec mes nombreuses contradictions et à savoir me rassurer en me poussant à noircir toujours plus de papier.

Composition et mise en pages
Nord Compo à Villeneuve-d'Ascq

MIXTE
Papier
FSC FSC® C003309

L'éditeur de cet ouvrage s'engage dans une démarche de certification FSC® qui contribue à la préservation des forêts pour les générations futures.

Pour en savoir plus :
www.editis.com/engagement-rse/

CET OUVRAGE
A ÉTÉ ACHEVÉ D'IMPRIMER
SUR ROTO-PAGE
PAR L'IMPRIMERIE FLOCH
À MAYENNE EN SEPTEMBRE 2022

N° d'impression : 101143
Imprimé en France